インド式マリッジブルー

(un)arranged marriage

バリ・ライ

田中亜希子◎訳

東京創元社

目次

カバー装画…ビリー・シュウ
装　丁　者…岩郷重力＋WONDER WORKZ。

インド式マリッジブルー

プロローグ　十一月三十日

高速道路のサービスエリア、レスター・フォレスト・イーストのトイレは消毒くさかった。刺《さ》すように冷たい風が吹《ふ》く外の駐車場《ちゅうしゃじょう》より暖《あたた》かかったけど。駐車場では兄貴《あにき》たち、ハリーとランジットが待ちかまえていた。ぼくをダービー市に、結婚式《けっこんしき》に――ぼくの結婚式に連れていくために。こっちは結婚式をしてくれなんて頼《たの》んでいないし、したいとも思っていなかった。相手だって、知らない女の子だ。兄貴たちはぼくを待ちながら、こう思って笑っていたんだろう。ついにあいつはおれたちの考え方、おれたちの生き方に屈《くっ》した。やっと、すばらしいパンジャブ人になったんだ。長いこと「手がつけられないやつ」で「いかれたやつ」で「ワル」の「女好き」だったけどな……。少なくとも、兄貴たちは何かというと、ぼくをそう呼《よ》んでいた。

あのとき、ぼくは父さんのことを思い出していた。父さんはダービーのシーク教の寺院《グルドワラ》で、作り笑いを浮《う》かべて待っているはずだった。血液中《けつえきちゅう》のアルコールにまた少し肝臓《かんぞう》をむしばまれ、かつては鮮《あざ》やかだったけど、今はセピア色にかすんだ夢《ゆめ》を見て、面汚《つらよご》しの末の息子《むすこ》、つまりぼくにうんざりしながら。今にして思うと、父さんは心から笑っていたのかもしれない。あのとき、末の息子はやっと正しいことをしようとしているってことになっていたから。四年間むちゃくちゃなことをして、家族の誇《ほこ》りと名誉《めいよ》を傷《きず》つけたけれど、やっとそれを挽回《ばんかい》しようとしているってことに。父さんは愛するパンジャブ文化がイギリスの堕落《だらく》した汚《きたな》い白人文化に勝ったと思って、満足していたにちがいない。そのイギリスこそ、自分で選んで家庭を築《きず》いた国なのに。兄貴や残りの家族もそうだけど、父さんは自分の見たいものだけを見て、現実を見ようとしない。まるで恋愛中《れんあいちゅう》の人みたいだ。

そう、ちゃんと目を開けてたら、家族にも見えていたはずだ。怒《おこ》って動揺《どうよう》してるけど、何かを決意した十七歳《さい》のぼくが。自分のしたいことをしよう、自分の人生を選ぼうと決めたぼくが。レスター・フォレスト・イーストのトイレの落書きも見えただろうし、ぼくが着心地《きごこち》の悪いスーツの下に、ほんとの自分の服を着ていたのにも気づいただろう。ぼくの頭の中にヒップホップの曲が流れていたことにも。ぼくはまさにその歌詞《かし》のとおりに家族を出しぬいた。やつらはついにぼくを手中に収《おさ》め、自分たちの曲で踊《おど》らせているんだと思っていた。自分たちがぼくの曲で踊らされているとも知らずに。

ぼくがこの数年間にしてきた旅を説明するのはちょっと難《むずか》しい。だけど、やってみようと思う。この話は絶対《ぜったい》、語るだけの価値《かち》はあるはずだから。

第一部　四年前

1
始まり

「冗談《ジョーダン》！　結婚《けっこん》なんて、やなこった！」

思わず叫《さけ》んでしまった。らしくなく。それというのも、いちばん上の兄貴《あにき》、ランジットのせいだ。ぼくが学校から帰ってくると、ランジットが自分たちの部屋で奥《おく》さんとセックスしてた。ぼくは無視《むし》して、シリアルを食べに台所に行った。なのにランジットも降《お》りてきて、「たまには運動しねえとな」なんて言《い》い訳《わけ》を始めた。口ひげを生やした顔が、がんばってましたとばかりに赤い。そりゃ、ぼくは十三になったばかりだけど、もうガキじゃない。上でふたりが何をしてたのか、そのくらいわかる。ったく、こっちが恥《は》ずかしいよ。おまけにランジットのやつ、運動だなんてうそをついたくせに、おまえもこうなるんだ、なんていいだした。

「マンジット、おまえもいつか、おれと同じ道を歩む。かわいいパンジャブの女の子と結婚して、赤《あか》ん坊《ぼう》のことを考えるようになるんだ」ランジットのそんな言葉にぼくがキレたとき、ジャスまでやってきて、さらにうんざりな気分になった。だいたい、結婚してうちにきてから数か月しか経《た》ってない人を、どうして「ファビ・ジー」なんて呼《よ》ばなきゃなんないんだ。パンジャブ語で「義姉《ねえ》さん」だなんてさ。それに、この人ってクスクス笑うことしか知らないし。ぼくはふたりをひたすら無視してやった。ランジットの話なんて、聞きながすまでだ。ちなみに、ぼくは家族のことはあまり気に留《と》めないようにしてる。知るかって感じ。

それと、ぼくはマンジットって呼ばれるのが嫌《きら》いだ。マニー。それが、ぼくの名前。マ・ニー。マンジットじゃない。マンジットなんて女の名前だ。実際《じっさい》、クラスにマンジットっていう女の子がいて、ぼくはみんなにからかわれる。ぼくのことは先生もマニーって呼ぶ――返事がほしいときには。二番目の兄貴はわざとマンジットって呼ぶ。こっちがすごく嫌《いや》がるのを知ってるから。あの、くさい、毛むくじゃらの、デブ野郎《やろう》。末っ子に生まれるってことは、なんていうか、山ほど苦痛《くつう》を抱《かか》えるってことだ。冗談《じょうだん》がどれも自分を笑ってるように思えるし、自分は兄貴たちを楽しませるために生まれてきたって気がしてくる。ランジットに、クスクス笑ってばかりのジャス、それにビルハー。この二番目の兄貴は、みんなからはハリーって呼ばれてる。十六歳《さい》にして、すでに婚約者あり。しかも、その相手は一度も会ったことがない女の子。ハリーは父さんと母さんに友人の娘《むすめ》の写真を見せられた。厚化粧《あつげしょう》で、赤いサリーを着た女の子だ。そして、ハリーは結婚を承諾《しょうだく》した。写真を見ただけで。とはいえ、うちではすべてがそんなふうだ。結婚だって親が決める。学校を卒業したら、できるだけ早いほうがいいといって。

ぼくには姉貴もふたりいる。どっちも既婚《きこん》の子持ちだ。いちばん上の姉貴のダルバーは二十五歳で、昔から姉っていうよりは、おば。二番目の姉貴のバルバーは二十一歳で、初めての子ども――息子《むすこ》が生まれたばかり。ダルバーはコヴェントリーで、バルバーはグレイヴセンドで、それぞれ相手の家族と暮《く》らしてる。パンジャブ人家族はたいていそうだ。女は嫁《とつ》ぎ先《さき》の家族に加わって、義理《ぎり》の両親をお義父《とう》さん、お義母《かあ》さんと呼ぶ。ぼくは年がずっと離《はな》れてるせいで、姉貴たちのことをあまり知らない。なにしろ、ダルバーがインドからきた移民《いみん》と結婚したのは、ぼくが六歳のときだ。相手は結婚前、おじさんとやらがやってる低賃金《ていちんぎん》・長時間労働の靴下《くつした》工場で不法就労《ふほうしゅうろう》してた。それが、姉貴との結婚で、イギリスの永住権《えいじゅうけん》を獲得《かくとく》したってわけ。バルバーのほうは、父さんが自分の友人と結婚を決めた。ダルバーのときと同じく、相手がイギリスにいられるようにするためだけに。ほとんど商取引みたいなもんだ。金のやりとりがないだけで。そんなの、絶対《ぜったい》におかしい。まったく理解《りかい》できない。だって、会ったこともない相手と、どうして結婚できるんだ？　なんでそんなことが成りたつわけ？　そりゃ、ぼくは今までガールフレンドがいたこともないし、女の子にはうとい。それでも親が決める「商取引」なんて、冗談じゃない。

おかしいっていえば、うちの両親もそうだ。母さんは、なんていうか、まるで赤の他人みたいで、ぼくに話しかけるのも、「夕食は何がいい？」か「ごろごろしてるんじゃありません」くらい。こっちの気持ちや考えやなんかを訊《き》いたことがない。学校じゃ、母親に宿題を手伝ってもらったって話をよく聞くけど、うちの母さんは息子の宿題なんか気にしたためしがない。宿題を手伝おうなんて、思ったこともないらしい。どっちみち手伝えないんだろうけど。どうも母さんは学校に行ったことがないようだから。

それから、父さん。この人は家族を恐怖《きょうふ》で支配してる。仕事をしてるか、ティーチャーズってウイスキーを飲んで怒鳴《どな》りちらしてるかのどちらかだ。いつもかっかしてる。テレビを観《み》て怒《おこ》ってるときもあれば、仕事のことで頭にきてるときもある。なんの理由もなく、ってこともある。ただ、父さんが母さんを殴《なぐ》ったりするのは、見たことがない。母さんや義姉さんには、怒鳴りまくるだけだ。とにかくそれだけで充分震《じゅうぶんふる》えあがらせることができる。だけど、兄貴たちのことは殴る。ふたりが言いつけに背《そむ》いたら、いつでもだ。といっても、めったにあることじゃない。なにしろ、あのふたりは基本的《きほんてき》には父さんのコピーになりつつあるんだから。ちなみに、それは父さんが息子たち全員に願ってることだ。

それにひきかえ、ぼくはまさにやられ放題。質問《しつもん》が多すぎるといっては殴られ、口答えをするなといっては殴られる。あるときなんて、兄貴のハリーに文句《もんく》をいったことで、頭をぼこぼこにされた。「クソじじい」って叫んだら、階段下《かいだんした》に置いてある古いホッケー用のスティックでもっと叩《たた》かれた。おかげでそのあざのことを、「サッカーでやっちゃってさ」なんて、みんなに言い訳するはめになった。父さんはとにかくいつもぼくを殴る。そばにいたからってだけのときもある。こぶしや、足や、手近な固い物、なんでも飛んでくる。まあ、そのくらいじゃ、こっちはへこたれない。小さいころからのことだし、成長過程《かてい》で出合う日常的災害《にちじょうてきさいがい》のひとつだとも思ってるし。もちろん、よける努力はしてるけど。ただ、すごく不思議なのは、父さんがどうしてぼくばかり殴るのかってことだ。末っ子だからって気もしてるけど、嫌われてるとしか思えないときもある。こっちがその理由を知らないだけで。まあ、たぶん、ぼくが兄貴たちよりも西側の文化にはまってるせいなんだろう。親友がアジア人じゃないってことも、気に入らないみたいだし。いずれにしても、しじゅう殴られるせいで、ぼくはこの家の部外者って気分になっていて、その気持ちは年々強くなってる。

ぼくたちはエヴィントン・ドライブのパンジャブ人家族が多い地区に住んでる。家には寝室《しんしつ》が三つしかない。おかげで、ランジットが結婚してジャスが家にきたとき、ぼくは自分の部屋を出て、ハリーの部屋に入るはめになった。ランジットとジャスは、ぼくの部屋を手に入れた。ふたりのベッドを入れただけでいっぱいになるような部屋だったけど、そんなのはこっちの知ったことじゃない。とにかく問題は、あのふたりがぼくの部屋をうばったってことだ。

ハリーとおんなじ部屋を使うのは、サイテイ、サイアクの悪夢《あくむ》だ。なにしろ、ハリーはデブの毛むくじゃらで、泥《どろ》だらけのシューズとか、サッカーで汚《よご》れたものやなんかをいつもそこらじゅうにほったらかす。風呂《ふろ》は三日に一度。夏にバーベルで筋《きん》トレなんて始めた日には、汗《あせ》くさくてたまったもんじゃない。夜、ぼくはあいつが部屋にいないふりをすることにしてる。毛布《もうふ》をテントみたいにかぶって、懐中電灯《かいちゅうでんとう》で本を読んで。そんなときでも、ハリーはぼくに物を投げるか、「ホモ野郎!」とかいってつっかかる。

「おい、何読んでんだ? けっ、何がディケンズだ。おまえ、何様のつもりだ? 白人《ゴラ》かよ。

男が読むもんなら他《ほか》にあるだろーが、あ？」

プライバシーがないってのは、ほんとに嫌になる。自分の時間がないなんて。それもこれも、下ネタをいまだに面白《おもしろ》がる兄貴が邪魔《じゃま》するせいだ。ハリーはめちゃくちゃ太ってる。おかげでこっちはときどきゴリラとしゃべってる気分になる。ったく、腹《はら》が立つ。こっちがちょっとひとりになりたいときにかぎって、くさい臭《にお》いみたいにわいてきやがって。ぼくがどこにいたって関係ない。庭だろうが、ガレージだろうが、どこにいても現《あらわ》れる。近ごろじゃ、それにランジットとジャスまで加わった。いつも気がつくと、ふたりがその辺にいて、子どもみたいにクスクス笑ってる。

母さんはいつも台所で料理をしてるか、居間《いま》でスカイTVのアジア・チャンネルを観てるかだ。父さん？　まあ、父さんは、好き勝手にやってる。ゲップをふりまきながら、酔《よ》っ払《ぱら》いのゾンビみたいに、家じゅうを歩きまわってるって感じ。ぼくは父さんから逃《に》げるために、一度トイレに閉《と》じこもったことがあった。努力の甲斐《かい》なく、顔面にパンチを食らって終わったけど。この家じゃ落ち着いて宿題もできない。家族の中に宿題を大事と思ってる人がひとりもいないんだから。うちの家族はみんな、学校は時間の無駄《むだ》と思ってる。労働者階級のパンジャブ人家族はほとんどがそうだ。大事なのは金を稼《かせ》ぐ努力をすること。学校や大学じゃあ、それはできない。ランジットもハリーも学校を出たらすぐ、工場に就《しゅうしょく》職した。そんな状《じょうきょう》況でぼくの成《せい》績《せき》がいいのは不思議な話だ。家族のだれも気に留めやしないけど。

ぼくはできるだけ友達と外で過《す》ごすようにしてる。エイディ（本名エイドリアン）は小学校からの親友だ。本人は自分のことを「ブラック・ジャマイカン」って呼んでる。ぼくは外で遊ぶとき、何人かといっしょのことが多いけど、いつもいっしょにいるのはやっぱりエイディだ。よくやるのは、サッカー。学校でもしてるし、日曜も地元の少年サッカーチームで練習する。学校にいるとき、ぼくとエイディはいつもつるんでる。休み時間ごとに会ってはふざけあう。

うちの家族にいわせると、エイディは人間の皮をかぶった悪魔みたいなもんらしい。みんな、いつもエイディのことをあれこれいう。特に父さんと兄貴たちは。ぼくが家から逃げだそうと、玄関《げんかん》のドアまで行くと、よくティーチャーズに酔った父さんが居間の戸口に現れる。

「もどってこい、マンジート！」父さんがパンジャブ語で叫ぶ（ちなみに、息子たちの名前はいつだってパンジャブ風に呼ぶ）。あーあ、またお決まりのパターン。ぼくは顔をしかめる。「どこ行く、おまえ」父さんがパンジャブ風英語をしゃべった。父さんの言葉はときどき、そんなふうに変な英語になる。その言い方がおかしくて、いつも思わずにやけてしまう。すると――ボカッ！――父さんからの一発。うう、左耳がじんじんする。「おまえ、どこへ……？」

「外だよ」ぼくはそれしか答えない。

「おれの目は節穴《ふしあな》じゃないぞ、マンジート。おまえが外へ行くのはわかっている。行き先を訊いているんだ」

「エイディとちょっと通りをぶらつくだけだよ」

「エイディだと？　まったく、どういうつもりだ！　どうしておまえはそういつも黒人《カラ》とくっつきたがる？」

　問題はその一言なんだと思う。父さんが親友をけなしたりするから、こっちもかっとなって、「そんなの、人種差別だ！」なんて叫んでしまう。父さんもぼくの頭にもう一発かまして、黒人に対する偏見《へんけん》をまくしたてる。

「今におれが間違《まちが》っていないことが、おまえにもわかる。あのカラはきっとおまえをドラッグの道に引きずりこむ。おれはニュースで観ているんだ。カラたちがやっていることぐらい知っている。ドラッグだ。とんでもないやつらじゃないか。おまえも今に盗《ぬす》みやタバコをやりはじめるんだ……」

　そこで父さんからもう一発。ぼくは父さんののしる声を無視して家を飛びだす。「早く帰ってこいよ！　ロティ*やなんかを用意して待っているからな」父さんが怒鳴る。まるでほんとに心配してるみたいに。父さんは日曜はいちおう飲まないふりをするけど、平日の夜と週末はいつも酒を飲む。だから、たいていの晩《ばん》は十時までには酔っ払っていて、ぼくを家に入れるときにぶちのめそうと思ってたことも忘《わす》れてしまう。

　盗みとタバコに関していうと、父さんはなんにもわかってない。エイディを悪の道に引きず

*インドの平たくて丸いパン。

りこんだのは、ぼくのほうだ。ブーツやHMVみたいな店で、汗止めとかCDなんかの万引きを始めたのは、ぼくのほう。エイディを仲間にするのは簡単《かんたん》だった。ぼくたちは口紅《くちべに》とか髪《かみ》のジェルとか、注文に応《おう》じてなんでも盗んで、学校で他の子たちに半額《はんがく》で売る。べつにたいしたことじゃない。自分はスゴイんだってところを人に見せたいだけで、タバコを吸《す》うのとおんなじだ。単に大人の仲間入りをしたいとか、バカみたいだけど、女の子を感心させたいとか思ってやるだけ。だいたい、ぼくはタバコの味は好きじゃない。不良行為《こうい》なんて、大人になるときの通り道にすぎないと思う。

エイディはクールなやつだ。何かで怒ってるとか、悩《なや》んでるとかいうことがない。だけど、ぼくたちはけっこう似《に》た者《もの》同士だ。エイディは親と暮らしてる。両親ともちゃんと教育を受けていて、息子にもいい成績を期待してる。エイディの兄貴はぼくたちより五歳くらい上で、ちょっとしたドラッグの売人だ。たくさんは扱《あつか》ってない。あちこちで少しだけ取引をしてる。エイディは兄貴のようになりたくて、親が望んでないことばかりしたがる。特に理由があるわけじゃない。ただワルぶりたいだけだ。ぼくたちの年ごろって、悪いことがすごく面白く思えるから。

とにかく、だれがなんといおうとかまわない。ぼくの親友はエイディだし、なんでもいっしょにやる。ふたりでやってきた冒険《ぼうけん》は、ぼくの未来への序曲《じょきょく》だ。映画が始まる前に流れる一分間の予告編《よこくへん》みたいなもの――これからやってくることのほんのとっかかりってやつだ。

2 五月

　八年生になったとき、ハリーの結婚式《けっこんしき》の日取りが決まった。その年のうちに、ぼくは新しい部屋に移《うつ》されることになった。その部屋は今、増築中《ぞうちくちゅう》だ。父さんが増築を計画したのは何年も前のことで、ようやく費用が貯《た》まったところだった。父さんはイギリスにきてからずっと、同じプラスチック工場で働いてこつこつ貯めてきた。パンジャブ社会では、花嫁《はなよめ》は大家族の一員として、嫁《とつ》ぎ先《さき》の家族と住むのが習慣《しゅうかん》だ。そのせいで、ときには三世代、四世代もの家族が、ひとつ屋根の下に住むことになる。まさに悪夢《あくむ》。っていうのが、ぼくの見解《けんかい》。

　ぼくには同い年のいとこがいる。名前はエクバル。ぼくの学校と一キロと離《はな》れてない学校に通ってる。ぼくたちはよく話しあった——パンジャブ式大家族について。エクバルも末っ子で、エクバルの父さんとぼくの母さんはきょうだいだ。父さんはエクバルの父さんとあまり口をきかない。エクバルの父さんは医者で、うちの父さんとは正反対の人だ。すごく進歩的で、クールだ。勉強をしっかりやって必ず大学に入るなら、と息子《むすこ》には好きなことをさせてる。教育は大切だと思ってるし、エクバルの友達の肌《はだ》の色なんて気にしない。そんなエクバルの父さんを、うちの父さんは教授先生《きょうじゅせんせい》と呼《よ》ぶ。まるで成功してることが、欠点やハンデといわんばかりだ。「やつを見ろ」父さんはウイスキーを二杯《はい》あおったあと、いつもこう始める。「あいつは何様のつもりだ。医者の免許《めんきょ》に、ゴラの言葉？　それで、やつのほうがおれより上だっていうのか。おれは今でもジャート*のパンジャブ人だ。やつのようにイギリス人になどなっていない。ゴラたちにイギリスを追いだされても、おれには帰る国がある。だが、やつはどうだ。重労働などしたこともない。コンピューターや机《つくえ》にかじりついているだけだ。そんなもの、インドでなんの役に立つ？」

ぼくにはいつも不思議に思うことがある。よりによって、どうしてこのぼくが、超《ちょう》トラディッショナルなパンジャブ一家に生まれたんだろう。もっと自由な家に生まれてもよかったはずなのに。エクバルはほんとにラッキーだ。それに比《くら》べて、ぼくの暮《く》らしときたら、閉塞感《へいそくかん》いっぱい。ひどく不自然。これからずっとこんなふうに生きていくなんて、想像《そうぞう》もできない。っていうか、想像する必要もない。すぐに経験《けいけん》することになるんだから。幸せとはほど遠い人生だ。ぼくの知るかぎり、今度の新しい部屋は掃除用具《そうじようぐ》入れくらいの大きさしかないし、あとからの思いつきで、トイレにくっつけて建てられる。ああ、ぼくは何年もそこにいることになるんだ。まるで現代の鉄仮面《てっかめん》みたいに閉《と》じこめられて（もちろん、仮面はしないけど）。その間にも、家の中では、家族が容赦《ようしゃ》なくどんどん増《ふ》えていく。何年か経《た》ってやっと、家族はぼくを思いだす。発見されたぼくはガリガリにやせ細り、ちゃんとした話し方も忘《わす》れていて……。

とまあ、ぼくはときどきこんなふうになる。つまり、想像の世界にどっぷりはまってしまうわけ。理由も理屈《りくつ》もなく。この悪い想像もぼくがすべてに過剰《かじょう》に反応《はんのう》してるだけかもしれない。そうさ、いくらなんでもぼくの未来は、そこまで悪くないはずだ……。と思った矢先に知ってしまった。ランジットとジャスの間に子ブタが生まれるってことを。そして、ぼくの世界がガラガラ崩《くず》れはじめたってことも。

ある晩《ばん》、ぼくは自分の部屋にいた。ありがたいことに、ハリーはバングラ・バカルディ仲間とサッカーの練習でいない（ぼくはハリーの友達を「バングラ・バカルディ仲間」と呼んでる。「バングラ」は、パンジャブの民族音楽バングラを土台にしたイギリス生まれのポップミュージック「バングラ・ビート」の略《りゃく》で、「バカルディ」はラム酒）。ぼくはさっきから自分の人生のスケジュールを書いてた。自分がこの一年でどんなふうになるかを、順に挙げてったものだ。今年の五月から来年の四月まで。来年の四月はハリーが結婚する月で、ランジットの子ブタが地球上でキーキーいいだしてから四か月後ってことになる。

五月　ここエヴィントン・ドライブで地獄《じごく》の日々

七月　夏休み開始——救いになるか

＊インドの歴史的な身分制度《みぶんせいど》であるカーストのひとつ。農業を伝統的職業《でんとうてきしょくぎょう》とする者。

九月　九年生になる
　　　さぼりの言《い》い訳《わけ》がさらに必要
十二月　子ブタが生まれる
　　　再《ふたた》び、すべてが地獄
四月　終末は近い
　　　ハリーが結婚
　　　ぼくは新しい独房《どくぼう》へ追いやられる
　　　未来はない

ベッドに座《すわ》ってスケジュール表を読みかえした。来年の四月まで。人生が十四歳《さい》と半年で終わってしまう。ぼくは新しい部屋、っていうか掃除用具入れに閉じこめられ、家族はどんどん膨張《ぼうちょう》する。ランジットとジャスには子どもができるし、ハリーには奥《おく》さんができる（その人はハリーのいろんな臭《にお》いを我慢《がまん》するために、相当鼻が悪くないとまずい）。母さんはきっと、親戚《しんせき》のおばさん《アンティ・ジー》たちに孫の自慢をするんだろう（もちろん、パンジャブでは孫は男のほうが喜ばれる）。父さんは相変わらず、酔《よ》っ払《ぱら》いで暴力的《ぼうりょくてき》にちがいない。特別に増築したとはいえ、ひとつの家に七人。七人だなんて。おっと、それにぼくもいる。

プライバシーがなくなるんだ、と絶望《ぜつぼう》してるところに、ハリーが階段《かいだん》をドスドス上がってきた。慌《あわ》てて毛布《もうふ》の下にスケジュール表を押《お》しこむ。と同時に、ハリーが肩《かた》からぶつかるようにして、ドアをバタンと開けた。まさに、もうすぐ十七歳のデブザルそのものだ。これで体じゅう、毛とノミにおおわれてたらカンペキ。

「何してたんだよ」ハリーがにやつきながら、シロナガスクジラの壮麗《そうれい》なダイビングよろしく

自分のベッドに倒《たお》れこんだ。ベッドがギーギーきしむ。ぼくは肩をすくめた。

「べつに」そういって、毛布に目をやってから、ハリーを見返す。

「べつにだと？　ここに長いこと、こもってたんだってな。母《マミー・ジー》さんがいってた。それでも、何もしてなかったのかよ」

「そうだよ」慎重《しんちょう》に答えた。ハリーにスケジュール表を見られたくない。やつのことだ、見つけようもんなら、永遠《えいえん》にからかいつづけるに決まってる。すると、ハリーはぼくを見て、ひとりで笑いだした。まさに、ククという含《ふく》み笑《わら》い。

「おまえのやってたことぐらい、お見通しだ。何もしてなかったなんて通用しねえんだよ、このマスかき野郎《やろう》」ハリーはくるりと背《せ》を向けると、鏡の載《の》った共用のタンスの上のデッキにバングラ・ビートのカセットを入れてプレイボタンを押した。

「下品な言葉をしょっちゅう使うのは、知性《ちせい》が劣《おと》ってる証拠《しょうこ》だ」ぼくはハリーにいってやった。実は大好きなクック先生の受け売りだったけど。一度「ファ××」という言葉を使ったときにいわれた文句《もんく》。

「偉《えら》そうなしゃべり方はやめろ、ホモ野郎。普通《ふつう》に話せ。自分を何様だと思ってる。ゴラかなんかか。へえへえ、おまえを見たら、だれだって白人だと思うだろーよ、あ?」

ぼくはハリーに向かってイヤーな顔をしてみせた。兄貴《あにき》たちのああいう話し方には、我慢できない。語尾《ごび》にすぐ「あ?」とか、「マジ最高」とかいった言葉を足す。そんなのバカっぽいだけだ。絶対《ぜったい》、兄貴たちみたいにはなりたくない。バカで、それを自慢に思ってるようなやつらには。ったく、ジョーダンじゃないっつーの。こっちがちょっとでも賢《かしこ》いとこを見せると、「白人かぶれ」とかいいだしやがって。「ハリー、おまえのいってることは、ただの人種差別だ」バングラ・ビートが耳についてきたぼくは、部屋を出ようと立ちあがった。

「違《ちが》うね。おれはパンジャブ人であることを誇《ほこ》りに思ってるだけだ。少なくとも恥《は》じちゃいねえ。それにひきかえ、おまえはいつも白人になろうとしてる。そこがおまえのいちばんマズイところだ」

ぼくはハリーをにらみつけた。飛んでいって、脳天《のうてん》に蹴《け》りを一発お見舞《みま》いしたい。人種差別主義《じんしゅさべつしゅぎ》のマスかき野郎! だけどぼくは代わりに「父さんのロボットめ!」と叫《さけ》んで走りだした。ドアを閉《し》めたとたん、バコン!と音がした。ハリーがぼくの頭めがけて投げたスニーカーがドアに当たった音だった。

大家族でよかったことのひとつは――っていうか、これひとつしかないんだけど――うちの車の座席数《ざせきすう》では全員が乗り切らないってことだ。ちなみに、うちの車はスモークガラス、リアウインドーにはシーク教徒のシンボルつきという、フル装備《そうび》のボクスホールのキャバリエだ。たくさんいるいとこのだれかが毎年夏に、最低四人は結婚するたびに、父さんはキャバリエに家族を押しこみ出発する。ぼくは小さいときはだれかの膝《ひざ》に乗るか、兄貴たちの間にはさまれて座るしかなかった。おかげで道中ずっと、きつい、苦しい、とうなってたものだ。それが十三歳になった今、大きくなりすぎて、そんなことはできなくなった。おかげで、家に残ることになったってわけ。もちろん、しっかり監視《かんし》つきで。せんさく好きのお隣《となり》さん——第二のアンティ・ジーがいて、井戸端会議《いどばたかいぎ》という仕事の合間に、ぼくに目を光らせる。パンジャブの結婚式はたいてい三日に渡って行われる。そして、うちの両親はいつも、土日にあたるあとの二日間に出席する。ってことは、ぼくはひと晩、自由をもらえるってことで、そのときはひとりでやりたいことをやれるってわけだ。いつもと違って。それはぼくにとってすごく大きい。

となると、ぼくがすっかり浮《う》かれて、家に友達全部を呼んで、ドラマの〈ネイバーズ〉に出てくるやつらがやるみたいなパーティーを開いてるんだろうと思われそうだけど、残念ながらそれは違う。そんなことをしたら、間違いなく、父さんに殺される。ほとんど冗談抜《じょうだんぬ》きで。うちの場合、「信頼《しんらい》」についての長いお説教もなければ、二週間の外出禁止《きんし》もない。問答無用、いきなり殴《なぐ》られる。ぼくが自由なひと晩のおかげで手に入れるものなんて、ほんとにささやかだ。カーリングの黒ラベルをソーダみたいに飲みながら、スポーツ番組〈マッチ・オブ・ザ・

デイ〉を平和に観《み》ること。うるさくて音が聞こえないためにいちいち字幕《じまく》を読むこともなく、アホの兄貴たちのオナラやゲップに最初から最後まで邪魔《じゃま》されることもなく。酔いつぶれる一歩手前の父さんが、部屋じゅうをよろよろうろつきながら、なんでもかんでもパンジャブ語でけなすのを見ることもなく。

サッカー・シーズンが終わってる場合は、〈リヴァプールF　C《フットボール・クラブ》の一〇〇年〉のビデオを出してきて観る。来シーズンこそマンチェスター・ユナイテッドを叩《たた》きのめすぞと念じながら。それを観たあとは、スカイTVのチューナーのペアレンタルロック*を解除《かいじょ》して、ぼくが観ることになってない番組――知らないことにさえなってる番組も全部観られるようにする。たとえば、オランダやドイツのポルノ番組とか、いつも怖《こわ》いっていうより笑っちゃうホラー映画とかだ。ここで大事なのは、何を観るかってことじゃない。自分で選べるってことだ。前に学校で読んだウィリアム・ゴールディングの『蝿《はえ》の王』に出てくる子どもたちみたいに。ひとりのときは、自分がほら貝を持ってるんだから、思いどおりにできるってわけ。**

とにかく、五月のある土曜日、ぼくの破滅《はめつ》へのスケジュールは始まった。父さんは次の結婚式へ行く旅行の準備《じゅんび》をしてた。今度の場所はグラスゴーらしい。ぼくは座ってテレビの子ども番組を観ながら、シリアルを牛乳《ぎゅうにゅう》なしで箱から直《じか》に食べてた。父さんが居間《いま》に入ってきて、二度ゲップをした。でかい雷《かみなり》みたいに部屋じゅうに響《ひび》き渡《わた》る。ぼくはそんなことには慣《な》れっこだったから、ただ顔をしかめてテレビを観つづけた。

「マンジート」父さんがシリアルの箱を指差す。「器にちゃんと入れて食え」

「はい、父さん《ダディ・ジー》」父さんがめちゃくちゃ飲んで騒《さわ》いだ翌朝《よくあさ》は、必ずものすごく行儀《ぎょうぎ》よくすることにしてる。「ダディ」のあとには、目上の人への尊敬《そんけい》を表す「ジー」をつけていう。ド級の二日酔いになりはじめた父さんには、対処法《たいしょほう》はそれしかない。さっさと台所に器を取りにいった。やっぱり牛乳は入れないことにしたけど。居間にもどってくると、父さんが人差し指で耳をほじりながら、ソファに座ってた。

「おまえは兄さんの結婚式に出たくないのか」ぼくが座ってまたテレビを観はじめたとき、父さんがいった。

ぼくはシリアルでいっぱいの口で答えた。「今度結婚するのはほんとの兄貴じゃないんだし、ぼくが行っても行かなくても、たいして違わないから」げっ、口がすべった。

「まったく、おまえたち若《わか》い者は」父さんがパンジャブ語で話しだす。「何もわかっとらん。おれたちにとっては兄弟もいとこも、みんな同じなんだ。おれたちはパンジャブ人なんだぞ、マンジート。パンジャブ人。ゴラなんかじゃない」

また始まった、と思った。父さんがいつものように、自ら実践《じっせん》していることを講義《こうぎ》しはじめ

＊視聴年齢制限《しちょうねんれいせいげん》。親が子どもに観せたくない番組の視聴を暗証番号によって制限する機能《きのう》。

＊＊『蝿の王』では、集会でほら貝を持った子が発言権《はつげんけん》を得られる。

る。白人や白人の道徳的堕落《どうとくてきだらく》からパンジャブ文化を守らねばいかんとか、家族が白人的になりすぎないよう気をつけろとかいったことだ。

「母親は家にいるものだ。少なくともパンジャブ人は、自分の家族の面倒《めんどう》は自分で見る」父さんの講義が続く。それからとつぜん、予想外の話が飛びだしてきた。それは、今までの会話にナイフみたいにぐさりと突《つ》きささった。「おれたちはパンジャブ人で、それを誇りにしている。すばらしい一族の出身、すばらしいジャートのシーク教徒だ。兄さんたちを見ろ。ランジートはもう一人前の男だ。働いて、かわいい娘《むすめ》と結婚している。ビルハルも同じ道を歩むだろう。シーク教徒の娘たちは、美しくて純粋《じゅんすい》だ。どこに不足がある？　いってみろ」

ぼくはテレビをじっと見た。裏《うら》に何か隠《かく》れてるといわんばかりに、画像《がぞう》をのぞきこむようにして。

「おまえもビルハルの年になったら、同じように結婚するんだからな」

ハリーの年に、だって？　だけど、ハリーはまだ十七じゃないか。十七歳！　ってことは、あと四年。たったの四年！　まるでレンガでガツンと頭を殴られたみたいだった。ガールフレンドを作ったこともないのに、奥さんなんて考えたこともない！　これからやることだって、たくさんあるんだ。リヴァプールFCのトップ・ストライカーになって、カップとリーグの両方で決勝点のシュートを決める。それから、イギリスで初のアジア人ポップ・スターになって、ベストセラー作家にもなって、スーパーモデルたちとデートもして、アカデミー賞やなんかもとって……。やることは山ほどある。山ほどだ。だけど、そこに「知らないどこかの女の子と十七で結婚」ってのは含まれてない。だって、サクジットおばさんみたいに、ひげが生えてたらどうする？　ひー、ジョーダン！　そこまで考えたところで、ぼくは父さんの講義にまた耳を傾《かたむ》けた。

「やがて、おれは義務《ぎむ》を果たしおえる。そうしたら、誇りと名誉《めいよ》を胸《むね》に、インドにもどれるんだ」

今ではぼくはテレビの画面を穴《あな》があくほど見つめてた。そしてこう思おうとした。これは想像の産物だ。父さんはほんとはここにいなくて、まだ眠《ねむ》ってるんだ。いや、ぼくがまだ眠っていて、これはぼくが見てる恐《おそ》ろしい夢《ゆめ》なんだ……。そのとき、父さんがソファから立ちあがり、ぼくは我《われ》に返った。父さんがぼくをまっすぐ見つめる。

「聞いているのか、マンジート」

「はい、ダディ・ジー」父さんから顔をそむけるようにして答えた。口がからからになってくる。額《ひたい》に冷たい汗《あせ》が噴《ふ》きだしてきた。なんだかむかむかする。

「よし。それでだ、おれの友人にいい娘がいてな。おまえより二、三か月だけ年上の子だ。その子が観光ビザでイギリスにやってくる。それで、おれの友人は娘に夫を見つけてやらねばならん。その子がイギリスに住めるようにな。マンジート、やつはおれの親友で、恩《おん》があるんだ。まあ、この件《けん》は時期がきたら、また話すことにしよう。今はまだいい」父さんはそういって、部屋を出た。ぼくはぼう然として、その場に座ってた。

逃《に》げる方法はあるはずだ。なきゃ困《こま》る。一瞬《いっしゅん》、神様に祈《いの》ろうかとさえ思ったけど、やっぱりやめた。今まで祈ったことのないやつが、急に信心深いふりをしても、神様にはわかってしまう。だけど、抜け道はきっとあるはずだ。どんなコンピューターゲームにもあるじゃないか、裏技《うらわざ》ってやつが。あまり犠牲《ぎせい》を払わずに、次のレベルへ上がれる方法。絶対なきゃ困る。だって、このゲームはスイッチを切って、またあとでやり直すことができないんだから。あーあ、これってマジでやばい。

3
七月

「裏技《うらわざ》」を始めたのは七月のあるときからで、ぼくはちょっとワルの道に走りはじめた。あれはたしか金曜日だったと思う。朝、目を覚ましたぼくはこう思った。もう、うんざりだ。五月の例の日に、父さんの爆弾発言《ばくだんはつげん》を聞いてかなりのショックを受けた。それから頭の中では「十七歳《さい》で結婚《けっこん》」の文字がぐるぐるまわってた。まるでくだらないハリウッド映画の予告編《よこくへん》みたいだ。ぼくには気晴らしが必要だった。十七歳で縛《しば》られる、なんて考えを忘《わす》れるために。そんなわけで、家の外でエイディと過《す》ごす時間がどんどん長くなった。ぼくたちなりの気晴らしをした。だれかが勝手についてくることもあった。

部屋の窓《まど》から日の光が差しこんでた。先に起きたハリーが窓を開けたらしい。たぶん、自分の足の臭《にお》いを追いだそうとしたんだろう。空は見事なくらい真っ青で、雲ひとつなかった。ぼくは窓から花壇《かだん》の花をのぞきこんだり、父さんの芝生《しばふ》を囲んでる植えこみをながめたりした。こんな日は普通《ふつう》ならわくわくしてるはずなのに、父さんがぼくの未来を勝手に描《えが》いた日から、ずっとそんなふうにはなれなかった。

立ちあがったひょうしに、ハリーのひっくりかえったサッカーシューズをふんづけた。しかも、もろにスタッドの上を！ ぼくは転げるようにベッドに逆《ぎゃく》もどりした。「くっそー！」痛《いた》い足をさすりながら、部屋を見渡《みわた》してみる。まさに爆撃跡《ばくげきあと》だ。ハリーのベッドはぼくのと並《なら》んでいて、一メートルしか離《はな》れてない。いつもどおり、寝《ね》て起きたときのまんまだ。青と黄色のストライプのシーツは「頼《たの》むから洗《あら》ってくれ」って感じだし、その上をおおってるのは、汚《よご》れた服の山と、くさくて汚《きたな》いオフホワイトのソックス数足。ベッドの間の一メートル幅《はば》の空間は、ごみためと化してる。ひっくりかえったサッカーシューズの横には、すね当て。マンチェスター・ユナイテッドのシャツにソックス。たくさんの空のカセットケース——どれも最近のバングラ・ビート歌手のものだ。あとは、皿にのった食いかけのパコラ*一個《こ》。コップ二個。鋳鉄《ちゅうてつ》の重りをつけたダンベル一本。雑誌数冊《ざっしすうさつ》——サッカーとコンピューターゲームとセミヌードの女のものばかり。空のCDケース二個に、一度酸《さん》にひたしたみたいなCD一枚《まい》。二年前のクリスマスに「ふたりに」とまた別のアンティ・ジーからもらった目覚まし時計一個。げっ、ぼくのリヴァプールFCのシャツもある！　しかも、カーリングの黒ラベルの空《あ》き缶《かん》をくるんでるじゃないか！

それが、お気に入りのシャツにしみをつけたビールの空き缶のせいだったのか、単にこの部屋のいつもの惨状《さんじょう》のせいだったのかはわからない。とにかく一気に頭に血がのぼった。ベッドの端《はし》から飛びおりて、ドアの反対側の壁《かべ》にある戸棚《とだな》の自分の側を開ける。リーバイスの黒のジーンズと、アディダスのシャツを出して身に着ける。ハリーが大事にしてるマンチェスター・ユナイテッドのシャツ――昨シーズンのアウェイ用のユニフォームのレプリカを見つけると、リヴァプールのシャツの代わりにそいつで空き缶をくるんだ。

頭の中ではベテラン・アナウンサー、ジョン・モトソンの絶叫《ぜっきょう》が響《ひび》いてた。「リヴァプールのオーウェン、ハットトリックです。三点目のシュート！」ぼくは缶入りシャツをさらにくしゃくしゃに丸め、ベッドの下に豪快《ごうかい》なシュートを放った。「おーっと、オーウェン、またシュ――ト！」今度は、黒のソックスにナイキのエアマックスをはいて、ハリーのベッドに飛びのると、服やなんかをそこらじゅうに蹴《け》ちらした。「いくらオーウェンでも、もう得点はないでしょう。いや、奇跡《きせき》です！　オーウェン、五点目のシュ――ト！」最後に、食いかけのパコラを手に取った。まだケチャップがついてる。そいつを空のカセットケースにつめると、ハリーの枕《まくら》に載《の》せてやった。カセットのラベルに写ってるデブのパンジャブ野郎《やろう》が、こっちにほほえみかけてくる。そうかい、おいしいかい。そりゃ、よかった。ぼくはハリーのベッドから飛びおりて、洗面所《せんめんじょ》に向かった。頭の中では、ジョン・モトソンがますますノってた。「マイケル・オーウェン、ついにマンチェスター・ユナイテッドを叩《たた》きのめしました……」

八年生から九年生に変わる直前の夏休みは、ほとんどの午後をエイディと過ごした。いつもどこへ行くにしても、まずはエヴィントン通りのセント・フィリップ教会の前で落ちあった。お気に入りのパターン。ふたりの夏のしきたりって感じがしたし、それで家族からも逃《に》げられた。

ある日の午後、ぼくたちはエヴィントン通りをヴィクトリア・パークに向かってた。同じ学校のサッカーチームの連中と、ちょっと練習をしようってことで、そこで待ちあわせてた。こんな日に練習にくるやつがいるとは思えない。それくらいむちゃくちゃ暑かった。なのにエイディがいった。「おまえ、なに悲観的になってんだよ」

ぼくはにやりとした。「へえ、あの辞書、使ってるんだ。クリスマスに親父《おやじ》さんからもらったやつ」

＊野菜などを刻《きざ》んでてんぷら風に揚《あ》げたインドのスナック。

ぼくたちはエヴィントン通りを歩いていった。生協を通りすぎ、アジア人がやってる酒屋に寄《よ》って、飲み物を買った。外はものすごい暑さだった。なのに、エイディはシカゴ・ブルズのキャップをかぶったままだ。汗《あせ》が顔の横を滝《たき》のように流れてる。

「なあ、それ、ぬいじゃえば？」ぼくはキャップを指差した。

「ぜってー、やだ」エイディがにやりと笑う。「髪《かみ》を切るまでは、ぬがねえんだ」

「そういうことか。だけど顔が汗びっしょりだぞ」

「これでいいべ。自分の汗の塩味さ、すきなんだぁ」

思わず吹《ふ》きだしてしまった。エイディがいきなりジャマイカ人から田舎者《いなかもの》になったりするから。エイディはいつもそうやってふざける。しゃべり方をころっと変えて。

ぼくたちはエヴィントン通りを歩きつづけた。まわりはどこも車とバスと客と店の人でごったがえしてる。ぼくは自分で発明したゲームをした。名づけて「白人を探《さが》せゲーム」。この地区は人口の約九十パーセントをアジア人が占《し》めてる。店だって、ほとんどはアジア人の経営《けいえい》だ。違《ちが》うのは、シーフードのレストラン一軒《けん》と、美容室《びようしつ》二軒、花屋が一軒だけ。通りにいるのも、ほとんどがアジア人で、さもなきゃ黒人だ。ぼくがレスターを好きな理由のひとつは、まさにそれ。レスターには、白人ばかりの地区もあれば、黒人ばかりの地区、アジア人ばかりの地区もある。そして、いろんな人種が市の中心で溶《と》けあって、多文化が共生してる。それってすごくいい。理想的な形じゃないかと思う。その点になると、トラディッショナルなぼくの家族はもちろん、進歩的なエイディの家族まで、そうは見てないんだけど。ただ、この問題はぼくたち子どもの代で解決《かいけつ》すると思う。ぼくとエイディはいつもそういいあってる。だって、ぼくはこのイギリスで生まれたんだから。そしてイギリスで生まれたことを気に入ってる。ぼくの故郷《こきょう》はイギリスだ。デリーやボンベイの通りに連れていかれても、どこで何をしていいかわからない。イギリスなら、勝手がわかる。そう、イギリスはぼくの国で、エイディの国。ぼくたちの国だ。

そんなふうにあれこれ考えてると、エイディが口を開いた。「すげえ。この辺はますますリトル・デリーってかんじになってきたな」

ぼくはエイディを見て、にっと笑った。「この地区は名前を変えるべきかもな」そういったとき、ぼくたちはちょうど、テイクアウトのピザ屋の横を歩いてた。ピザのトッピングのメニューに、タンドーリ・チキン、キーマ、豆カレーの名前が並んでる。アジア人の多い地区で店をやるなら、このやり方は正しい。たとえ客のほとんどが白人の学生だとしても。

エヴィントン通りを半分ほど行ってベッキンガム通りを渡った。レスターのこの辺りはやっぱりいいなと思う。エヴィントン通りの片側《かたがわ》は、ハイフィールドといって、多くの人が「スラム街《がい》」と呼《よ》ぶ場所だ。そりゃ、危険《きけん》な場所も少しはあるけど、たいていはただのうわさだとぼくは思う。悪くいわれるのは、そこが黒人やアジア人が大勢《おおぜい》住む場所で、人種差別主義者《じんしゅさべつしゅぎしゃ》たちの手がほとんど及《およ》ばないところだからだ。ハイフィールドにはドラッグと売春婦《ばいしゅんふ》とギャングがいっぱいってイメージがある。まあ、たしかにここには全部が揃《そろ》ってるけど、それだったらレスターの他《ほか》の地区もおんなじだ。この地区を悪くいう人は、実際《じっさい》に自分で見にきてほしい。でかくて古い家が並んでいてびっくりするから。そのどの家にも、大きな地下室や屋根裏部屋《やねうらべや》があって、ギリシャの神様やなんかの名前がついてる。ぼくはそういった古い家が大好きだ。狭《せま》い通りが多くて、大小の変わった木が歩道にはみだして植えられてるのも。どの道も昼間はたいてい静かだし。小さいころは、この辺の歩道で野球をしたり、人《ひと》ん家《ち》のドアを叩いてダッシュで逃げるいたずらをしたりしたものだった。

エヴィントン通りのもう片側には、通りがいくつも走っていて、どれもロンドン通りにぶつかってる。その先にはクラレンドン・パーク、もっと南にはストーニーゲイトという地区がある。どちらもレスターの高級《こうきゅう》住宅街《じゅうたくがい》だ。実は、この高級住宅街の、特にクラレンドン・パークにある多くの家は、ハイフィールドの家とすごくよく似《に》てる。狭い通り沿《ぞ》いに立ってるところまでそっくりだ。違うのは、クラレンドン・パークのほうが、ずっと社会的地位が高くて、白人の家族がたくさん住んでるってとこだけ。だけど、そのおかげで、何も知らないやつらの間では、自然にいい評判《ひょうばん》が立ってる。

そんなふうに地区によって雰囲気《ふんいき》が違うのも、レスターに住んでいて気に入ってる点だ。エヴィントン通りは、ぼくが座《すわ》ってるフェンスみたいなもの。ハイフィールド側に飛びおりようか、それとも、ロンドン通り側にしようか、その日の気分で決められる。それってすごくいい。

だって、エイディとぼくでスラム街の細い裏通りをぶらついたりもできれば、ベンやペニーやパーミーとロンドン通りで待ちあわせて、そっち側にあるホッケー場でサッカーやクリケットをすることも、クラレンドン・パークまで行って、スーパーで万引きすることもできるんだから。

で、けっきょく、ヴィクトリア・パークにはだれもこなかった。ぼくのいったとおりだ。ぼくたちは街に出ることにした。三十分も猶予《ゆうよ》をやったんだから、もう充分《じゅうぶん》だろう。待ってるとき、ぼくたちは砂利《じゃり》が敷《し》いてある駐 車 場《ちゅうしゃじょう》に立って、親のBMWやゴルフに乗ってるアジア系《けい》の若者《わかもの》グループをながめてた。どいつもドアを開けて、カーステをがんがん鳴らしてる。ラッガ*にヒップホップ、R&Bにバングラ・ビート。もうごちゃごちゃだ。赤いキャバリエSRIのわきに、バックスが立ってた。ここらで「葉っぱ」を五ポンド、十ポンド袋《ぶくろ》で売りさばいてる売人だ。エイディもぼくもよく知ってる。バックスは学校の外で商売をしてるから。ドラッグの他に、コンピューターゲームや携帯電話《けいたいでんわ》も売ってる。ぼくたちは駐車場から出ていくとき、バックスにうなずいた。すると、ハリーのことを訊《き》いてきた。ぼくは「相変わらずデブだよ」と答えといた。バックスは昔、ハリーと同じ学校に通っていて、今でもたまにいっしょに飲むらしい。ぼくはバックスに「ハリーによろしく伝えておくよ」といって、市街地に向かって歩

＊ジャマイカのＤＪスタイルの音楽。

きだした。ロンドン通りに並ぶ会社や店をどんどん通りすぎる。

途中《とちゅう》で、レコード屋に二軒立ちよった。っていっても、何かを買いに入ったわけじゃない。どっちの店にも五分といなかった。そうやって通りをただぶらついた。あてもなく歩きまわって、何か変化はないかチェックする。レスターのティーンの間で芸術的《げいじゅつてき》にまで完成されたやり方だ。この辺りでは、スケボーを転がす十代の男たちや、よちよち歩きのガキを連れてる若いママらしき女の子たちや、だぼだぼジーンズにベースボールキャップのグループが、お互《たが》いに品定めしあってる。典型的な学校休みの風景。まあ、やつらの半分は、学校がある間もアーケードやショッピングセンターに出入りして、この辺りをぶらついてるんだけど。エイディが歩きながら、セアラという同じ学校の女の子の話をした。その子はエイディとデートをしたがってるらしい。ぼくは返事に困《こま》ってしまった。自分にガールフレンドがいないから、というのが主な理由。そんなにほしくないし、というのもある。これまで女の子をデートに誘《さそ》おうと思ったことすらないんだから。けっきょく、ぼくはただこの話を終わらせたくて、「その子とデートすれば?」といった。エイディがにやにや笑う。

「そしたら、今度からおれのこと、モテ男《お》くんって呼んでもらわねえとな」エイディが声をあげて笑った。

「おまえ、そんなにモテるわけじゃないだろ」

「この地区じゃ、ナンバー・ワンだぜ」

今度はこっちが笑って「たいした自信だよ」といった。だけど、心の奥《おく》では、ちょっとくやしかった。エイディに興味《きょうみ》をもつ女の子がいたなんて。こっちも探さないとまずいかも。エイディに遅《おく》れをとらないために。

シルヴァー通りを広場に向かってぶらぶら歩きつづけた。ぼくが初めてリーザを見たのは、そのときだった。エイディがぼくの袖《そで》を引《ひ》っ張《ぱ》って、金髪《きんぱつ》の女の子二人組を指差した。反対の歩道をこっちに歩いてくる。

「あの子だ！」エイディが、背《せ》の高いほうの女の子を指差して、興奮《こうふん》した声でいったとき、こっちはもうひとりの子に目が釘付《くぎづ》けだった。まさにサイコーの女の子！　ふんわり巻《ま》き毛《げ》のロングヘアに、こんがり焼けた肌《はだ》。七分《しちぶ》丈《たけ》の黒のカーゴパンツに、黒のベスト。

「セアラだよ」

「え？　だれ？」上の空で尋《たず》ねた。

「だから、セアラだって。例の、同じ学校の女の子」

「じゃ、セアラといっしょにいる子は？」ぼくの頭はほとんど真っ白だった。その子から目が離せない。すると、女の子たちがすれ違うとき、笑いかけてくれた。じろじろ見てたのが、ばれてたってことだ。

「さあな。けど、見たか？　あの子、おれに笑いかけてくれたろ。やった」

「いいや、ふたりとも、ぼくに笑いかけたんだ。おまえじゃない」

「わかったよ」エイディが笑った。「おまえのその、ボリウッド風*バッドボーイ・スタイルをすごく気に入ってくれたんだろうよ」

その日の午後、再《ふたた》び女の子たちと会うことはなかった。だけど、とにかくぼくの気持ちは、あの五分間で「ガールフレンド？　べつになあ」から「巻き毛の子をものにするぞ」に変わってた。

4
八月

ぼくは巻《ま》き毛《げ》の子のことばかり考えて、バカなことをするようになった——たとえば手当たり次第に万引きするとか。どれもぼくなりの、家でのごたごたを忘《わす》れるための方法だった。巻き毛の子を頭から追いだすことはできないし、近いうちにもう一度会わないと気がすまない。そんなわけで、ぼくは次に会うための計画をあれこれ練ってた。

その日も、ぼくはエイディといっしょにいて、ヴィクトリア・パークでサッカーをしてた。同じ学校の連中や、いとこのエクバルとその友達もいる。試合が終わると、ぼくはエイディに街に出ようといった。けれどもエイディの返事は「帰ろうぜ」だった。

　ぼくはどうしても帰りたくなかった。家族の行いが変わらないかぎり。ぼくはハリーのカセットその他への報復任務《ほうふくにんむ》を終えた結果、やつに殴《なぐ》られた。それで、思わずナイフを出してやつに向けた。っていっても、脅《おど》しただけだけど。使うつもりなんてなかった。なのに、ハリーのやつ、ガキみたいに父さんにいいつけやがった。おかげで、ぼくは父さんから鉄拳《てっけん》を食らった。家を出られる年までなんて、もう待ってるかっつーの。

　エイディが吸《す》いおわったタバコを指ではじきとばした。「んじゃ、何する?」ぼくが砂利《じゃり》を蹴《け》ったとき、エイディが訊《き》いてきた。

「だからさ、エイディ、街に出よう」

「街なんて、いつも行ってるじゃねえか。他《ほか》のことしようぜ」

「そうだけど、またセアラに会えるかもよ。ぼくがひとりで街に行って、セアラと会ったら、おまえ怒《おこ》るくせに」

「おいおい、このおれ様をだまそうったってそうはいかねえよ。おまえはセアラといっしょにあの子がいるのを期待してるだけだろ。あの巻き毛ちゃん」

　なんといわれようと、ぼくはゆずらなかった。ってことで、ぼくたちは街に向かってニュー・ウォークを進み、キング通りに入った。この辺りの古い建物のいくつかは、いつ見てもいい。

＊ボンベイ・ハリウッド。

店構《みせがま》えが建てられた当時のままで残ってる。ぼくたちは文房具屋《ぶんぼうぐや》の前で立ち止まった。エイディの目にワルの表情《ひょうじょう》が浮《う》かんだ。中に入ろうと決めたらしい。ぼくはひとり、通りを渡《わた》って、小さなアート・ギャラリーのショーウインドーをのぞいた。そこには一枚《まい》の複製画《ふくせいが》が飾《かざ》ってあった。マティスのもので、たしか〈ブルー・ヌード〉ってやつだ。前にエヴィントン図書館で借りた有名画家に関する本で見たことがある。家を出たときに最初に買おうって決めたやつだ。

ふいに、文房具屋の扉《とびら》がバタンと開いて、エイディが飛びだしてきた。片方《かたほう》の手には何本かのペン、もう片方の手には自分のキャップを握《にぎ》ってる。走るエイディの背中《せなか》で、カバンがめちゃくちゃはねてた。店番のばあさんが「待ちなさい」と叫《さけ》んで、よろよろ店先に現《あらわ》れる。ばあさんがやっと扉の外に出たとき、エイディはもう、通りの半分まで行ってた。ぼくはやれやれと首を振《ふ》ると、エイディのあとを追った。

「あそこまでがんばるほどのことだったのか？」ぼくはエイディに訊いた。ふたりでマクドナルドに寄《よ》ったあと、街へ向かって歩きだしたときのことだ。まだ犯行現場《はんこうげんば》から一分と離《はな》れてない場所で、エイディは誇《ほこ》らしげに戦利品をながめてた。それから、無言でにやりとすると、獲《え》物《もの》の中でいちばんすごいパーカーの万年筆を見せた。たしかに、かなりイイ感じのペンだ。そうとう価値《かち》がある。

「ヒタールに売るんだ。こういうのを盗《と》ってくれって、前からいわれてたんでね」エイディがいう。

「いくらで?」金が関わってくるなら、こっちも分け前をもらえそうだ。エイディとぼくはいつもそうしてた。盗《ぬす》んで学校で売ったものは、たいてい利益《りえき》を分けあう。「友情第一、他はあとまわし」っていうのがふたりの取り決めだ。たぶん、今のところ、すごくうまくいってる。たいていの場合は。

「では、ご説明しましょう。店での元の値段《ねだん》は二十二ポンド九十九ペンス。今回の場合、〈万年筆をちょうだいしたときのごたごた料〉に、〈おまけでちょうだいした替《か》えのカートリッジ代〉が加算されます。しめて十五ポンドってところでしょうか」エイディが、上品ぶったしゃべり方で話す。「どうでしょう、メリーウェザーさん」

「うむ、いい取引だ、ファーカーさん」ちなみに、このくだらない名前は、ぼくたちがコメディ番組〈ハリー・エンフィールド・ショー〉を観《み》たあとに作ったもの。

エイディが、また万年筆をじっと見て、それから話しはじめた。今度はいつものしゃべり方だ。「なんでヒタールのやつ、自分でこれを買わねえんだろう。あのバカ、すげえ金持ちのくせに。親父《おやじ》はレクサスみたいな高級車に乗ってるし、オードビーにでっかい家を買ったんだぜ」

「あいつがリッチで、ぼくたちがそうじゃないのは、そこなんだよ。ヒタールは学校でいちばん金持ちだけど、財布《さいふ》のひもは固い。やつが一度だっておまえに飲み物をおごったことがあるか。ポテトチップは?」

「その答えなら、ノーだな。あいつには一度もおごられたことがねえ」

「だろ？　だから、金持ちは金持ちのままでいられるんだよ」

するとエイディがからかうような顔になった。「へえ、そうかい。だが、おれをアカにしようったってそうはいかねえぜ」今度のしゃべり方は、ジョン・ウェイン風。

「なあ、この通りが何年か前には、『キャンク通り』じゃなくて『キャンクウェル』って呼《よ》ばれてたの知ってるか」ぼくは話題を変えた。この豆知識《まめちしき》は、学校で地元の歴史について書かれた小冊子《しょうさっし》から仕入れたものだ。「ほら、ぼくたちが座《すわ》ってるこのベンチ。これって実際《じっさい》に井戸《ウェル》だったところの真上なんだぜ」

「ま、おれにはどうでもいいことだ」エイディはハンバーガーの包み紙をその辺に投げすてた。「シャイアーズに行ってみようぜ」

シャイアーズは街の中心にあるショッピングセンターだ。いつもの午後と同じで、今日もティーンエイジャーのギャングたちがこぜりあいや騒《さわ》ぎを起こしながらうろついてる。こんな場所をどうしてエイディがそんなに好きなのかわからない。だけど、とにかくここはエイディのお気に入りで、ぼくたちはけっきょくいつもここにやってきた。

「なあ、かーいー子チェックしにいこうぜ」エイディはいつもそんなふうにいった。レスターに住むアジア系《けい》の若者《わかもの》がよく使う言い方をまねて。

何を見るでもなしに店を出たり入ったりして、三十分くらいぶらぶらした。そして、ついにぼくは、セアラが服の店から出てきたところを発見した。すかさず、セアラの後ろをチェック。

あの巻き毛の子は？　いた！　店のロゴのついた袋《ふくろ》をふたつ下げてる。ぼくはエイディに知らせようと、肩《かた》を叩《たた》いた。エイディは反対方向に歩いていく黒人の女の子二人組に見とれてる。

「なんだよ」

「あそこ」ぼくはセアラをあごで示《しめ》した。セアラがこっちを見て、笑顔《えがお》になった。巻き毛の子に何かいって、巻き毛の子が肩をすくめる。それからふたりそろってこっちに向かってきた。

エイディはふたりを見ると、キャップをかぶりなおしてジーンズを引《ひ》っ張《ぱ》りあげた。

「おれらがここにきたのはー、だからなワケ」エイディがバカっぽいアメリカ英語風にしゃべった。「だろ?」

セアラがエイディの前で立ち止まった。「こんにちは」そういったあと、今度はぼくにほほえんだ。ぼくはちょっと赤くなってしまったらしい。とたんにエイディが笑いだし、それにセアラも加わった。巻き毛の子を見ると、ぼくと同じくらい赤くなってる。

「あなた、エイディでしょ?」セアラがいった。

「そうだよ。だけど、あれれ？　訊かなくても知ってるはずだよなあ」エイディが攻撃《こうげき》を開始した。モテ男《お》くん、ただ今交戦中。

セアラはエイディの返事ににっこりして、ぼくのほうを見た。「あなたの名前は?」

ぼくはセアラを見て、エイディを見て、それから巻き毛の子を見た。近くで見ると、ますますかわいい。深いグリーンの瞳《ひとみ》に、ネコを思わせる顔。今日の格好《かっこう》は、おしゃれなアキュパンクチャーのスニーカーに、グレーのカーゴパンツ。面積が小さい白のなめし革《がわ》のクロップトップ。その下は明らかに、何も、つけて、ない。とたんに、ぼくはしゃべれない人になってしまったらしい。「マニー」そう答えるのがやっとだった。口はしびれ、脳《のう》は固まってる。どうか彼女《かのじょ》がしばらくは何も質問《しつもん》しませんように。手まで汗《あせ》をかきはじめてる。

「このふたりのお嬢《じょう》さんたちに、コーヒーでもおごろうかと思うんだけど」エイディがぼくにウインクする。「まあ、おれたち、今日の午後は他にすることもなさそうだしな」

「ふうん、じゃあ、あたしたちは場つなぎなんだ」セアラの顔がくもる。ぼくはエイディを思い切りにらんだ。何バカなことといってんだよ。

エイディも気がついて、弁解《べんかい》を始めた。「違《ちが》う、違う。そういう意味じゃねえよ。おれがいいたかったのは……」

セアラが巻き毛の子を見て、それからまっすぐエイディを見つめた。「なあんてネ。あなたって素直《すなお》！」

セアラと巻き毛の子が笑いだしたとき、やっとエイディも気がついた。「ミスター・クール」を気取る自分が、爆撃《ばくげき》を受けた潜水艦《せんすいかん》みたいに、女の子たちに撃沈《げきちん》されたことを。ぼくも思わずにやついてしまい、エイディをむっとさせてしまった。

「じゃあ、どこにつれていってくれる？」巻き毛の子が初めて口を開いた。ぼくはエイディを見て、また女の子たちを見た。ジーンズのお尻《しり》で両手をごしごしふきながら。心臓《しんぞう》はもう、爆発寸前《すんぜん》だった。

5 十月

九年生が始まらないうちに、エイディはセアラとデートするようになった。そして、ぼくはというと、巻《ま》き毛《げ》の子がリーザという名前で、セアラとはいとこ同士で、ぼくたちと同じ学校だということを知った。それにしても驚《おどろ》きなのは、ぼくがそれまでリーザの存在《そんざい》に気づいてなかったってことだ。エイディがセアラから聞いた話だと、リーザは中等学校の最初の二年間、あまり友達と出かけたりしなかったらしい。実はちょっとガリ勉タイプ。そうは見えないけど。それと、夏休みの間に髪型《かみがた》を変えて、一か月間トルコに行ってた（日焼けはそのせい）。たとえそういった理由があったとしても、リーザに気づかなかったなんて、やっぱり信じられない。クラスが違《ちが》っていて、いっしょの授業《じゅぎょう》がなかったとしても。

ぼくは学校が始まったことが、うれしくて仕方なかった。いよいよエイディがぼくとリーザのデートを設定《せってい》してくれると思ったからだ。夏休みのあの日、四人でコーヒーを飲みにいったものの、ぼくもリーザもほとんどしゃべらなかった。自分のクラスがどうとか、くだらないこと以外は。リーザはぼくのこと好きじゃないんだ、と思った。けれども、エイディは、そう見えるだけだという。「人見知りってやつだ」そこで、ぼくは学校でリーザを見かけるたびに、近寄《ちかよ》って声をかけようとした。なのにこれまでのところ、ずっと無視《むし》されてる。これじゃあデートの申しこみもできそうにない。ぼくはあきらめはじめた。エイディはそんなぼくを笑って、誘《さそ》え、といいつづける。デートに誘えばいい。ただそれだけのことだ……。だけど、それがぼくにはできないわけで。いざというときに、どもってマヌケに見えたら？　そのうえ、ノーっていわれたら？　恥《は》ずかしいなんてもんじゃない。

　またもう一方で、ぼくがリーザを誘うのは現実的《げんじつてき》に無理な状況《じょうきょう》だった。だって、答えがイエスだったらどうする？　デートをするってことは、それとセットのものも全部ついてくるってことだ。たとえば、毎晩《まいばん》電話をかけあうとか。かかってきた電話を兄貴《あにき》たちや父さんが取るかもしれないなんて、冗談《じょうだん》じゃない。そんなことになったら、殺される。なにしろ、女の子がぼくに電話をかけてくるんだから。それも、家族の電話に。こんなのバカみたいだろうけど、ぼくにとって事態《じたい》はまさにそんなふうだった。うちの両親からすると、こういったガールフレンド・ボーイフレンド事項《じこう》は、すべて悪いことになる。ふたりとも異性《いせい》に関しては、恐《おそ》ろしくトラディッショナルなのだ。男女の交際《こうさい》で認《みと》められるのは、結婚《けっこん》を前提《ぜんてい》としたものだけ。そうでないものは、家族の名誉《めいよ》に対する侮辱《ぶじょく》になる。西洋文明が送りこんできたふしだらな女とデートなんてけしからん。白人も、黒人もだめ。アジア人なら、なお悪いという。エクバルのところみたいに、異性に関していくらか冷静な家庭もあるけど、うちは違う。ぼくの家では、親が結婚相手を見つけるまで、本人はひたすら待たないといけない。結婚が決まったら、好きなことをさせてもらえる。けれどもそれまでは何もできない。

たとえば、リーザを家に呼《よ》ぶなんてことは……絶対《ぜったい》、無理。女の子からぼく宛《あて》にきた電話を、なんとか取り次いでもらうのがやっとだろう。それも、一度だけならの話。しかも、その女の子について完璧《かんぺき》なうそをつかないといけない。「その子、いっしょに科学の研究課題をやってるんだ。あ、もちろん、グループでやってるんだよ」

そんなんで女の子を家に連れてきたりしたら、ぼくは死ぬことになるだろう。母さんはいつも観《み》てるアジアの衛星番組《えいせいばんぐみ》みたいなメロドラマを演《えん》じはじめるだろうし、父さんはかんかんに怒《おこ》って、ぼくを殴《なぐ》って、酒をがんがん飲みだすにちがいない。そして、兄貴たち。うう、考えたくもない。あのふたりのことだ、ヒューヒュー口笛を吹《ふ》いて、女の子をいやらしい目で見るに決まってる。それから、きわどい言葉を連発して、「おれたちにもその子を貸《か》せよ」なんていいだすんだ。冗談でなく。一度、ふたりに公園に連れていかれて、しぶしぶいっしょにサッカーをしたことがあった。そばをアジア人の女子大生グループが通りかかったときは大変だった。ランジットが女の子たちに口笛を吹きまくり、ハリーがパンジャブ語で暴言《ぼうげん》を吐《は》きまくる。そしてしめくくりに叫《さけ》んだ言葉。「チョック・デ・ヒュッテ！」それは「ハジけようぜ」とか「とばしてこうぜ」みたいなバングラ・ビートのかけ声で、ふたりが友達と会ったときや、女の子を困《こま》らせたいときにあげる雄叫《おたけ》びでもある。そんな言葉を叫ぶのは、このふたりだけだ。ぼくが兄貴たちみたいにはなりたくないっていうのは、つまりそういうこと。

ときどき、ぼくは自分が養子だという夢《ゆめ》を見る。夢はぼくが学校から帰ってくると、両親が待ちかまえてるところから始まる。父さんの険《けわ》しい顔。ニュースを観てるときなんかによくする、自分が知識人《ちしきじん》だと思ってる顔だ。母さんはぼくから顔をそむけてる。口からはくぐもった嗚咽《おえつ》がもれる。夢はいつも同じだった。なぜか、ぼくはマイケル・オーウェンのシャツを着てる。学校にスポーツウエアで行くのは禁止《きんし》なのに。テレビがついていて、親と縁《えん》を切る子どもたちについてのトークショーをやってる。父さんが紙を一枚《まい》、両手で差しだす。ぼくの出生《しゅっせい》証明書《しょうめいしょ》だ。父さんがこっちをまっすぐ見つめる。そして、首を振《ふ》る。「マンジート、なんていったらいいか……。実はな、おれたちはおまえの本当の両親じゃないんだ」ぼくは父さんを見て、母さん――と思ってた人を見る。そして、笑いだす。泣きながら「うそつき！　ふたりとも嫌《きら》いだ！」なんて叫んだりしない。ただ笑って、「そんなこと、知ってたよ」という。すると、後ろの居間《いま》のドアが開いて、本物の父親が入ってくる。夢では毎回、その父親だけが違う。あるときは、ドレッドヘアをしたラッガのスーパースター。またあるときは、リヴァプールFCのオーナー。世界じゅうで面白《おもしろ》い冒険《ぼうけん》をしてきた大富豪《だいふごう》なんかのときもある。どんな父親でも、ぼくは好きになった。今の父さん以外なら、だれでもいい。そこで夢は終わる。ぼくは、安物のアフターシェーブ・ローション――安売りチェーン店、スーパードラッグのオリジナル商品の匂《にお》いに混《ま》じったハリーの体臭《たいしゅう》で目を覚ます。

なんだかんだいっても、これは夢にすぎない。現実には、ぼくはやっぱり「マニー」で、親友のエイディにはガールフレンドができたっていうのに、女の子をデートにも誘えないようなやつだ。

ある日の昼ごろ、エイディが「セアラの家にいっしょに行こう」といいだした。ぼくは乗り気じゃなかったけど、エイディがどうしてもといってきかない。けっきょく、ふたりでバスに乗って出かけた。セアラのアパートは町外れにあった。いっしょに住んでる母さんは今日は仕事でいなくて、姉貴のマクシーンが迎《むか》えてくれた。マクシーンはセアラと半分しか血がつながってない。マクシーンの父さんは黒人だけど、セアラの父さんは白人だ。セアラには弟もいる。マイキーといって、スペイン人のハーフ。セアラの家族はいろんな血が混じりあってるけど、ぼくは気にならない。ぼくたちの学校には、母さんか父さんがいっしょなだけの混血《こんけつ》のきょうだいがたくさんいる。さもなきゃ、片親《かたおや》同士の家族が急にひとつになってできたきょうだいとか。そういうのってどれもすごくいいと思う。

エイディとぼくはセアラの部屋に行った。ベッドと机《つくえ》でいっぱいのその部屋は、当然三人入ればきつきつだ。ぼくたちはベッドの上に座《すわ》り、セアラがコーラを取りにいった。部屋には、アイドル・バンドのポスターがそこらじゅうに張《は》ってある。机の上にはラジオ。ポップスやロックばかりを流すチャンネルにあわせてあった。ぼくは座ってるうちに、自分がバカみたいな気分になってきた。セアラはエイディの彼女で、ぼくはふたりを邪魔《じゃま》してるってことになる。だけど、エイディはそんなに気にしてない様子で、ごろんと仰向《あおむ》けになってた。壁《かべ》にもたせかけた頭で、人気ロック・シンガーのロビー・ウィリアムスの顔が隠《かく》れてる。

「おまえ、ほんとにぼくにいてほしいの？」エイディに訊《き》いてみた。

「もちろん、当ったりめえだろ。おれもセアラもあっちのことで忙《いそが》しくなりそうにねえんだから。なにしろ、家の中に姉貴がいるんじゃ、なーんもできねえ」

それを聞いて、しばらくはほっとすることができた。セアラが飲み物を持ってもどってくると、三人で座ってしゃべった。ぼくとエイディは、セアラのカセットテープのコレクションを見て、かわるがわる笑った。とにかく、ヒドイ。ラップもラッガも何もない。あるのは、アイドル・バンドのものか、〈ダンス・アンセム二二〇〇　パート6〉みたいな、女の子っぽいものばかり。エイディとゲラゲラ笑ったおかげで、おじゃま虫の気分はなくなった。けれどもそのあと、マクシーンが「街へ行ってくるね！」と叫んで、バタンと玄関《げんかん》のドアを閉《し》めた。エイディがぼくを見る。席を外せ、と目がいってる。ぼくは必死に考えた。ふたりを置いて部屋を出るには、なんていえばいい？　今じゃこの部屋に三人は定員オーバーだ。

すると、セアラが甲高《かんだか》い声でいった。「母さんがケーブルテレビをつけたの。おかげで、MTVとかいろんなものが観られるようになったんだ」

「観ていい？」ぼくは尋《たず》ねた。

「うん、よかったら。もう、電源《でんげん》は入ってる。ビニール袋《ぶくろ》に入ったままのリモコンがあるから、チャンネルを変えるのはそれを使ってね」そこで、ぼくはベッドから降《お》りて、部屋を出た。めちゃくちゃ気まずかった。階段《かいだん》を降りるとき、ふたりがぼくのことを話してるのが聞こえた。

「気にしちゃうんじゃない？」セアラがエイディに訊いてる。

エイディが笑った。「まさか。あいつは大丈夫《だいじょうぶ》」

「マニーもそろそろガールフレンドを作らなきゃね」

「そうだな。ただ、あいつはだれでもデートに誘うような神経《しんけい》じゃねえと思うんだ。わかるだろ？」

「ああ、またリーザのこと？　じゃ、あたしから話してみるね。リーザもだれとでも会うような子じゃないから、うまくいくと思う。ま、あたしがひと言いってみるか」

「それで、セアラとは、どこまでいったんだよ」帰り道、ぼくはエイディとうちに向かって歩いてた。エイディは何もいおうとしなかった。ただ、顔じゅうでにたにた笑ってる。「教えてくれよ、エイディ。何があったんだよ」そこで、ぼくはふと我《われ》に返った。頼《たの》みこんで教えてもらうなんて、バカみたいだ。「やっぱ、いわなくていい。どうせ何もなかったんだろ」

「いや、あった！」エイディはこっちのひっかけにすぐに食いついた。むきになっちゃって。

「おれたち、いろーんなことをやったんだ。いろーんなことをな」

ぼくがただゲラゲラ笑うと、今度はエイディは、自分たちがセックスしたことをぼくに信じさせようと説得を始めた。

「じゃあ、いうけどな、マニー、あれは最高だった。おれたちはいろーんなことをやったんだ」

「エイディ、おれは信じねえってーの。おめえは政治家《せいじか》そっくり。うそばっか」ぼくはマイ・オリジナル・黒人口調でしゃべった。これをやると、エイディはかっとなる。

「そんなバカみてえなしゃべり方をするブラザーはいねえってーの」エイディがさらにぼくのまねのまねをした。「おまえが黒人になったつもりでいるのはわかってっけどな」

「わかったよ、わかった。おまえはセアラとほんとにやったみたいだな」

「よしよし、わかればいいんだ。まあ、おれもほんとにゴールを決めたわけじゃねえんだけどな」

「なんだよ。やっぱ、うそじゃんか」

エイディが満面の笑《え》みでぼくを見る。「だけど、ゴールポストには確実《かくじつ》に当てたぜ!」

家に着くと六時をだいぶ過《す》ぎていて、父さんの雷《かみなり》が落ちた。「心配させるな。いつまでものカラとほっつき歩いている。兄さんにおまえを探《さが》しにいかせたんだぞ」ってな具合。

お説教がすむと、ぼくは本でも読もうと、自分の部屋に行った。ハリーはどっかに出かけていて、夕方はすこぶる平和なひとときになった。ここぞとばかりに自分の好きな音楽をかけた。ハリーの好きなあのバングラ・ビートやらソウルやらを聞かなくてすむ。天国だ。

けど不幸なことに、ハリーは必ず帰ってくるわけで、ぼくの平和な夜はあっという間に終わってしまった。ハリーは床板《ゆかいた》をドスドス踏《ふ》み鳴《な》らしながら、部屋に入ってくると、上着をぼくの頭に投げつけた。ぼくは無言で投げかえした。すると、今度はぶつぶついいながら、デッキからぼくのカセットテープを出した。

「気をつけろよ。そのテープ、ぼくのじゃないんだから」

「なんだこりゃ。黒人のバカ音楽かよ」

「バカはおまえだろ」ハリーがどうしてここまで人種差別をするのかぼくには理解《りかい》できない。アジア人じゃないやつとは一生、友達にならないつもりらしい。

「口答えはやめろ、マンジット。おまえのほうが年下だろーが、あ？」

「知的にはぼくのほうが上だけどね」

「笑わせるな。おれより頭がいいってのかよ。おまえ、白人かなんかのつもりか？」

「少なくとも、ぼくは英語をちゃんと話せる」ハリーのしゃべり方にはほんと、あきれてしまう。違う教育を受けたわけじゃないのに。あんまりデブなんで、頭に血がまわらないとか？

「なら、英語をしゃべってろ。あとでどうなるか見ものだぜ。おれはゴラの言葉なんて、興味《きょうみ》ねえ」

「もちろん、興味ないだろうよ。あっても、理解できないだろうし」

「この白人かぶれが！　おまえみたいなやつを、白人かぶれっていうんだ！」ハリーが手に持ってるカセットテープを見る。「こんな黒人のごみ……」そういって、カセットからテープを引っ張りだしはじめた。

ぼくは飛びおきて、カセットテープを取りかえそうとした。けれども、ハリーはぼくを寄せつけない。ぼくは頭に血がのぼった。あれはぼくのじゃないのに。エイディのものなのに！

「放せ！」ぼくはハリーに飛びかかった。

けっきょくハリーはテープを全部引きだして、カセットを床に放りなげた。「ほらよ、ホモ野郎《やろう》」

ぼくの頭の中はぐちゃぐちゃだった。花柄《はながら》カーペットに転がったカセットテープを、一瞬《いっしゅん》ぼんやり見つめると、次の瞬間、デッキをひっつかみ、ハリーの脳天《のうてん》めがけて投げつけた。デッキは目標を外れ、壁にぶち当たった。裏《うら》ぶたが取れて、金具がいくつか飛びちる。そのとき、ぼくは部屋のドアが開いたことに気づかなかった。ランジットが入ってきたことにも。ハリーをののしってると、ランジットに部屋から引きずりだされた。

「落ち着け、マニー。とにかく落ち着けって」

「あのデブ野郎……」

「いいから。ハリーには、おれからいっておく。おまえもハリーを殴《なぐ》ったりするな。おれたち、兄弟じゃねえか、三人きりの。それに、パンジャブ人はお互《たが》いに争ったりしねえもんだろーが、あ？」

「あいつみたいなのをパンジャブ人っていうんなら、ぼくはなりたかないね」

「おまえ、アホか。自分の生まれを変えるなんて、できるわけねえだろ」

「あー、もう、わかったよ」ぼくはランジットの腕《うで》を押《お》しのけると、サンドイッチを作りに下に降りた。

6 十二月

「ほんと、信じらんない。あたしたちがちゃんと話すようになるまで、こんなに時間がかかったなんて」

リーザがテーブル越《ご》しにぼくを見る。ぼくたちは街のイタリアン・カフェでコーヒーを飲んでた。たしか、これで十回目のデートのはずだ。エイディとセアラは、セアラの部屋でぼくの性生活《せいせいかつ》について話しあった次の週、あのときの言葉どおり、ぼくにリーザを紹介《しょうかい》してくれた。

ぼくたちは引きあわされたとたん、仲良くなった。っていうのも、リーザが抱《かか》えてきた本が、ちょうどぼくが読んでる本だったから。最初の話題は、ぜんぶ本のことだった。ふたりが読んだ共通の本を探《さが》したり、お互《たが》いにオススメの本を挙げたり。そのあと、リーザの母さんがリヴァプール出身のおかげで、リーザもリヴァプールFCの熱烈《ねつれつ》なファンだということがわかった。とまあ、そんなやりとりのあと、ことはとんとん拍子《びょうし》に運んだ。

「とにかく、どうしゃべっていいか、わからなかったんだと思う」ぼくはカップをコツコツ指で叩《たた》きながら答えた。リーザがにっこりして、カップからぼくの手を引きはなす。

「それ、すごく気になるからやめて。どうしたの？　あたし、あなたをいらいらさせてる？」

「いや」ぼくはそう答えると、慌《あわ》てて目をそらした。

「何かまずいことでもあるの？」リーザが心配顔になる。

ぼくはまたカップを叩きはじめ、それからため息をついた。「ただ、父さんのせいで、きみを家に呼《よ》べないから」

「ねえ、マニー。あたし、前にいったわよね。そんなのぜんぜん問題ないって。あなたがうちにくればいいの。うちの両親は大丈夫《だいじょうぶ》だから。セアラとエイディだって、しょっちゅう遊びにきてるわよ」

「どんな仕事してるんだい？　きみの父さんと母さん」

「ママはラフバラの学校で先生をやってるの。パパは大学で教えてるわ」

「何を？」

「社会学に文化の研究を合体させたもの。すごく面白《おもしろ》いのよ」

「そういうの、好きだな」

「なら、絶対《ぜったい》パパと会ってみて。その話になると、何時間でもしゃべれるの。あなたが面白がってくれたら、なおさらね」

「だったら、うれしいな」ぼくはまた目をそらした。うちの両親のことを訊《き》かないでくれ……。けれども、そうはいかなかった。リーザに訊かれてぼくは仕方なく、父さんと母さんについて何をいおうか考えた。あまりいいすぎないようにしよう。そう思ったものの、リーザを前にすると、どういうわけかエイディにしかいってないことを話してた。ときには、エイディにもいってないことまで。けっきょく、堰《せき》を切ったように洗《あら》いざらいしゃべってた。父さんがどんな人物で、文化や伝統《でんとう》についてどんな考えを持ってるか。どんなにひどい人種差別主義者《じんしゅさべっしゅぎしゃ》で、ぼくがエイディと仲のいいことをどう思ってるのか。ぼくが父さんに無理矢理、結婚《けっこん》を決められそうになってると話すと、リーザはぼくの手を握《にぎ》ってくれた。それも話が終わるまで、ずっと。

母さんのことも話した。よくわからない人だってことを。母さんはぼくに何か訊くとか、深く関わろうとかしたことがない。父さんに口答えしないってことはとっくに身につけてるみたいで、パンジャブのよき妻《つま》として夫に仕えてる。「母さんって、すごく悲しい人生を送ってると思う。ぼくはときどき、父さんや母さんの実の子じゃないって夢《ゆめ》を見るんだ」兄貴《あにき》たちのこともすっかり話した。それから、父さんにいわれた「十七歳《さい》で結婚」についてもさらに詳《くわ》しく。その間じゅうずっと、リーザはぼくの手を握ってくれて、じっと耳を傾《かたむ》けてくれた。こんなにぼくの話を熱心に聞いてくれた人はいなかったというくらい。

ふたりで何時間もしゃべったので、家に着いたときは、七時を過《す》ぎてた。父さんはいつものように怒《おこ》ったけど、ぼくはもうあまり気にしなくなってた。リーザといっしょにいると、まるで雲の上を歩いてるみたいな気分になる。気がつくと、悲しいラブソングをかけて「この歌詞《かし》はふたりのことをいってるんだ」なんて想像《そうぞう》を始めてしまう。うう、なんて悲しい曲だ……。家の人に怒鳴《どな》られたり、叱《しか》られたりするたびに、ぼくはリーザの白昼夢《はくちゅうむ》を見て聞きながした。デートをするようになって最初の数か月なんて、あっという間に夢の世界に行ってた。ぼくはなんてラッキーなんだろう。ついこないだまで、ガールフレンドなんていなかったのに、今はリーザが横にいる。ぼくが彼女《かのじょ》を製造《せいぞう》できたとしても、あれ以上完璧《かんぺき》な子はできなかったと思う。ぼくは自分にこういった。これまで父さんにされた仕打ちを全部考えたら、ぼくの人生にリーザが現《あらわ》れるくらいのことがあっていいはずだよな……。そして、実際《じっさい》にリーザはぼくにとって世界的規模《きぼ》の大変化をもたらしはじめた。

カフェでのデートから二週間くらい経《た》ったころ、いとこのエクバルが両親とうちにやってきた。ぼくが自分の部屋でベッドに座《すわ》ってると、エクバルがひとりで部屋に入ってきた。何かぼくに訊きたいことがあるのがすぐにわかった。

「なあ、マニー、本当か？」

「本当って、何が？」ぼくは本から目を上げた。

「おまえの結婚のことだよ」

「なんだって？」ぼくは片方《かたほう》の眉《まゆ》を上げた。エクバルのやつ、何をうだうだいってるんだ？

「父さんが、くる途中《とちゅう》にいってたんだ」

「エクバル、ちゃんとわかるようにいえよ。おまえの父さんがなんていったって？」

「父さんがいうには、おまえの親父《おやじ》さん、おまえの結婚相手の候補《こうほ》を何人か選んだみたいだぜ。インドの女の子だって。どうやら、おまえが卒業したらすぐ、結婚させるつもりらしい」

「それなら、父さんがちょっと前にぼくにいってたけど、そんなにちゃんとした話じゃなかった。ぼくにそうしてほしいって希望をいってるだけで」

「げっ、マジかよ。ぼくの父さんなら、おまえの親父さんみたいには考えないね」

「まあ、うちの父さんには、いわせておけばいいさ。とにかく、ぼくは結婚なんてするつもりはない」ぼくはからいばりしてみせた。

「そうだよな。これじゃあ、無理強《むりじ》いもいいとこだ。気をつけろよ、マニー。ぼくの父さんでさえ、おまえの親父さんには用心してるしな」

「父さんはトラディッショナルなだけさ。時がくればきっと、世間の常識《じょうしき》にあわせざるをえなくなる。だいたい、あと三年はあるしな」

「とにかく、親父さんのいうとおりになんてするなよ。兄貴たちみたいになっちまうぞ」

「ジョーダン」

「だけど冗談《じょうだん》ぬきで、おまえ、親父さんにきちんといわないと。大学へ行きたいってことや、作家になりたいってことをさ」

「あの父さんが聞いてくれるかよ。よきパンジャブ人になることについて、つまんない説教をされるのがオチだ」

「ぼくの父さんもパンジャブ人だけど、おまえんとことはまったく違《ちが》うな」

「そうだよな。世の中にはそういう自由主義の親がたくさんいるのに、ぼくはこんな親父につかまってさ」

「話したいときは、いつでも電話してこいよ。親父の圧力《あつりょく》なんかに負けないようにな」

「ああ、負けないって。絶対に」

ぼくはみんなが帰ってから初めて、エクバルにいわれたことを本気で考えた。父さんと母さんがぼくのために立てた計画を人にしゃべりまわってるとしたら、かなり本気だってことだ。ふたりとも面子《めんつ》がつぶれるようなことは――大事な名誉《イッザト》が傷《きず》つくようなことは、まずしない。そして、ふたりがかなり本気だとしたら、ぼくは相当にまずい。これまでは親が決めた結婚のことで悩《なや》んでいても、心の奥《おく》では信じてた。「十七歳で結婚」なんて、いくらうちの親でも本気じゃないだろうって。それに、話はまだ先のことだったし……。だけどエクバルの話を聞いて、父さんがぼくをどうするつもりなのか、はっきりわかった。それにやっと気がついた。ずっと夢見てきた人生をすべて手に入れたいなら、自分から向かっていかなけりゃならないんだってことを。リーザのことも考えないといけない。家族がぼくたちを引きさこうとしても、ぼくは別れない。ジョーダンじゃない！

そのための方法は、ひとつしかない。できるだけ「ふさわしくない人間」になること。未来の義理の父親がまともな人なら、盗《ぬす》みやタバコをやるやつが義理の息子《むすこ》なんて冗談じゃないと思う、よな？

第二部　一年後

7
十二月

　ランジットが迎《むか》えにくるのを待つ間、ぼくは警察《けいさつ》の取調室に入れられてた。女性警官《じょせいけいかん》の話だと、ぼくはこれまで問題を起こしたことがないってことで、注意だけで帰してもらえるらしい。たぶん店長は告訴《こくそ》したがったと思う。だけど警察に「そこまでやることじゃない」っていわれたんだろう。なにしろ、ぼくが盗《ぬす》んだのは空っぽのCDケース一個《こ》で、もう店にもどされてたから。

　この日、ぼくはエイディとハイ・ストリートのHMVに行った。ふたりして午後の授業《じゅぎょう》をさぼった。店に入ったぼくは、ほしいCDを発見。見張《みは》られてるなんて思いもしなかった。すごく慎重《しんちょう》にやってるつもりだった。だけど、棚《たな》をはさんだ隣《となり》の通路にいたおたくっぽいやつにちゃんと気づいてなかった。実は、そいつは私服《しふく》の警備員《けいびいん》だった。どう見ても、そうは見えなくて、どっかの変なやつって感じだったけど。とにかく、そいつがあとをつけてきて、店の外でエイディを待とうとしたぼくを捕《つか》まえた。最悪なのは、万引きしたCDケースが空だったってことだ。我《われ》ながら、なんてマヌケなやつ。そのあと、店長に警察を呼《よ》ばれたときは、ただ怖《こわ》くて仕方なかった――きっと兄貴《あにき》たちに殺される。

帰りの車の中はふたりとも無言だった。ランジットは女性警官と少し言葉を交《か》わしたあと、書類にサインをした。それから、ぼくたちは建物を出た。ランジットはただ首を振《ふ》ってる。警《けい》察署《さつしょ》の中では怒《おこ》らなかったけど（よかった）、ランジットが腹《はら》を立ててるのはわかってた。おまえに失望したって感じでむっとしてる。これがハリーだと、また全然違《ちが》っただろう。ぼくが家族やなんかにどれほど恥《はじ》をかかせたか、えんえんと文句《もんく》をいったはずだ。まあ、たしかに、ハリーの結婚《けっこん》相手が我《わ》が家《や》に加わったばかりのときに、これじゃあいい印象とはいえない。ハリーの結婚式はまさに悪夢《あくむ》だった。父さんがぼくのために用意した計画を本番さながらにリハーサルしてるって感じで。ハリーみたいにはならないさ――そう自分をごまかしてやっと耐《た》えることができた。だけど今回のことはごまかせない。まずいことになったのは自分でもわかってる。帰り道、ぼくはむかむかしてきて、しまいにはほんとに吐《は》きそうになった。

「どうしておまえはいつも家名を汚《けが》そうとするんだ」ぼくが家に着くなり、口火を切ったのはハリーだった。ぼくの顔に平手打ちを二発放ってから、罵倒《ばとう》を開始。ハリーはパンジャブ語でぼくをののしった。ぼくをありとあらゆるひどい名前で呼んで、父さんの前じゃいわない言葉を連発した。「おばさんが亡《な》くなって、ダディ・ジーがインドへ行ってるもんだから、あの黒人野郎《やろう》と盗みをしても平気だと思ったんだろ！」

こっちだって、負けていられない。ハリーなんかに負けてたまるか。ぼくは一気に悪口をまくしたて、「とっとと失《う》せろ！」と怒鳴《どな》った。頭にきすぎて、涙《なみだ》がぼろぼろ出てくる。「ぼくの前から消えろ！　おまえなんかに用はない、デブ野郎！」

「おまえなんて、もう二度と外出させてもらえねえよ。あのカラとも、だれともな」ハリーはランジットに同意を求める目を向けて、それからぼくをまた二発殴《なぐ》った。そんなの、もうどうってことない。痛《いた》みを感じないくらい、平手打ちとパンチを食らってる。あっちが殴れば殴るほど、こっちは怒《いか》りが増《ま》すだけだ。

「もう、放っておけって、ハリー。充分《じゅうぶん》だろーが、あ？」ランジットがついに口を開いた。「おれに任《まか》せておけ。今回の件《けん》はおれの責任《マインズ》だ」

こんなときに、ランジットが英語を間違って、「マイン（おれのもの）」を「マインズ（鉱《こう》山《ざん》／地雷《じらい》）」なんていったもんだから、ぼくは笑いそうになった。いちおう、こらえたけど。そのとき、ハリーが座《すわ》った。やつの頭に蹴《け》りを一発お見舞《みま》いできるチャンス。しかし、そうする暇《ひま》もなく、ぼくはランジットに体の前で両腕《りょううで》をつかまれた。

「自分の部屋へ行け、今すぐ！」真っ赤な顔のランジットが、ぼくにいい放った。

「黙《だま》れ、父親でもないくせに！」ぼくはランジットから逃《に》げようともがいたけど、向こうの腕《わん》力《りょく》のほうが強かった。

「二階へ行けって、ほら！」

一部始終を見てたジャスとハリーの妻《つま》のバルジットは、目を丸くしてたものの、口は出さずにいた。それがとうとう、ジャスがランジットの腕に手を置いて、なだめはじめた。

「チャッド・デ。放してあげて、ランジット」

「いや、ジャス。絶対《ぜったい》にだめだ。こいつにはしっかり教えこまねえと」ランジットがぼくを居《い》間《ま》のドアへ引っ張っていく。「二階へ行け！」

ぼくはランジットを蹴ってから、二階にかけのぼり、ドアをバタンと閉《し》めた。


一時間後、ランジットがぼくの部屋にやってきて、ベッドの端《はし》に座った。ぼくは気づかないふりをした。だれとも話したくない。少なくとも、うちの家族とは。それより、エイディとふざけながら、通りをぶらつきたい。そうすれば、嫌《いや》なこともしばらく考えないですむ。けれどもランジットは放っておいてくれなかった。「おまえの頭は一体どうなってるんだ」なんて何度もうるさい。「何が気に入らねえんだ」とか。勝手にいわせておいたけど、こっちはとうとう涙が出てしまった。すると、ランジットがそばにきて、腕をまわしてきた。すごく妙《みょう》な気分だ。そういった愛情《あいじょう》表現《ひょうげん》は、小さいころから両親にさえ、されたことがない。

ぼくはちょっとの間、そのままになってたけど、そのうち、ランジットの前で泣いたのが恥《は》ずかしくなってきて、やつの腕を押《お》しのけて叫《さけ》んだ。「ぼくはまだ十五なんだ、十七で結婚なんてやなこった。ジョーダン！　そんなの早すぎるし、結婚したいとも思ってない。父さんがぼくを殺したきゃ、殺せばいい。それでも、結婚なんて、やなこった！」

8 五月

「マンジート、おまえもそろそろ将来《しょうらい》のことを考えはじめていいころだ」

父さんはしらふだった。なぜなら、今は日曜の午後。父さんはシーク教の寺院《グルドワラ》へ行ってきたところだったから。他《ほか》の多くのパンジャブ人と同じで、父さんも日曜には酒や肉を口にしない。なかなか立派《りっぱ》な行いだけど、けっきょく日曜の埋《う》めあわせに土曜の夜にはいっそう酔《よ》っ払《ぱら》う。だいたい、週に一度だけ酒と肉を断《た》つなんて、すごくバカげた行為《こうい》だと思う。それになんの意味があるんだろう。ぼくが思うに、信心深い人はやっぱり信心深いし、そうじゃない人はどこまでもそうじゃない。埋めあわせなんてできる類《たぐい》のことじゃないはずだ。ぼくがいつもグルドワラへ行こうとしないのは、だからだ。けっきょく、父さんはぼくを家に置いていく——っていっても、自分だってシーク教徒ってわけじゃない。父さんの場合、まずパンジャブ人で、宗《しゅう》教《きょう》は次にくる。「パンジャブ人」は実際《じっさい》の生き方で、「シーク教徒」は日曜にまねごとをするだけのものだ。もちろん、そんなことは父さんにはいわない。なにしろ、ぼくは万引きの件《けん》でもう充分《じゅうぶん》ひどい目にあってたから。父さんが一月に帰国して、ドアから入ってきたとたん、ハリーがいいつけたせいで。

父さんの反応《はんのう》は「核爆弾《かくばくだん》の爆発」って感じだった。死《し》の灰《はい》から逃《のが》れる者はだれもいない。母さんでさえ、怒鳴《どな》られた。「おまえが息子《むすこ》をちゃんと育てなかったからだ。おまえは甘《あま》すぎる」

父さんは小さいころ、ものすごく厳《きび》しくしつけられた。おじいちゃんはインドの軍隊にいた人だった。父さんたち六人兄弟はおじいちゃんの命令で、毎朝八キロ走ってから、水牛にすきを取りつけ、地面を耕《たがや》したという。ぼくたち一族は土地をたくさん持っていて、半分は小麦畑に、半分は米の水田にしてた。そうした暮《く》らし方全体が、父さんのすべてに対するものの見方を作った。父さんの考えは、自分は幼《おさな》いころからたくさん働かされてきた、子育てのいちばんの方法はそれだ、ってことらしい。たくさん働かせて厳しくしつける。父さんがエクバルの父さんを毛嫌《けぎら》いする理由のひとつはそこにある。あいつは甘い、ってわけだ。

ハリーがぼくの万引きを父さんに告げ口したことで、ぼくはまるで父さんの生き方すべてに——善悪《ぜんあく》について父さんが信じるすべてに挑戦《ちょうせん》したみたいになった。父さんは家じゅうのみんなに当たりちらした。おかげで、それが収《おさ》まるころには、ぼくは伝染病患者《でんせんびょうかんじゃ》のような気分になってた。だれもぼくに話しかけようともしなければ、近寄《ちかよ》ろうともしない。土曜日に街で見かけるホームレスの気持ちがわかった。

そして、同じ週の日曜のこと、ぼくがソファに座《すわ》ってると、父さんがやたらと話しかけてきた。ぼくはテレビのサッカーの生中継《なまちゅうけい》から目を離《はな》さなかった。リヴァプールFCがホーム・グラウンドでトテナム・ホットスパーと戦ってる。リヴァプールFCのロビー・ファウラーが簡《かん》単《たん》なゴールをはずした。試合はどっちに転ぶかわからない白熱した状況《じょうきょう》だったけど、ぼくは父さんの血走った目がこっちをにらんでるのを感じてた。ぼくはなんとか試合に集中しようとした。

「マンジート、おれはおまえに話しかけているんだぞ」父さんの声。ものすごく落ち着いてる。これはうれしい驚《おどろ》きだった。

「はい、ダディ・ジー」そう返事をしたとき、ボールはマイケル・オーウェンのところにあった。オーウェンが敵《てき》のミッドフィールダーをやすやすとかわしていく。いいぞ、やつらの息の根を止めてやろうぜ。楽勝だ。

「おれはインドで友人と会って話をしてきた。友人の娘《むすめ》のことでな」父さんはそういうと、少し口をつぐんだ。たぶん、ぼくが何かいうのを待ってるんだろう。反応を見てるってわけ。だけどぼくは試合を見つづけた。父さんは次になんていうだろう。きっとインドでその友人と決めてきたことだ。結婚《けっこん》の件。ぼくにはわかってる。なにしろこの状況は、父さんがハリーに話したときとそっくりだ。

あれはぼくたちが裏庭《うらにわ》でバドミントンをしてるときだった。ちなみに、使ってたのは、カタログショッピングの店、アルゴスで買った九ポンド九十九ペンスの安いやつ。二本の棒《ぼう》に結びつけるネットもついてた。ハリーはずっとかっかしてた。ぼくがやつのことを陸に上がった巨《きょ》大《だい》クジラさながらにしてやったから。全身汗《あせ》だくで、ハアハア息が切れてる。そこに父さんがやってきていった。「おまえの結婚が決まったぞ。相手は一週間前に写真で見せたあの娘だ」それだけ。父さんはすでに、話をすっかりまとめてた。一週間前、父さんと母さんは、民族衣《い》装《しょう》を着た厚化粧《あつげしょう》の女の子の写真をハリーに見せると、「決めるのはおまえだ」といった。結婚する、しないの決定は本人に任《まか》せたいという。だけどほんとは、そんなのまるっきりのうそだった。ハリーは実際には選択権《せんたくけん》もなければ、「ノー」ということもできない。すべての決定は本人に代わって、父さんと相手の父親がしてる。そして、ハリーは自分がどう答えなくちゃいけないのか、わかってた。ま、ハリーの場合、なんにせよ、おそらくそれが女の子をつかまえる唯一《ゆいいつ》の方法だったし。

問題は、ぼくとハリーでは、まったく状況が違《ちが》うってことだ。まったく違う。このぼくが写真で見ただけのインドの女の子との結婚に「イエス」ってことはありえない。ジョーダン！だから、ぼくはかなり動揺《どうよう》してたけど、無理をしてサッカーに集中しようとした。父さんのいうことは、右から左に聞きながす。声は聞こえてる、でも耳を傾《かたむ》けない、っていう状態《じょうたい》。

なんとか五分ほどがんばったところで、とうとう父さんの言葉に胃がむかむかしはじめた。父さんはぼくのことを話してた。それから、どっかの女の子のことも。インドの子だ。父さんはハリーのときみたいに、この結婚話をすっかりまとめてた。決まってないのは、結婚式そのものの詳細《しょうさい》だけ。相手はぼくより六か月年上で、七月に観光ビザでイギリスにやってくるという。あと二か月じゃないか！

「相手の父親には、おまえが娘と来年の夏を過《す》ぎたら結婚すると伝えておいた。おまえたちふたりが十七歳《さい》になったときにな。先送りはできないぞ。移民《いみん》関係の役所から質問《しつもん》があれこれきてしまうんでな。結婚すれば、娘はこの国の永住権《えいじゅうけん》をもらえる。おれには最後の義理《ぎり》の娘ができることになる」

ぼくの顔にはきっと、思ってることが全部出てたと思う。両手がじっとり汗ばんできた。ああ、家を飛びだしたい。とにかく走っていきたい。ここ以外なら、どこでもいいから。それか、父さんに金切り声をあげて、怒鳴って、ののしって、父さんを殴《なぐ》るんだ……。しかし、ぼくにはどれひとつできなかった。足がまるで凍《こお》りついた感じで、解凍《かいとう》待ちの二本のソーセージみたいだ。頭の中はもうぐちゃぐちゃで、エイディが前にうたってたラッガが流れてた。犯《おか》してもない罪《つみ》で刑務所《けいむしょ》に入れられるってやつ。ぼくはふと我《われ》に返った。あやうく歌を口ずさむところだった。おまけにそのとき、敵のトテナム・ホットスパーが点を入れて、一対〇になってしまった。これって今のぼくの状況を表すサインじゃないか？　まずい。

父さんはぼくのリアクションを見逃さなかったらしい。なぜなら、今度は「おれのイッザトを、名誉《めいよ》を、守るのがおまえの義務《ぎむ》なんだ」っていう講義《こうぎ》を始めたから。家名やなんかを守らなくちゃいけないって話。

「おれはグルドワラで笑われている他のやつらのようにはなりたくない。そいつらの息子や娘は、家出して麻薬《まやく》や売春に手を染《そ》めた。結婚相手としてふさわしくないやつと結婚する者までいる。イスラム教徒や、ヒンズー教徒、ゴラや、とんでもないことに、カラなんかとな。そんなことのために、おれも、おまえの母さんも、おまえを生んだわけじゃない。家名やイッザトを傷《きず》つけさせるためじゃないぞ。おまえをよきパンジャブ人にするために育ててきたんだ。名誉を傷つけるようなまねは許《ゆる》さない。おまえがいくらおれたちとは違うと思っていても、自分は特別だと思っていてもだ。マンジート、血筋《ちすじ》というものはずっと変わらないし、肌《はだ》の色だって変わらない。鏡を見ろ。おまえはパンジャブ人だ。ゴラじゃない。この国で生まれていても、ここはおまえの故郷《こきょう》じゃないんだ。この国のやつらはおれたちとは違う。やつらは違う。おれたちは自分の文化を守らねばならんのだ、マンジート。おれたちの生き方をな。

それに、おれの目は節穴《ふしあな》じゃないぞ、マンジート。近ごろのおまえがどっちへ行こうとしているのか、そのくらいちゃんと見ている。盗《ぬす》みをしたり、学校で騒《さわ》ぎを起こしたり。先週は、おまえの部屋でタバコまで見つけた。おまえをこのままにさせておくと思うか？　おれの名前に傷がつく。そんなことは許さん！」

父さんの中で怒《いか》りがどんどん膨《ふく》らんでるのがわかった。今にも爆発しそうだ。顔がみるみるうちに赤くなっていく。アル中特有の頬《ほお》と鼻に浮《う》きでた毛細血管が、いつにも増《ま》してくっきり見える。母さんもすでに部屋にきて、ぼくの向かいに座ってた。その顔から、ハリーのときみたいにヒステリーを今にも起こしそうなのがわかる。あれはハリーに「イエス」といわせるための間接的《かんせつてき》な脅《おど》しだった。ハリーの場合、親が決めた結婚を自らも望んでたけど。とにかく女の子を手に入れたくて。

「おまえの母さんはこれまでおまえのために料理をしたり、洗濯《せんたく》をしたりしてきた。おまえの尻《しり》をふいて、おまえに食事を出してきたんだ。あのカラと出歩いて、タバコを吸《す》ったり、汚《けが》れた白人の娘を追いかけたりしている暇《ひま》があったら、母さんのことを考えてみろ。近所のやつらがおまえを見たら、母さんになんていうと思う？　おまえときたら、浮浪者《ふろうしゃ》みたいに、犯罪者《はんざいしゃ》みたいに、エヴィントン通りをぶらついて、親戚《しんせき》や友人たちの前で平気でタバコを吸って。マンジート、自分を何様だと思っている？　おまえが家名を汚すようなやつになっていくのを、おれが許すと思うか？　おまえの兄さんや姉さんたちは、みんなそんなふうにはならなかったのに。いってみろ。なぜだ。おれに殺されたいのか。どうなんだ。おまえは母さんを殺したいのか」

待ってましたとばかりに、母さんが神に救いを求めながら、泣きだした。「ああ、神様《ハイ・ラッバ》」なんていいながら、腿《もも》を叩《たた》いてる。パンジャブの女が葬式《そうしき》でよくやるやつだ。母さんがそうすることは、お見通しだった。演技《えんぎ》をしてるだけ。ぼくを脅して自分たちのやり方を受け入れさせようってわけだ。そうだとわかってるのに、母さんが嘆《なげ》き悲しむ姿《すがた》を見て、ぼくは罪の意識《いしき》を感じて慌《あわ》ててしまった。まさに相手の思う壺《つぼ》。父さんはひたすらぼくに文句《もんく》をいいつづけた。母さんはただ泣いていうことをきかないと、学校をやめさせてインドにやるぞ、とかいって。母さんはただ泣いてた。しまいには、ぼくも泣きだした。どうしていいかわからない。どうしようもないんだ、と思った。他に道はない。だって、両親を悲しみのどん底に突《つ》き落《お》とすようなやつに、どうしてぼくがなれる？

なれるわけないじゃないか。

9 六月

父さんたちとひと悶着《もんちゃく》あった午後から二週間後、ぼくは十年生の学年主任《しゅにん》の先生サンドゥーの教室にいた。今は昼休み。外は太陽が輝《かがや》いてる。六月初旬《しょじゅん》にしては暑い。夏休みまでは残すところ、あと十日ほどだ。外から他《ほか》のみんなが騒《さわ》いだり、ふざけたりする声が聞こえてた。ぼくはひとり蒸《む》し暑《あつ》い教室の中で、サンドゥーを待ってた。

英語の授業中《じゅぎょうちゅう》、とつぜん八年生の子がぼく宛《あて》に伝言を持ってきた。「昼休みにくるように」っていうサンドゥーからの伝言。ぼくたちはちょうど第一次世界大戦をうたった詩を勉強してるところで、授業の中断《ちゅうだん》はうれしかった。ウィルフレッド・オーウェンって人の詩。めちゃくちゃつまらない。

サンドゥーは完全な圧制者《あっせいしゃ》だった。教室を恐怖《きょうふ》で治める教師《きょうし》だ。副校長のひとりで、いつも規則《きそく》や制服《せいふく》のことをうるさくいう。それに、すぐキレる。ちょっとのことでもだ。学校で起きるごたごたの仲裁役《ちゅうさいやく》で、生徒に停学や退学《たいがく》をいい渡《わた》す役でもある。ぼくたち生徒はサッカーチームみたいに思われてるらしい。全員同じ方向を目指してるって。となると、サンドゥーは校長の「スイーパー」ってとこだ。ゴール前にこぼれたボールを次々にクリアする役。

最初、ぼくは停学にされるんだろうと思った。ただ、少なくともここ二か月は面倒《めんどう》を起こしてないし、何かしたとしても、たいしたことじゃない。ぼくや友達にいつもちょっかいを出してくる十一年生と喧嘩《けんか》したくらい。となると、ぼくは他のことで呼《よ》ばれたことになる。家族や友達に何か起きたとか。自動車事故《じこ》で家族が全員死んだとかだったらどうしよう。校庭のざわめきを聞きながら教室に座《すわ》ってると、想像力《そうぞうりょく》が働いて、次々にイメージが浮《う》かんできた。ぼくは泣きながら、家族全員の葬式《そうしき》に出てる。家に帰れば、ぼくの天下。監視《かんし》する人も、命令する人もない。ぼくはこの惨劇《さんげき》について地元新聞〈レスター・マーキュリー〉のインタビューを受ける……。少しして、自分が恥《は》ずかしくなってきた。家族が全員死んだのに、念願の自由が手に入ることをぼーっと夢見《ゆめみ》てるとはね。

ぼくが罪《つみ》の意識《いしき》を感じながら、連続殺人犯《れんぞくさつじんはん》って自分の家族の死を白昼夢《はくちゅうむ》に見るところから始まるんじゃないか、なんてことを考えてると、サンドゥーがきつい香《かお》りのコーヒーの入ったマグを持って教室に入ってきた。マグにはラグビー・チーム、レスター・タイガースのマークが入ってる。サンドゥーはマグを自分の机《つくえ》に置いて、ぼくが座ってる机まできて椅子《いす》を引いた。あんまり近くにきたんで、サンドゥーの息に混《ま》じったコーヒーの匂《にお》いまでわかった。サンドゥーは白髪《しらが》を指ですきながら、窓《まど》の外を見た。

「さて、マンジート。きみはどうして呼ばれたんだと思っているだろうね？」

ぼくは肩《かた》をすくめてみせた。それから、サンドゥーをじっと見て、ドアの上の時計を見た。用ならさっさと終わらせてくれ。あー、早く外に出て、リーザとぶらぶらしたい。学校でいっしょに過《す》ごせる時間は、ぼくにはすごく貴重《きちょう》なんだ。夏休みに入ったら、リーザと会うには、いつも父さんに作り話をしないといけなくなる。それも、リアルでもっともらしいやつを。つきあってから一年以上経《た》つのに、まだいつもリーザのことでは、うそをつかないといけない。

「気になることがあってね」サンドゥーが続けた。「きみは近ごろ、成績《せいせき》が落ちているそうじゃないか。担任《たんにん》の先生が他の先生から聞いたんだそうだ。先生方のいうとおりで間違《まちが》いないかね？」

「さあ」ぼくはまた肩をすくめた。

「おやおや、どうした、マンジート？　わたしに対してしらばっくれる必要はないんだぞ。きみが頭のいい生徒だってことは、お互《たが》いによくわかっている。『さあ』よりもっと語彙《ごい》を増《ふ》やせるだろう？　ん？」

サンドゥーのむかつく点で、いちばんを探《さが》すとなると難《むずか》しい。典型的なインド英語でぼくの名前を発音するところかもしれないし（おかげで、「ジット」が「ジート」に聞こえる）、文の終わりに必ず「ん？」とつけたすところかもしれない。ぼくはよっぽどサンドゥーに「語彙を増やしたきゃ、自分のでやれ」っていいたかったけど、本能《ほんのう》が「向こうにあわせろ」といってた。まだ学校から放りだされるほどのことはしてないんだから。サンドゥーが立ちあがり、机のマグを手に取った。再《ふたた》び、ぼくの前に座る。コーヒーの匂いに胃がむかむかした。

「はい、すみません」

「さっきよりよくなったじゃないか。ん？　それで、どう思うんだね、マンジート？　成績が落ちてしまったことについて」

「先生のいってる意味が……？」

「きみは去年までは、学年でも優秀《ゆうしゅう》な生徒のひとりだった。だから、われわれとしても、きみをすべての科目で成績優秀者のクラスに入れていたはずだ。まあ、数学は別だったかもしれんがね。ん？」

「は？　あ、はい！」ぼくはすばやくいい直した。

「きみはわれわれが有望な生徒と呼ぶひとりだ。おそらく、どの科目でもAかBを取っているだろう。きみが数学を特別嫌《きら》っていることも知っているよ、マンジート。だが、他の分野はどれもなかなかの成績だ。いや、『だった』かな？　ん？」

「そうだと思います」

「担任のミス・ジョーンズから相談があったあと、わたしはきみの学年の教師《きょうし》全員と少し話をしたんだ。それで、先生方から聞いた話だがね、マンジート、あまりいい内容《ないよう》じゃない」サンドゥーは今やこっちをまっすぐ見つめてた。ふたつの目がぼくの目をとらえて離《はな》さない。だけど、サンドゥーは怒《おこ》ってはいなかった。どちらかといえば、心配してるように見える。あのサンドゥーが、心配？　きっとこれは幻覚《げんかく》だ。

「といいますと？」

「そうだな、では説明させてもらおうか。マンジート、きみはこれからGCSE*を受けるはずだね？　もしも試験を今日、実施《じっし》したとしたら、きみの成績はおそらくこうなる。英語、文学、言語学はDないしE。たしかきみの得意科目だったはずだがね。それから、社会がD、科学がE、歴史がD。他もそんなところだ。九学年の終業日から、十学年が始まって今日までのどこかで、きみは『非常《ひじょう》に有望』から『見込《みこ》みなし』のところまで落ちてしまった。そこで、わたしは自分の胸《むね》に問いかけてみたんだよ。なぜだろうって。勉強が難しくなったせいでないことはたしかだ。九か月や十か月前と比《くら》べて、とつぜん知能ががくんと落ちたわけでもないだろう？　ん？」

*中等教育修了《しゅうりょう》試験。イギリスでは義務《ぎむ》教育《きょういく》を修了する十六歳《さい》で、この統一《とういつ》試験を受けて卒業資《し》格《かく》を得る。

ぼくはできるだけサンドゥーの目をまっすぐ見つめたが、やっぱりそらしてしまった。なんて答えたらいいんだろう。勉強は少しも難しくなってない。簡単《かんたん》すぎるくらいだ。ただ、やってらんないってだけで。今のぼくの頭には、親が決めた恐怖の結婚《けっこん》のことと、そこからどう逃《のが》れて「末永《すえなが》く幸せに暮《く》らしました」にこぎつけるかってことしかない。そんなこと、どうやって話せる？　サンドゥーはアジア人で、たぶん父さんと同じくらいの年だ。ものの見方から、何から何まで、たぶん父さんとおんなじだろう。

「勉強で何か問題があるのかね、マンジート？　あるいはわたしにいっていない他の問題が学校にあるとか」

「いいえ。問題なんてありません」

「きみはいじめられているんじゃないかね、マンジート？　年上の生徒のひとりに」

「まさか。十一年生なんて少しも怖《こわ》くありません」

「だが、最近きみはトラブルを起こしただろう？　ん？　十一年生の教室で、マニッシュ・コテチャと。あれはすべて解決《かいけつ》したのかね？」

サンドゥーの言葉に笑いたくなったけど、ぐっとこらえた。マニッシュは十一年生で、ぼくとエイディを入学したその日からいじめてきたやつだ。最初のころ、ぼくたちはマニッシュたちを見ると隠《かく》れてた。けれども今じゃぼくはあいつと背《せ》が同じくらいで、もうそんなに怖くない。だから近ごろでは、どちらかというと、ぼくとエイディがやつをいじめてる。

「もう解決しました。マニッシュはもうぼくのことをいじめないと思います」

サンドゥーが考えこんでる顔になった。なんとかして問題を見つけだそうとしてるって感じだ。片手《かたて》はあごにあて、もう片方の手は爪《つめ》でマグをコツコツ叩《たた》いてる。ぼくはサンドゥーのそんな様子を見ながら思った。もう他のことに、ぼくの問題に、気づいてるんだろうか。当たりをつけたんじゃ……？

「では、いじめの問題ではないわけだ。勉強も、きみにはそれほど難しくない。しかし、きみの学校での成績は、能力よりずっと下がっている。しかも、無断欠席の記録も更新中《こうしんちゅう》だ」

「はい」

「では訊《き》くが、マンジート、きみのご両親は、きみとリーザ・ジェンキンズとの交際《こうさい》をどうお考えかね……？」

10
六月

「サンドゥーがあなたに訊《き》いたの？」ぼくが話したとき、リーザはかなりびっくりした顔になった。「どうしてサンドゥーがあたしたちのことを知ってるのよ」

「わからない。たぶん、ぼくたちが学校でいっしょにいるのを見たんじゃないかな。つきあってるのを隠《かく》してはいないし。サンドゥーは文句《もんく》とかはいってなかったよ。ただ心配してた」

それはうそみたいだけど、ほんとのことだった。サンドゥーはぼくが家で問題を抱《かか》えてるのを知ってた。そして、ぼくにリーザとの交際《こうさい》のことをいい、両親はどう思ってるのか尋《たず》ねてきた。ぼくが「両親はリーザのことを知りません」っていうと、ただ笑って、イギリスに住むアジア人の若者《わかもの》が直面するジェネレーション・ギャップや重圧《じゅうあつ》について、長々と話を始めた。

「サンドゥーは文化の違《ちが》いとか、そういったことを話してた。自分はその点についてよくわかってる、ともね」

「じゃあ、サンドゥーに話したの？　親に無理矢理結婚《けっこん》させられそうになってるってこと」

「ほんのちょっとね。親が現実《げんじつ》とは違うぼくを期待してるってことや、学校を時間の無駄《むだ》だと思ってるってことだけ。それにしても、あいつが白人女性《じょせい》と結婚してるって話にはぶっとんだな」

「だれが？　サンドゥーが？」リーザが目を丸くしてる。

「そうなんだよ。サンドゥーが自分でいったんだ。それで『きみは今の時代で大変だと思っているなら、一九六〇年代のわたしがどんなだったか想像《そうぞう》してみなさい』だって」

「あたし、そのころの人じゃなくてよかったな。街でデートしてるとき、変な目で見られるだけでたくさん。みんな、ほんとにおかしいんじゃないの？」

「世の中には、単なるアホで、肌《はだ》の色でしか人を判断《はんだん》できないやつがいるんだ」

「うちの親がそんなじゃなくてよかった」リーザが明るいグリーンの瞳《ひとみ》でぼくを見る。それから慌《あわ》てて目をそらした。「あなたのご両親がそんなだってことをいってるわけじゃないの。ただ……」

「いいよ、大丈夫《だいじょうぶ》だって。きみがいいたいことは、わかってる」

今は午後の休み時間で、ぼくたちはテニスコートに続く階段《かいだん》に座《すわ》ってた。エイディは学校にきてないか、少なくとも、やつを見た人はだれもいない。エイディはこのところ兄貴《あにき》にべったりで、消息がまったく入ってこない。たぶん、キャップを後ろ前にかぶって、セアラとどこかでアンダーグラウンド・ガレージ・ミュージックを聴《き》いてるとか、くだらないことをしゃべってるとかしてるんだろう。ぼくは急に、エイディに会いたくてたまらなくなった。あとで電話しよう。そんなことを考えてると、リーザが頬《ほお》にキスしてくれた。先生たちが出てきて、今日の最後の授業《じゅぎょう》にみんなを駆《か》りたてる。

「放課後、ママがあたしを車で迎《むか》えにくるの。待っていてくれたら、家まで送るわよ」

「お母さんに悪いよ。面倒《めんどう》かけたくないし」ほんとの理由が他《ほか》にあることを、リーザは知ってた。ぼくは白人の女の人たちと車に乗ってきたところを、父さんに見られるわけにはいかなかった。父さんには何をいったって、わかってもらえそうにない。

「遠慮《えんりょ》しないで。じゃあ、四時に外でね」

放課後、リーザの母さんを待ってる間、ぼくは自分の親の結婚観《けっこんかん》について、もうちょっと詳《くわ》しくリーザに話した。すると、リーザがいった。

「『ノー』って何度もいって、とにかくいいつづけるの。そうすれば、親もあきらめるでしょ。息子《むすこ》がしたくないことを、無理矢理させるなんてこと、できないはず」

「そうなんだけど、問題はぼくが『ノー』っていえないことなんだ。これまでだって、いおうとはしたんだけど……」

「じゃあ、これからもがんばって。最後にはいえるから。親と話しあわなくちゃ」

「きみはわかってないんだよ、リーザ。そんなに簡単《かんたん》なことじゃないんだ。ぼくが結婚する女の子は、もうこっちにくることが決まってるんだよ。それに父さんは、結婚を承知《しょうち》しないとインドに連れていくって脅《おど》すし。この話をするたびに、母さんは泣くし」

「じゃあ、どうするつもり？　親を喜ばせるために『イエス』っていうの？　あなたの気持ちはどうなるの？」

問題はそこだった。知りもしないどこかの女の子と、まだ若いのに結婚するなんて、我慢《がまん》できない。ランジットやハリーみたいに、奥《おく》さんと子どもに縛《しば》られてしまうのも嫌《いや》だ。それに、いくら正しいことでも、年老いた両親の面倒を見ることや、遠くに住むいとこの結婚式へ行くことに自分の人生を費《つい》やすのもごめんだ。自分がしたくないことはわかってる。本当にやりたいことがなんなのか、わからないだけで。それに心の奥では、恐《おそ》れてることもあった。ぼくがほんとに「ノー」っていったら、父さんはぼくを殺すかもしれない。母さんはいつも脅してるとおり、ほんとに自殺するかもしれない。ふたりとも「恥《はじ》をかかされた」といって。親をそんな目にあわせられるだろうか。できるわけない。「自分の人生でつかみたいもの」と「家族」のどっちをとるか選ばなくていいリーザに、そんなこと、どうやって説明できる？ ひとりの人間として認《みと》めてもらうために戦う必要もないリーザに。

「うちの親のことは話したじゃないか。母さんは泣きながら腿《もも》を叩《たた》いて、自殺するって脅すんだ」

「だけど、お兄さんたちのときもそうしたんでしょ？ だったら、本気じゃないのはわかってるはずじゃない」

「うん。だけど、ほんとにそうしたら、どうしよう」

「自殺なんてしないわよ、マニー。あたしが保証《ほしょう》する」リーザはぼくの手を取って、安心させようと思い切りぎゅっと握《にぎ》ってくれた。「もうちょっとの辛抱《しんぼう》よ。お父さんもお母さんもあなたを受け入れてくれるわよ」

「それはまずないと思う。うちの親は古いやり方にすっかりはまってるから、ぼくが自分の人生でしたいことなんて、とても受け入れないよ。ぼくの意見なんて、ただの侮辱《ぶじょく》としか見てくれない」

リーザがぼくの頬にキスをして、また手をぎゅっと握ってくれた。ぼくはリーザを見てなんとか笑顔《えがお》を作った。リーザも元気を出そうとしてほほえむ。

「こんなことをいうと自分のことばかりって思われそうだけど、あたしはどうなるの?」

「ぼくがきみをどう想《おも》ってるかは、わかってるだろ?」

「じゃあ、あたしがあなたを愛してるってことも、わかってるわよね。だけど、もしもあなたが親の決めた結婚を受け入れることになって、だけどあたしたちはまだつきあってたとしたら、あなたはあたしとのこと、終わりにしちゃうの?」

今度はぼくがリーザにキスをした。それも唇《くちびる》に。そして、リーザをぎゅっと抱《だ》きしめた。

「そんなこと、絶対《ぜったい》にしない。ふたりはずっといっしょだ。ずっとね」

「マニー、あたしたち、どうしたらいいの?」

「親が決めた結婚を阻止《そし》するまでさ」

リーザの母さんがやってきたとき、ぼくたちはキスしてた。ぼくはあせってぱっと離《はな》れたけど、リーザがまたぼくの手を取って、車まで引《ひ》っ張《ぱ》っていった。車はディーゼル・エンジンで走るメタリック・ブルーのヴェクトラだ。リーザの母さんが運転席側の窓《まど》を開けて、ぼくににっこりほほえんだ。

「ハイ、マニー。乗っていってね!」

リーザの母さんとは何度か会ってる。アマンダに——名前で呼《よ》んでほしいんだそうだ——車に乗せてもらうのはこれが初めてじゃない。悲しいことに、ぼくとリーザのデートを父さんがどう思ってるのか、アマンダは知ってた。この状況《じょうきょう》を残念に思ってくれてるみたいだけど、「それはあなたとリーザの問題。わたしが口出しすることじゃないわ」といった。

リーザがぼくのほうを振《ふ》りかえった。「うちで夕食をどう?」

「いや、今日は帰るよ。宿題が山ほどあるし、父さんのことも……」ぼくはそういいかけてやめた。アマンダの前でいうのは、いつもばつが悪い。すると、リーザがまたぼくを救ってくれた。ぎゅっと手を握って、後部ドアを開く。

「さあ、乗って。あなたの家の通りの端《はし》っこで降《お》ろすわね」

ぼくはただリーザを見て、うなずいた。そして急に、こんなの最低だ、と思った。好きな女の子といっしょにいるために、こそこそしないといけないなんて。

うちまでの帰り道、ぼくがまた口を開くことはなかった。

11
十一月

十一年生になってからのぼくは、さらにひどい状態《じょうたい》になった。勉強も先生の話もそっちのけ。

サンドゥーとの二度の話し合いも上の空。サンドゥーはぼくを自分の問題に立ち向かわせようとしたけれど、そんなくだらないカウンセリング、こっちはまじめに取りあう気になれなかった。ティーン向けのトーク番組〈リッキー・レイク・ショー〉に出てくる、バカなアメリカの若者《わかもの》になった気分だった。まるで例の、親と縁《えん》を切りたがってるティーンたちのひとり。サンドゥーも「すべてをさらけだしてごらん」「感情《かんじょう》を表に出すんだ」なんていって、年老いたヒッピーのようだった。ぼくには必要ない。サンドゥーのおせっかいなんて。学校でほんとの気持ちがいえるかっつーの。無理だって。セラピーも必要ない。ぼくに必要なのは、自分の家族から離《はな》れることだけだ。

夏の間はできるだけリーザと会って、自分の家族の代わりにリーザの家族といた。学校が始まってからの放課後はますます、リーザの父さんのジャズ・レコードのコレクションをリーザと聴《き》いて過《す》ごすようになった。マイルス・デイヴィスやウェイン・ショーターに熱中した。ぼくは授業《じゅぎょう》をさぼってエイディと会い、街へ行くようにもなった。そして遊ぶための金をうちから盗《ぬす》んだ。

そのうち、欠席届《けっせきとどけ》を自分で書いてさぼるようになった。十六歳《さい》の誕生日《たんじょうび》のひと月ほど前からのことだ。エイディと街へコーヒーを飲みにいくために、体育の授業をずる休みしたのが始まりだった。それからの午後は定期的に授業をさぼって、ランジットの財布《さいふ》から盗んだ金で、エイディと昼飯を食ったり、CDやなんかを買ったりした。一日おきの午後の授業のたびに、胸《むね》の伝染病《でんせんびょう》にかかったり、悪くなったサンドイッチを食べて吐《は》いたことになったり。先生がうそに気づいたのは、丸五週間経《た》ってからだった。まずいことに、そのときまでに、八人の無断欠《むだんけっ》席者《せきしゃ》が捕《つか》まって退学処分《たいがくしょぶん》になってた。

最初に学校から追いだされたのはエイディだった。「追いだされた」っていうのは変かもしれない。エイディは退学になったとき、学校にいたわけじゃないから。クック先生の言葉でいうと「不在中《ふざいちゅう》」とかいうときに、処分された。クック。あの人はいいと思う。ぼくが唯一《ゆいいつ》ほんとに好きで尊敬《そんけい》できる先生だ。エイディの退学は、べつにショックじゃなかった。そもそも、エイディはいつも学校にいなかったし、実際《じっさい》、エイディと会うのは、学校の中より外のほうが多かったから。ただ、学校のサッカーチームはすっかり弱くなってしまった。ぼくたちのちょっとした連係プレーがなくなっちゃ、おんなじでいられないってことだ。

けっきょく、ぼくは校長室に呼《よ》ばれて、出席簿《しゅっせきぼ》をつけるようにいい渡《わた》された。まさに悪夢《あくむ》。これからは朝と、昼休みと、帰りに、学年主任《がくねんしゅにん》とか責任《せきにん》のある先生のところへ行ってサインをしないといけない。猶予《ゆうよ》は三回。サインを三回書きそびれたら、それでおしまい。追いだされる。それに加えて、サッカーチームからも追放！ なのに、ぼくはすぐにさぼりで味わった自由が恋《こい》しくなってしまった。学校にいるおかげで、リーザとたくさん会えるっていうのに。リーザはぼくのさぼりをよく思ってなかった。裏技《うらわざ》のことをすっかり説明したあとでも、そのやり方は間違《まちが》ってるって意見だった。リーザが「学校にちゃんときて」といっても、ぼくはちっともやる気が起きなくて、あるとき、とうとうぼくたちは別れそうになった。そこでリーザに捨《す》てられるのが怖《こわ》くなったぼくは、毎日学校にくるようになった。ひと月の間、一度もサインを書きそびれなかった。

けれども模範生《もはんせい》になるっていうぼくの試みは終わりを告げることになる。もうすぐ誕生日というある晩《ばん》のこと、ぼくは自分の部屋でくだらないコンピューターゲームをやってた。コインやお菓子《かし》をいろんな場所で集めていくやつだ。ぼくは次のレベルになかなか行けなくて、かなりいらつきはじめてた。そこに、エイディから電話がかかってきた。

エイディはこないだの晩、街のバーへ行ったときの話をした。「いっしょに行かないか？オールナイトでやってるとこで、兄貴《あにき》がドアマンをしてるんだ。タダで入れてもらえるぜ」ぼくがどうやって行けるっていうんだよ。そんなことしたら、どんな目にあうことか。だけどエイディにそういったとたん、気がついた。今、うちにはジャスとバルジットしかいない。これならたぶん、出られそうだ。ぼくが家を抜《ぬ》けだしたことが見つかっても、叱《しか》られるのはあのふたりだし、部屋の窓《まど》を開けっぱなしにしておけば、台所の増築《ぞうちく》部分の低い屋根からのぼって、こっそりもどることができる。

「裏技を使うんだろ？」

「え？　何？」エイディの言葉で、ぼくは我《われ》に返った。裏技？

「だから、おまえの裏技だよ。恐怖《きょうふ》の『親が決めた結婚《けっこん》』を阻止《そし》するために、ワルの道を行くんだろ」

「それがどう関係あるんだよ？」ぼくは訊《き》いたものの、ほんとはぴんときてた。

「考えてみろよ、マニー。おまえは今週末で十六歳になる。もう子どもじゃねえってとこを、親に見せたいじゃんか。バーへ行くってことは、こういうようなもんだ。『ヨー！　おれはもう大人だぜ。何をいってもやっても無駄《むだ》だ。おれはやりたいようにやる』」

エイディがラッパーのフレッシュ・プリンスをまねしてしゃべったんで、全部が冗談《じょうだん》に聞こえたけど、いってることは正しかった。少なくとも、そのとき、ぼくにはそう思えた。

「それに、いいか、全部タダなんだぜ」

「だけど、一文無しで行くわけにもいかないだろ？　兄貴の財布からいくらか盗《と》らないと」ぼくは声をひそめてしゃべった。義姉《ねえ》さんたちに聞かれるとまずい。

「心配するなって。金ならこのエイディおじさんが持ってるから」

「そっか。なら、いいや。セント・フィリップ教会で会おう」ぼくはあっさりOKした。

とたんにエイディが笑いだした。ぼくは、くそっ、笑うな！と叫《さけ》んで電話を切ると、さっそくランジットの財布探《さが》しに取りかかった。ランジットは出かけるとき、財布を持っていかなかった。いつもそうだ。その財布には家に入ってきた金のすべてが、共同資金《しきん》みたいにまとめられてる。うちでは働いてる者が全員で請求書《せいきゅうしょ》や食費の支払《しはら》いをする。家族の金を盗ることには、やっぱり罪悪感《ざいあくかん》があった。これは悪いことだ。だけど、思うに、うちのみんなのほうがもっと悪い。ぼくの人生をこんなにみじめにしてるんだから。ぼくがやりたいことなんて、特別なことじゃない。エイディや学校の他《ほか》の友達と同じようにしたいだけ。それをちょっと変わった方法でやるまでのことだ。

最高の夜になった。この日の出演《しゅつえん》はレスター出身のすごいハウスＤＪ、バンプ・アレンとザ・バロン。エイディもぼくも、ハウス・ミュージックはそんなに好きじゃないけど、バンプ・アレンたちの作る音はすごく気持ちいい。エイディは兄貴を通じて、店のみんなと顔なじみになってるみたいだった。ぼくたちはけっきょく一杯《ぱい》も酒代を払わずにすんだ。思いがけずでかいプレゼントをもらった感じだ。朝の三時に窓からよじのぼって自分の部屋に入ったとき、ぼくはまだ酒と興奮《こうふん》に酔《よ》ってた。うちに帰る途中《とちゅう》は、父さんが待ちかまえてるんじゃないかと思って、正直、びびってた。前にうちを抜けだしたときは捕まらなかったけど、こんな時間まで出歩いたことはない。ぼくは半ば予想してた。片手《かたて》にティーチャーズ、片手に靴《くつ》を持った父さんが、きっと部屋にいる……。けれども部屋にはだれもいなかった。何も気づかれてない！これってマジ？　なんだか急に運が向いてきたみたいだ。

12
十一月三十日

エイディと出かけた夜のあと、ぼくは本格的《ほんかくてき》にワルの道に走りはじめた。次の日、学校にやっとたどり着いたとき、時刻《じこく》は十一時を過《す》ぎてた。ベッドから出られなかった。ひどい二日酔《ふつかよ》い。頭の中の何かが——とにかく反抗的《はんこうてき》なやつが、「世界じゅうに向かって指を突《つ》きたてろ」といってる。ぼくはサンドゥーに「目覚まし時計をかけわすれました」とだけいうと、あとは一日じゅうぼーっとしてた。授業《じゅぎょう》なんてひとつもまじめに聞いてない。フォルダーの裏《うら》に落書きをして過ごした。

学校からの帰り道、同じクラスのふたりとエヴィントン・ヴィレッジに寄《よ》った。チョコバーを万引きしてプレゼントしてやると、ふたりとも喜んで受けとった。ぼくは得意になってた。家に着いたときでさえ、いい気分だった。ランジットとジャスに笑顔《えがお》を向けて、ふたりをちょっとあ然とさせた。

「おまえ、なんか企《たくら》んでるだろーが、あ？」ランジットは、やっとそれだけいえたって感じだった。

「まさか。何も企んでないって」答えながら、さらににーっと笑ってみせた。

「何もやらかすんじゃねえぞ」

「わかってる。何もしないって」

　ぼくはひと晩《ばん》じゅう、A4の紙に短編小説《たんぺんしょうせつ》を書いて過ごした。引《ひ》っ越《こ》してジャマイカの海辺の小屋に住むって話。夢物語《ゆめものがたり》だ。ぼくは長いことずっと自分の理想の生き方をあれこれ頭に描《えが》いてきた。それで一年くらい前に、それを全部書いてみようと決めた。実際《じっさい》に書いてみると、これが面白《おもしろ》い。そこにあるのは、自分以外の人にはわからない形で書かれたぼく自身とぼくの考えだ。つまり、他《ほか》の人は——家族は、それを読むことはできるけど、意味はわからない。ま、ハリーの場合、読めもしないんだろうけど。バーカ！　壁《かべ》じゅうにリヴァプールFCのポスターを張《は》ってるこの部屋は、ぼくのちょっとした隠《かく》れ家《が》みたいだった。前とは全然違《ちが》う。あのころはハリーと同じ部屋で、汚《よご》れ物《もの》と臭《にお》いに我慢《がまん》しないといけなかった。今のこの部屋はぼくひとりのもの。プライバシーがある。ティーンエイジャーで、少しのプライバシーもないってのは、それだけできつい。一度、ぼくはハリーと同じ部屋のとき、ハリーが〈ローディド〉って雑誌《ざっし》の半裸《はんら》の女の写真でオナニーをしてるとこに出くわした。あれは恥《は》ずかしいなんてもんじゃなかった。まあ、特に本人は、だけど。

　ぼくの誕生日《たんじょうび》は土曜日だった。その日がくると、父さんは自分や兄貴《あにき》たちといっしょに、ぼくが夕方パブへ行くことを勝手に決めた。とうとうぼくも男になったから——未来の花嫁《はなよめ》がイギリスにきて、結婚準備《けっこんじゅんび》がととのったからって理由。パブへ行くことは、まさに男らしい行為《こうい》ってわけだ。

エヴィントン通りにあるそのパブは、アジア人以外お断《ことわ》りの社交クラブみたいだった。中はやたらと安っぽい。ぼろぼろの座席《ざせき》に、トランプをするテーブル、隅《すみ》にはビリヤード台がひとつ。戦前に作られたように見える四つの年代物のスピーカーからは、バングラ・ビートががんがん流れてる。それに、ここは男であふれてた。女はひとりもいない。しかも、男たちはみんな酔《よ》っ払《ぱら》っていて、互《たが》いにののしったり、叫《さけ》んだりしてる。兄貴たちはパブにいる一分一分を楽しんでるって感じだった。仲間がみんないるからだ。そこらじゅうで「あ?」とか「マジ最高」が飛《と》び交《か》ってる。十時半ごろには、退屈《たいくつ》しきったぼくは、ケバブを食べたら帰ると父さんにいいにいった。待ってろってことになると思ったら、酔っ払った父さんは二十ポンド札をくれて「あとで家でな」といった。ハリーを見ると、ドイツのビール、ホルステン・ピルズの瓶《びん》と、バカルディのトリプルのグラスを持って座《すわ》ってる。ぼくが帰るといいにいくと、ゲラゲラ笑いだした。

「こいつを見ろよ」ハリーがぼくを指差しながら、仲間にいった。「こいつ、パンジャブ人になりたくねえんだと。ゴラになりてえんだよな? 自分はおれたちより上だと思ってやがるんだ」

ぼくはハリーの仲間を見回した。どいつもこいつも、ハリーとそっくりだ。ぎとぎと髪《がみ》のデブで、「これが最新ファッション」とばかりに、ソブリン金貨のネックレスと黒の革《かわ》ジャンを身に着けてる。中には、両方の耳に重そうな金のわっかをぶらさげて、金の「カンダ刀」――シーク教徒のシンボルの飾《かざ》りをつけたチェーンを首にかけてるやつもいる。そいつらは本物のシーク教徒でもないくせに、誇《ほこ》らしげにシャツやジャンパーの上にシンボルを出してた。本物のシーク教徒なら、ターバンをしてるし、酒は飲まない。兄貴たちの場合、自分がそう見せたいシーク教徒のイメージを演《えん》じてるだけだ。

「こいつはマスかき野郎《やろう》で、童貞《どうてい》なんだぜ」ハリーが続ける。「そんなやつに何がわかる《エヌ・キ・パッタ》？ カラとぶらつくのがかっこいいと思ってるやつによ。まあ、喧嘩《けんか》にでもなったらわかるんじゃねえの？ カラの友達がおまえを助けるか見ものだね」

ハリーの仲間がいっせいに笑う。ぼくはかーっと頭に血がのぼった。ハリーのビール瓶を取りあげて、やつの脳天《のうてん》に叩《たた》きつけてやりたかった。このデブ野郎！ だけどぼくはできるだけ冷静にいいかえした。

「少なくともぼくは、セックスするには結婚以外の方法がないっていうマヌケ野郎とは違うし、少なくとも、毎日シャワーを浴びてるね」

ハリーの仲間がちょっと笑いはじめた。ハリーの顔がみるみる赤くなる。

「まだ乳離《ちちばな》れしてないガキのくせに」ぼくは続けた。「しかも、体臭《たいしゅう》がキツいときてる。まったくひどいもんだ」

「黙《だま》らねえと、痛《いた》い目にあわせるぞ」ハリーがますますかっかきてる。ぼくはとどめを刺《さ》さずにはいられなかった。

「おまえの奥《おく》さんは鼻に洗濯《せんたく》バサミをつけて、目隠《めかく》ししてるんだろ、このデブのブ男！」

決まった。必殺の一言。見事なパンチ。ハリーが座席から飛んできて、ぼくの首を絞《し》める。ぼくはその間にも、ハリーのでっぷりした腹《はら》にパンチを二発お見舞《みま》いした。だめだ、脂肪《しぼう》のせいでちっとも効《き》かない。気がつくと、ランジットが間に入ってた。ぼくは扉《とびら》まで連れていかれた。父さんを見ると、ぼくを見ながら声をあげて笑ってる。ぼくが店を出るとき、父さんがパンジャブ語で叫んだ。

「おい、マンジート、おまえもやっと一人前の男らしくなってきたな。本物のパンジャブ人らしくな」

もうケバブを買う気も失《う》せた。家に帰る気もしない。ぼくは二十ポンド札をポケットに押《お》しこむと、怒《いか》りを抱《かか》えたまま、電話ボックスからリーザに電話した。「うちはかまわないわよ」それが返事だった。

リーザの家に向かって歩くうち、ぼくはある感覚にとらわれた。何かがさかんにぼくに訴《うった》えてくる。ぼくの将来《しょうらい》についてだ。クィーンズ通りを歩きながら、これだけははっきりわかった。ぼくは父さんや兄貴たちみたいな人生に自分をはめこむことはできない。あんな人生、悲しすぎる。退屈すぎる。リーザの人生とぼくの人生を比《くら》べずにはいられなかった。リーザは自分を確立《かくりつ》するために家族と戦う必要がない。リーザの家の玄関《げんかん》に着いたとき、ぼくの心は決まってた。ぼくは自由になる。そして、自分のやりたいことをやる。たとえどんな犠牲《ぎせい》を払っても。

13

十二月

次にリーザと会ったのは、月曜の昼休みだった。リーザとリーザの父さんに自分の問題を相談したのは土曜の夜、リーザの家をあとにしたときには、日曜の午前三時をまわってた。運のいいことに、父さんとハリーは、ぼくが帰るころには酔《よ》いつぶれてしまい、朝になってぼくを調べにきたのは、ランジットだけだった。ぼくが夜中の一時ごろに帰ったというと、ランジットは黙《だま》って首を振《ふ》った。その日、ぼくはケバブを買いにエヴィントン通りへ行った以外は、一日じゅう部屋から一歩も出なかった。父さんともハリーとも二度と話すつもりはない。昨日の夜、ふたりにはほんとに頭にきた。あれをなしにするなんて、絶対《ぜったい》にできない。特にハリーのしたことは。ぼくは抗議《こうぎ》の意味で、自分に出されたものを一切《いっさい》口にしなかった。月曜の朝、家を出て学校へ向かったときは、牢屋《ろうや》から解放《かいほう》された気分だった。

リーザがやってきたとき、ぼくはテニスコートに続く階段《かいだん》に座《すわ》って、何人かがサッカーをしてるのを見てた。

「大丈夫《だいじょうぶ》?」リーザがぼくの頰《ほお》にキスをした。

ぼくはリーザを見て、首を振った。「わからない。こないだの晩《ばん》はきみの父さんに話を聞いてもらって、ほんと助かったよ。ただ、それでもどうしていいかわからないんだ」

「マニー、あたしもこんなのってひどいと思う。親がそんなふうに育ったからって、それが親の国の文化だからって、あなたがこんなに苦しまなくちゃいけないなんて。あたしが全部変えてあげられたらいいのに」

「ありがとう、リーザ。きみが応援《おうえん》してくれて、話を聞いてくれることで、すごく救われてる。きみの母さんや父さんにも、ほんと、助けてもらってるよね」

「ふたりとも、あなたが大好きなのよ、マニー。ママなんて『あなたの年ごろにもどりたいわ』って、あたしをやっかんでるくらい」

「きみに相談できて、ほんとによかった。きみやエイディに話せなかったら、ぼくはおかしくなってたと思う」

「あなたの年で、いつもそんなにたくさん深刻《しんこく》な問題を抱《かか》えてるなんて無理よ」

「そうだよな。だからぼくはいつもむしゃくしゃして仕方がないんだ」ぼくはリーザの手を取って、ぎゅっと握《にぎ》った。

「だから、そんなにしょっちゅう、学校をさぼるの?」リーザが手を握りかえす。

「うん、ひとつにはね。とにかく頭に血がのぼってしまうんだ。学校なんて、親に人生を台無しにされるまでのただの暇《ひま》つぶしじゃないかって思うと、きちんと出る意味がわからなくなる」

「それにしても、意外なのよね」リーザはそういってまた、ぼくの頬にキスをした。「このないだパパと観《み》たドキュメンタリー番組では、アジアの女の子が無理矢理結婚《けっこん》させられてたし、あたしの中でもずっと、抑圧《よくあつ》されているのは女だけって思ってた。男の子もそうだったなんて、知らなかったな」

「男は別の形で抑《おさ》えつけられてるんだと思う。本人も気づかないうちに考えをすりこまれて……。そういうの、なんていうんだっけ」

「サブリミナル」

ぼくはリーザを見て、にっと笑った。「それそれ、ミス・ディクショナリー。サブリミナルってやつ。先にあれこれすりこまれるせいで、ぼくは父さんの行動が先にわかってしまうんだ。必要なら、ぼくを式場の寺院に引きずってでも連れていく。父さんはそういう人だってね。母さんのことは……わからない。チャパティ*を何枚《なんまい》食べるか訊《き》く以外、ぼくにはほとんど話しかけないから。ただ、ぼくがだれかに結婚のことをいわれて、『ノー』っていおうとすると、いつもとたんに泣きだしてヒステリーを起こしてる」

「そんなふうにされたら、ヒサンね」

「うん。こっちは慌《あわ》てるし、世界じゅうを相手に喧嘩《けんか》したいくらい、むしゃくしゃする。そういうときなんだ、ぼくがかっとなって、万引きするとか授業《じゅぎょう》をさぼってエイディと飲みにいくとか、バカなことをしてしまうのは。悪いことなのはわかってる。だけど、ときどき、自分でもどうにもならないんだよ」

「だけど、あなたがそんなことをするのを、認《みと》めるふりはできない。万引きやさぼりはよくないと思う。だけど、あなたの気持ちはわかるの、マニー。すごく、よくわかる」

「うん。だからぼくはきみのことを、あ、愛……」

「わかってる。あなた、またがんばっていおうとしてくれたのよね」リーザがいってるのは、ぼくが愛の言葉を何度もいいかけては、どうしても最後までいえないってこと。リーザはそんなに気にしてないふうだ。いつも、あなたの気持ちならわかってる、態度《たいど》に表れてるから、言葉でいわなくても、っていってくれる。それでも言葉でいわれたら、たぶんうれしいんだろうけど。「ねえ」リーザがぼくの腿《もも》をぎゅっとつかんだ。「土曜の夜にうちにきて泊《と》まらない？」

「どうして？」

「両親が夕食でもどうかって。ごちそうしたいみたい」リーザが目をそらす。それから、またぼくを見て、にこっとした。顔が赤い。「それから、あたしたちに話があるんだって。あたしたちふたりにね」

*インドの平たいパン。

ぼくは片方《かたほう》の眉《まゆ》を上げた。なんのことをいってるんだろう。

「なんの話かはあたしも知らないの。だけど、すごく大切なことなんだって」リーザがまた目をそらす。

「夕食は大丈夫だと思うけど、ぼくが父さんからどうやって外泊許可《がいはくきょか》をもらえるわけ？」

「わからない。エイディの家に泊まるっていうんじゃ、だめ？」

「なるほど、うちの人種差別主義者《じんしゅさべつしゅぎしゃ》はきっと大賛成《だいさんせい》してくれるだろう」

「もう、マニー。これはすごく大事なことなの」リーザがぼくの腿に置いた手に力をこめて、ぼくの目をのぞきこむ。リーザの瞳《ひとみ》が青みがかったグリーンに輝《かがや》く。これを見ると、ぼくはいつもリーザにキスしたくなる。

「がんばってみるよ。約束する」

リーザがにっこりして、ぼくにキスをした。ぼくはこの日の残りの時間を、数学や化学について語る先生の単調な声を聞きながら、リーザのことばかり考えて過《す》ごした。

けっきょく、ぼくは「すごく大事なサッカーのプロ・テストを受けるんだ」といって、ランジットにぼくと他《ほか》の四人の引率《いんそつ》をする先生の携帯電話《けいたいでんわ》の番号を教えた。ランジットは、ぼくたちが出かける前の晩、ぼくの新しいサッカーのコーチ、メンジーズ先生と三、四分しゃべった。メンジーズ先生はこういった。「金曜の晩と土曜の晩に外泊することになります。弟さんはわたしが責任《せきにん》を持って、日曜の午後にお返ししますよ。テストは土曜は丸一日、日曜は朝に行われます。グラウンドは、コヴェントリーにある〈ハイフィールド・ロード〉、バーミンガムにある〈ヴィラ・パーク〉、日曜はウエスト・ブロムウィッチにある〈ザ・ホーソンズ〉です」

実はこのメンジーズ先生の正体は、メリーウェザーやファーカーのしゃべり方をしたエイディだった。ランジットは途中《とちゅう》から、ぼくがテストに行くのに賛成しはじめた。「今どきのサッカー選手ってのは、がっぽり稼《かせ》ぐしな」とかいって。ぼくは文字どおり、口をつぐんで、ゲラゲラ笑いだしそうになるのをこらえた。ランジットは父さんにまで話をつけてくれて、「これを使え」と二十ポンドくれた。

「いいって、いいって。おまえがマンチェスター・ユナイテッドと契約《けいやく》したときに、返せるだろーが、あ？」ぼくは芝居《しばい》をやりすぎて、ぎゅっと抱《だ》きついてしまった。ランジットがあ然とした顔になる。ぼくはただ、にかっと笑うと、幸せな気分でベッドに入った。

金曜の夜、ぼくはリーザとセアラとエイディの四人で出かけた。そして、エイディがいきなりぼくに爆弾《ばくだん》を落とした。「セアラが妊娠《にんしん》したんだ。おれ、ついにとーちゃんになるんだぜ」ぼくは笑っていいのか、泣いていいのか、わからなかった。エイディが父親だなんて、最高の冗談《じょうだん》って感じだ。全部想像《そうぞう》できる。ちっちゃなナイキのベビーシューズに、ベビー用のベースボールキャップ。赤ちゃんが最初に話す言葉は「ヨー、メーン、どっかにかーいーい子はいねえか？」けっきょく、ぼくはただ未来の父親と握手《あくしゅ》して、未来の親たちをかわりばんこに抱きしめた。だって、他に何をすればいい？　そのあと、ぼくたちはナイトクラブに入る客の列から放りだされた。エイディが店の入り口に立つ用心棒《ようじんぼう》たちに「おれはウィル・スミスのいとこだ」っていい張《は》って、タダでもぐりこもうとしたから。ものまねは完璧《かんぺき》だったんだけど。そのあとぼくたちは女の子ふたりをリーザの家に送ると、エイディの家に行った。エイディと友達になってからだいぶ経《た》つけど、家に泊まったのは初めてだった。

土曜日、ぼくは未来の父親と街へ出かけた。「ベビー服の店をのぞこうよ」ってぼくがいうと、エイディはだまってベースボールキャップをいじくりまわした。それから、おもむろにこういった。「おれ、今回のこと、ほんとはめちゃくちゃ怖《こわ》いんだ。父さんと母さんにも話してない。兄貴《あにき》にだけは話したけど、『十九で三人の親父《おやじ》のおれとしちゃ、えらそうなことはいえねえよ』だってさ」エイディと別れたあとリーザの家へ向かう二十七番バスを待ってるとき、ぼくはエクバルと友達に出くわした。エクバルは「おまえの兄貴たちが自慢《じまん》してたぜ」といって、ぼくの「テスト」のことを冷やかし、「そろそろ親父さんにはっきりいえよ」といった。ぼくは「今度、電話するよ」といって、バスに乗った。リーザの両親はぼくたちに何を話すつもりなんだろう。さっきよりかなり緊張《きんちょう》してきた。

ぼくを出迎《でむか》えてくれたのは、リーザの母さんだった。頬にキスをして、飲み物は勝手に台所で取ってね、といった。リーザは台所にいた。冷蔵庫《れいぞうこ》のそばに立って、姉貴のメルからきた絵ハガキを読んでる。メルは大学を一年休学して、アジアじゅうを旅行してるところだった。ぼくはリーザに挨拶《あいさつ》のキスをすると、冷蔵庫からオレンジジュースを出して、自分でついだ。リーザが「夕食は七時ごろよ」といった。ってことは、まだ二時間近くある。

「じゃあ、何してようか」ぼくは丸いキッチンテーブルに座って、ガーディアン紙の一面をながめた。

「夕食の前にママがあなたに話があるみたい」リーザが答える。

「ああ、そうだった。けど、一体なんの話なんだい？」そのとき、後ろからリーザの父さんが入ってきて、ぼくの髪《かみ》をくしゃっとさせた。ちなみに、ぼくはこの人のことを「ジェンキンズさん」でなく、「ベン」と呼《よ》んでる。

「やあ、マニー」ベンが食器戸棚《しょっきとだな》からコップを取って水をくんだ。ぼくが会うときにいつも着てるような、黒のズボンとタートルネックのセーターを身に着けてる。丸い銀縁《ぎんぶち》メガネに、短くておしゃれな無造作《むぞうさ》ヘア。リーザと同じブロンドだ。

「こんにちは、ベン。どうも」

「いらっしゃい。ところで、娘《むすめ》とふたりで話をさせてもらっていいかな」

「もちろんです」

「それから、アマンダもきみに同じ話をしたいといって、書斎《しょさい》にいるはずだよ」ベンはぼくにウインクして、台所を出ていった。リーザがあとからついていく。ぼくはリーザの手をつかんで、ささやいた。「ふたりはなんの話をするつもりなんだい？」

リーザがほほえんで、小声で答えた。「セックス」

「ほんというと、ちょっとびっくりしました、ジェンキ……いえ、アマンダ」書斎に入ってから三十分後、ぼくはアマンダに訊かれたことをまだ考えてた。アマンダとベンはエイディとセアラの件《けん》を知ると、こう考えた。リーザとマニーはもう十六だし、つきあいはじめてだいぶ経《た》っている、ふたりとは話しあう必要がある、と。「そろそろセックスをすることは考えてた？」「もうセックスをしているなら、そのときコンドームは使った？」「相手に対しても、自分に対しても責任があることを、ちゃんとわかっている？　セックスをすることで体と心に何が起きるのか、きちんと理解《りかい》しないとね」ぼくはどう反応《はんのう》して、どう答えればいいかわからなかった。どんどん恥《は》ずかしくなるばかりで、ちゃんと正解をいえてますようにと願うばかりだった。

するど、アマンダが「ご両親からはもう、何か話はあった？」といった。ぼくはセックスを汚《きたな》くて悪いものとして見るように育てられてきたことをなんとか説明しようとした。小さいころは、テレビで裸《はだか》のシーンが出たとたん、父さんにチャンネルを変えられたものだった。家族向けの番組の中で視聴者《しちょうしゃ》が送ってきたビデオに、父親が車の窓《まど》から尻《しり》を出してみせるいたずらが映《うつ》ってたときでさえもだ。父さんはいつもパンジャブ語で文句《もんく》をいって、白人をののしった。

ある晩、ぼくたちは家族でアジア人向けのドラマを観てた。ブラッドフォードに住むアジア系《けい》のティーンエイジャーたちふたりが主人公だ。父さんがドラマにすっかり入りこんでたとき、画面は、使われてない倉庫でのふたりのセックス・シーンになった。父さんはかんかんになって怒《おこ》った。白人がセックスするのを、テレビで観るだけでも腹《はら》の立つことだったから。ただそんなときは「しょせん白人はそういう連中だからな」で終わらせる。だけど、アジア人が同じことをして、それが若《わか》くてきれいな女優《じょゆう》だったりすると、もう我慢《がまん》ならんって感じだった。

アマンダはぼくを抱きしめてキスしたあと、「娘のボーイフレンドがこんなに繊細《せんさい》で分別のある子でよかったわ」といった。それから、続けてこうもいった。「夕食のあと、ベンがバーミンガムへコンサートに連れていってくれるの。あなたたち、ふたりで留守番《るすばん》をお願いね」

14

三月

あの最初の夜は、ぼくとリーザの絆《きずな》をしっかり結びつけてくれた。ぼくたちは心から愛しあった。ふたりの「初めて」は、想像《そうぞう》とは違《ちが》ってた。ハリウッド映画《えいが》で観《み》たようなシーンはひとつもない。とにかくゆっくりで、やさしくて、リーザが自分にとってどんなに大きな存在《そんざい》かわかった。まるで恋愛小説《れんあいしょうせつ》のセリフみたいだけど、他《ほか》にいいようがない。驚《おどろ》きだった。ぼくたちはひと晩《ばん》じゅう起きていて、セックスについて話しあった。それがふたりにとってどんな意味があるかってことを。ぼくはリーザにいった。「きみとこうしていられてすごくうれしいよ。悩《なや》みごとからも解放《かいほう》されたし」リーザと過《す》ごした数時間、悩みごとは消えてしまったかのようだった。心からほっとできたし、幸せな気持ちになれた。その晩から続けてさらにふた晩、ぼくはリーザの家に泊《と》まった。ってことは、エイディがいろんなしゃべり方で、ランジットやジャスに電話をかけてくれたってことでもある。三日後、ぼくは自分の住む現実《げんじつ》の世界にもどるのが大変だった。そして、ぼくの悩みごとはますます深刻《しんこく》になった。

十一年生のクリスマスのあと、すべてがスキーのオリンピック選手みたいに、猛《もう》スピードですべりおちていった。ぼくは学校をさぼってばかりで、いつもエイディとつるんでた。リーザはGCSEのために勉強をがんばってたから、会えるのはリーザが自由になる夕方だけだった。リーザはぼくをなんとか学校に出させようとした。さぼった分の遅《おく》れを全部取りもどすには、もう遅《おそ》すぎるとわかっていても。ぼくはすでに二回捕《つか》まって（そのうちの一回は、バスに乗って遊びにいこうとしたときだった）、三月には、猶予《ゆうよ》はあと一回になってた。なんにせよ、ぼくはそのころには、すべてがどうでもよくなってた。試験勉強はまったくしてなかったし、先生はみんな、ぼくのことをあきらめてたと思う。クック先生だけは気にかけてくれて、「GCSEは来年、受験すればいい。必要なら、個人的《こじんてき》に勉強を教えるよ」と申しでてくれた。リーザの父さんのベンも、ほとんど同じことをいった。

「きみにはいつでもいろんな道があるんだよ、マニー」そんなふうにいえるのが、ベンのかっこいいところだ。ぼく自身、今の自分がめちゃくちゃなのはわかってた。そのことは、ベンも知ってる。だけどいつも「間違《まちが》いは直せばいい」としかいわなかった。けっきょく問題はただひとつ、ぼくにやる気がないってことだ。今や夕方だけがぼくの人生で、リーザやベンやアマンダと過ごすか、エイディがその辺にいるときは、家を抜《ぬ》けだしていっしょに飲みに出かけるかになってた。

クリスマス以来、ぼくは家ではあまりだれともしゃべってなかった。自分の部屋に閉《と》じこもってばかりいて、さもなければ裏《うら》から抜けだしてエヴィントン通りをひとりでぶらついたり、エイディに会いにいったりしてた。義務教育《ぎむきょういく》はもうすぐ終わりだったけど、卒業資格《しかく》を得るためのGCSEには合格しそうになかった。おまけに、あと一回さぼりが見つかれば、退学《たいがく》にされてしまう。そんなとき、エイディが昼休みに学校に現《あらわ》れた。ぼくがテニスコートの外れに座《すわ》ってタバコを吸《す》いながら、同じ学年のやつらがサッカーをしてるのを観てるときだった。

エイディは後ろからやってきて、ぼくの頭をひっぱたいた。ぼくは飛びおきて振《ふ》りかえり、こぶしを固めてファイティングポーズをとった。

「落ちつけよ。おっかねえなあ。唯一《ゆいいつ》の友達を殴《なぐ》りたおす気かよ」エイディの笑顔《えがお》を見て、ぼくはまた座った。

「こんなとこで、何してるんだよ。ＧＣＳＥを受けにきたのか？」そういって、今度はぼくが笑った。

エイディもまた笑って、持ってきたマリファナに火をつけた。「試験なんざクソ食らえだ。おれは金を稼《かせ》いでたんだぜ、マザーファッカー」すっかりギャングスターラップ風のしゃべり方だ。

「じゃあ、いくらかこっちにまわすってのはどうだ？」ぼくはエイディの吸ってたマリファナをすすめられて、そのまま受けとった。少し吸ってから煙《けむり》を吐《は》きだす。

エイディが一瞬《いっしゅん》、横目でにらんで、それから答えた。「どうしておまえに金が必要なんだよ。マリファナもやらねえやつに。おれがすすめなきゃ、吸わねえくせに」

「リーザとのデートにけっこう使うんだよ。映画に行くとかさ」

「おまえとリーザ、まだ続いてんのかよ。どのくらいになる？　おまえ、そろそろ新しい子を見つける時期だぞ」

ぼくは思わず笑ってしまった。エイディにはかなわない。しゃべることはなんでも冗談《じょうだん》だ。ぼくを怒《おこ》らせずにまんまとやりおおせてしまうのは、エイディだけだった。親友で、大切な存在だ。「ぼくは新しい子なんてほしくないんだよ、そこのヤクの売人さん。それに、少なくとも、コンドームがどういうものかってことは知ってるよ、お父さん」

エイディは一瞬ひるんだものの、ぼくのからかいを無視《むし》した。「ヘイ、マリファナはドラッグと違うぜ。ユ・ノウ？」今度はジャマイカ訛《なま》り丸出しだ。「おれたちゃ《アイ・アンド・アイ》ドラッグはやんねえ。ジャマイカ人にとってドラッグはアルコールとタバコ。マリファナはただのハーブ」

「ああ、そうだな。もちろん、マリファナはドラッグじゃないし、おまえはボブ・マーリー*だよ」

エイディが顔をしかめて、タバコの箱を引《ひ》っ張《ぱ》りだした。そういえば、エイディは学校に何しにきたのか、まだ話してない。

「それで、どうしておまえがここにいるんだよ？」

「ずいぶんな歓迎《かんげい》じゃねえか。せっかく会いにきてやったんだろーが、あ？」エイディは今度は大げさなキーキー声でしゃべった。ジャマイカ訛りをしゃべろうとして、ちっともさまになってないアジア系《けい》の若者《わかもの》のまねだ。やつらときたら、レスターのラッシー・ミード育ちのくせにジャマイカのキングストン育ちみたいな顔をしたがる。まったく笑ってしまう。

「それで、用件《ようけん》は？」

「うん、おまえが飲みにでもいきたいかなと思って」

「無理だよ、エイディ。あと一回捕まったら、アウトなんだぜ。永久《えいきゅう》に」

「そんなの、捨《す》てておけって。気分が悪くなりましたっていえばいいだろ」

*ジャマイカのレゲエ歌手。

「できないって。退学になるだろ。どの道、試験で落ちるから関係ないけど、父さんが怒るし。学校はぼくの唯一の逃《に》げ場所《ばしょ》だしな。だけど、どうしてそんなに行きたがるんだよ？」

エイディがぼくを見て、にーっと笑った。「だって、おれの誕生日《たんじょうび》なんだぜ」

忘《わす》れてた。このぼくが。マジかよ？　そしてこのとき、ぼくの腹《はら》の底に、予想外に熱いものがこみあげてきた。エイディは親友じゃないか。いちばん長いつきあいで、いちばん信頼《しんらい》できる友達なんだぞ。なのに、誕生日を忘れるやつがあるか？　ってわけで、そのあとぼくはエイディと飲みにいかずにはいられなかった。だって、他に何ができる？

ぼくは昼休みが終わってから、授業《じゅぎょう》をさぼることにした。サンドゥーのもとでサインをすませたあと、まずはそのまま美術《びじゅつ》の授業に出た。この授業を抜けだすのは楽勝だ。デヴォンシャー先生はかなり鈍《にぶ》いから。先生は生徒の企《たくら》みに目を光らせるよりも、自分の髪《かみ》や爪《つめ》の心配をするほうに時間をかける。いつも同じ香水《こうすい》の匂《にお》いをぷんぷんさせてるけど、その匂いときたら、まさに芳香剤《ほうこうざい》。ぼくは先生に腹の具合がおかしいんでトイレに行きたいといった。先生はぼくのいったことなんて気にも留《と》めてない。やっぱ楽勝だった。美術棟《びじゅつとう》は学校の裏側にあったから、簡単《かんたん》に抜けだして、線路のそばにある木立の隠《かく》れ場所《ばしょ》に行くことができた。そこでエイディと合流すると、ふたりでエヴィントン・ヴィレッジに向かった。

ヴィレッジのパブにはずいぶん長いこと座ってたと思う。エイディがダブルのブランデーのコーラ割《わ》りをふたり分、えんえんと注文しつづけたせいで、ぼくは時間がわからなくなってた。最初、ぼくたちは店員から「未成年だろ」と文句《もんく》をいわれるのを覚悟《かくご》した。だけど、ぼくなんて制服《せいふく》まで着てるのに（もちろん、ノータイ）、向こうはこっちをちらりとも見なかった。ふたりがここにいられない年なのはバレてたはずだけど、エイディはドリンクやナッツやなんかに三十ポンドは使ったにちがいない。けっきょく、パブの主人とブランデー会社が気にかけるのは、金をたくさん使う客かどうかってことだけなんだろう。

ぼくたちはセアラの妊娠《にんしん》について話した。もう五か月を過ぎてるのに、エイディはまだ、どうしていいのかわからないでいた。「おれさ、ちょっとやられたって気分になってるんだ。だけど、そうなったのは、他のだれでもない、自分のせいなんだよな」

エイディがキャップのつばをつかんで、うんざりした調子でいった。「兄貴《あにき》がどんな目にあってるか、しっかり見ておくべきだった。必要な手順をちゃんと踏《ふ》まなきゃいけなかったんだ。それなのに、その場になって、すべてがイイ感じで、お互《たが》いにやる気になったとき、おれは赤《あか》ん坊《ぼう》のことなんて考えもしなかった。ただの男になっちまった」

「こういうとき、なんていっていいかわかんないけど、ただ、ぼくはいつもコンドームを使ってる」

「そうだな、おまえの場合、女の子とトラブらなくても、いろいろ面倒《めんどう》なことがあるしな」エイディが両手を挙げて天を仰《あお》ぎ、「ハイ・ラッパ」と叫《さけ》ぶ。ぼくの母さんのまねだ。パブじゅうのみんながこっちを振りかえったけど、ぼくたちはただ笑ってた。少しして、エイディがまた、まじめな顔にもどった。そして、額《ひたい》をぽりぽりかいて、人差し指でグラスをチンと鳴らした。「おれはとんでもねえやつだったよ。もしも、一人前の男なら、もっと気をつけただろうし、さもなきゃ、今ごろ仕事についてるよな。自分の女やガキを養うために。くそっ。マニー、おれ、『ガキ』って口にするだけでも、キツいんだ」

「それで、これからどうするんだよ？」

「どうすると思う？　おれは他の黒人みたいに、社会が『黒人はこうだ』って勝手に作った型にはまるつもりはない。仕事を持って、ガキの面倒を見るさ」

もう午後の三時だと気づいたときには、ふたりともべろべろに酔《よ》っ払《ぱら》ってた。ぼくは学校にこっそりもどって、ぼくにとっては本日ふたつ目の授業、歴史を受けないといけない。その授業を教えるのは臨時教員《りんじきょういん》で、言《い》い訳《わけ》はすでに考えてあった。「腹の具合がおかしくて、ずっとトイレにいました」ところが、三時には学校にいないとまずいのに、まだこんなところでエイディをパブから引きずりだしてる。最初にいいだしたのは、ふたりのうちのどっちだったろう。とにかく、エイディもこっそり学校に入ったら面白《おもしろ》いぞってことになった。学校に着いて、美術棟を抜けるころになると、ぼくはかなり気持ちが悪くなってた。頭はぐるぐるまわるし、足は感覚がない。エイディとそっと廊下《ろうか》を進んで階段《かいだん》をのぼって、人文科学系の教室が集まる場所まできた。図書館のばあさん以外には、だれにも見られてない。そのばあさんもかなりぼけてるから、ドレスを着たゾウだって、何もいわれずに通れただろう。

　まず、ぼくが教室に入った。頭の中はまだぐるぐるまわってた。相変わらず気持ち悪い。「ここで吐けば、言い訳に都合がいいぞ」なんて考えがむくむくわいてきた。信憑性《しんぴょうせい》が増《ま》すってわけだ。そこに、ぼくから一分ほど遅れて、エイディが教室に入ってぼくの後ろに座った。おかげで、「腹が痛《いた》くてトイレに……」って言い訳はできなくなった。他のやつらがエイディを見て、クスクス笑いはじめる。臨時教員は黒髪で、若くて、すごくきれいな人だ。けれどもみんなといっしょに笑ってはくれなかった。

「あなたはだれ？」臨時教員に尋《たず》ねられ、ぼくは息をのんだ。

「マニーです。気分があまりよくなくて、保健室に行ってました。保健の先生はいませんでしたけど」

　ぼくからすると、今の言い訳は完璧《かんぺき》だった。他の人には、そう聞こえなかっただけで。みんながさらに大きな声で笑いだし、ぼくはあせりはじめた。すると、先生は今度はエイディのほうを向いた。エイディは座って、先生にほほえみかけてる。

「あなたは？　あなたも気分が悪かったみたいね。あんまり調子が悪くて、今朝は制服を着るのも忘れたの？」

「おれは制服を着てはいけないことになってるんです」エイディは頭にかぶってたシカゴ・ブルズのキャップを取った。「宗教上《しゅうきょうじょう》の理由で」

その言葉に、教室中がどっとわいた。先生がみるみる赤くなって、「静かにしなさい！」と叫ぶ。きわどい接戦《せっせん》だけど、なんとかなりそうだな、とぼくが思った矢先、ジャティンダー・サンガっていうおべんちゃら野郎《やろう》が秘密《ひみつ》をもらした。

「そいつはもうこの学校の生徒じゃないんですよ」告げ口するなんて、最低野郎だ。

先生がエイディを見て、ぼくを見た。「わかりました。ここで待っていなさい。サンドゥー先生を呼《よ》んできます」

先生が教室を出ると、エイディがぼくにウインクしてかけだした。ぼくも慌《あわ》てて立ちあがる。途中《とちゅう》でだれかの足を踏んづけて、ジャティンダーのほうによろめいた。告げ口のお返しに殴ってやろうと思った。だけどやつの机《つくえ》にたどり着いたとたん、むかむかがこみあげて、やつのノートや膝《ひざ》にゲーッと吐いてしまった。エイディの笑い声が聞こえる。他のやつらが椅子《いす》から飛びのいて、教室の外へ走りだす。ぼくもついていこうとしたけれど、ドアに着いたところで、サンドゥーが入ってきた。そのあと、ぼくが思い出せるのは、「逃げろ、エイディ！」と叫んだことと、今度はサンドゥーの上にゲーッと吐いて気を失ったってことだけだ。


気がつくと、家の自分のベッドの上にいた。外は真っ暗だ。腕時計《うでどけい》のライトをつけると、十時過ぎだとわかった。自分がどこにいたのか、まったく思い出せない。たしか、エイディと学校にいて、ふたりで笑って……。頭ががんがんする。だれかにバットで殴られたみたいだ。喉《のど》が渇《かわ》いてひりひりした。暗闇《くらやみ》でまばたきしながら、何かに焦点《しょうてん》をあわせようとした。そのとき、とつぜん、明かりがついた。くらくらする。ぼくは細目でランジットを見上げた。手に茶色の封筒《ふうとう》を持ってる。ランジットはぼくに笑いかけた。ただし、やさしい笑顔とはいえない。皮肉っぽい、イヤーな感じの笑い顔。ぼくはランジットをにらみつづけた。頭は相変わらず痛いし、喉はからからだ。あー、水が飲みたい。

「すごいじゃねえか。よくやったよ。ひとりでがんばってきたんだもんな。家族の名誉《めいよ》を傷《きず》つけるために。鉱山《マイ》／地雷《ンズ》も、ダディ・ジーの名誉も傷つけたくってな。それで、おまえはやってのけたってわけだ。さぞ誇《ほこ》らしいだろうよ」

それだけいうと、ランジットはぼくに封筒を放り投げて、去っていった。ランジットがまた「マイン（おれの名誉）」と「マインズ」を間違ってるのを笑ってやりたかったけど、気持ちが悪くて、それどころじゃなかった。ベッドの横の机の上に、だれかが水の入ったコップを置いてくれてる。手を伸《の》ばすのもやっとだった。ぼくは水を飲みほすと、ゆっくり立ちあがった。ドアまで歩いていって、内側からかけ金をかける。非常用《ひじょうよう》のタバコをベッドの後ろから取りだして火をつけた。灰《はい》と煙《けむり》を外に出すために、窓《まど》を開く。そして、タバコを吸いながら、封筒の手紙を読んだ。

手紙は学校からだった。ぼくの教育は終了したと書いてある。終了。おしまい。気持ちが悪くなってきた。胃がひっくりかえる感じ。頭の中がまたまわりはじめる。そのときまでにはもう、自分のしでかしたことがはっきりとわかった。裏技《うらわざ》やその他もろもろの技を使った結果、自分が望まない地点まできてしまったってことだ。実際《じっさい》、今では怖《こわ》くなってた。自分のしでかしたことを考えずにはいられない。これでよかったんだろうか……。眠《ねむ》ってからもずっと、そのことが頭から消えることはなかった。

15
四月と五月

「おまえはおれたちとインドへ行く。おまえの意見を訊《き》いてるんじゃねえぞ、マンジット。わかってんのかよ」

ハリーがティーカップを持って、ぼくの部屋の戸口に立ってた。学校を退学《たいがく》になった週から、ぼくは監視《かんし》なしで家の外に出たことがない。もうすぐ五月になる。学校を追いだされたのは三月の終わりだった。それからリーザともエイディとも会ってない。エイディは数週間前、電話をくれて、「街で会いたい」というリーザの伝言を取り次いでくれた。けれども望みは薄《うす》い。リーザは二度電話をくれたけど、二度ともハリーが「今はいねえ」といって切ってしまった。おまけにハリーのやつ、そのあと「あの子はだれだよ?」とかなんとか、うるさいったらなかった。

ぼくはまさに囚人《しゅうじん》だった。エイディと飲みにいった日のちょっと前、ハリーは職場《しょくば》をリストラされたばかりだった。おかげで、今や、やつはぼくの看守《かんしゅ》みたいにふるまってる。毎日、ぼくの一挙手一投足を一分一秒たりとも見逃《みのが》さないって感じだ。休みの日には、ランジットがハリーと交代でぼくの監視につく。週末ともなると、ぼくの看守には、ふたりの他《ほか》に父さんまで加わった。リーザに会いたくてたまらなかった。そして、毎日、囚《とら》われの身でいるおかげで、ますます気分が落ちこんでいった。何もできないし、何もしたくない。持ってるCDが全部同じ音に聞こえてくる。ゲームも飽《あ》きたし、本なんて何度も読みすぎて、見るのも嫌《いや》だ。あんまり退屈《たいくつ》で、ベッドから出るのもかったるくなってしまった。ぼくは午後遅《おそ》くにやっと起きだして、毎晩《まいばん》十一時には床《とこ》についた。やることといったら、食べて、寝《ね》て、ジャスが同情《どうじょう》して貸《か》してくれたポータブル・テレビを観《み》ることだけ。ぼくの様子を気にかけてくれるのは、ジャスだけだった。他のやつらは怒鳴《どな》ってぼくを脅迫《きょうはく》するか、完全に無視《むし》するかのどちらかだ。そして、母さん。この人はぼくの名前を聞いただけで、わっと泣きだし「自殺する」と脅《おど》す。ぼくが家族にひどく恥《はじ》をかかせたからだとか、兄貴《あにき》たちみたいにまともになろうとしないからだとかいって。

インドの話が出てきたのは、そんな状《じょう》況《きょう》からだった。数年前、いとこのパームジットがドラッグにはまって、強盗《ごうとう》やなんかをやらかした。その後、非行青少年短期収容所《ひこうせいしょうねんたんきしゅうようじょ》に八か月入れられて、そこから出たとたん、今度は自分の父さんにインドに送られた。パームジットの父さんは息子《むすこ》をぼくたちの一族が住む村に約一年住まわせた。うちの父さんの言葉でいうと「まともにする」ために。そして、本物のパンジャブ人にするために。その試みは成功した。パームジットは隣村《となりむら》のどこかの女の子と結婚《けっこん》して、別人になって、イギリスにもどってきた。今では、家族と住宅《じゅうたく》ローンと夢《ゆめ》も希望もないような工場の仕事を持ってる。まだ二十一歳《さい》なのに。そして、それこそ、父さんがぼくにもそうなってほしいと夢見てることだった。

ぼくはそれほどやわじゃない。それに、そんなのは、ぼくの目指す人生じゃない。ぼくは奥《おく》さんも住宅ローンもほしくない。ありきたりなやつにはなりたくない。そんなのが自分の未来だなんて、冗談《じょうだん》じゃない。退学になった日からずっと、そのことを家族にいいつづけてきた。だれも聞いてくれなかったけど。

ハリーは「強制的《きょうせいてき》にインドに行かせる」とぼくにいいつづけた。父さんはぼくが「ノー」というと、四歳の子がだだをこねてるって感じで、バカにして笑うだけだ。母さんはひたすら泣きつづけ、父さんたちにぼくを改心させてくれといい、神に救いを求めた。嘆《なげ》いたり泣《な》き叫《さけ》んだりするのは全部、つまるところ間接的《かんせつてき》な脅しだ。ぼくにインド行きについて考えさせるための、家族の作戦にすぎない。とはいえ、母さんが自殺しないとわかっていても、やっぱりその疑《うたが》いをぬぐいきれなかった。

「ぼくはどこへも行かない。どうして行かなくちゃいけないんだよ」

ハリーが怒《おこ》ってぼくを見る。体の重心を右足から左足に移《うつ》す。歯ぎしりが聞こえてきそうだ。

「これ以上、家族に恥をかかせるようなまねをさせないためだろーが、あ？　インド行きは全部決まったことだ。殴《なぐ》ってでも、おまえを行かせてやるからな」

ぼくはハリーを見て首を振《ふ》った。ここから逃《に》げだしたい。とにかくドアから飛びだして階段《かいだん》をかけおりたい。だけどそのあと、一体どこへ行く？　何をすればいいんだろう。食べ物とかの金はどこから手に入れる？　ぼくが囚われてたのは、体だけじゃない。若《わか》すぎるっていう事実にもだ。つまり、ぼくは家族に外に出されたとしても、まだいろんな社会保障《しゃかいほしょう》の給付金はもらえないし、就職《しゅうしょく》に有利な資格《しかく》も持ってない。ぼくはまさにこの状況にがんじがらめになっていた。間違《まちが》いなく、本当に。

「マンジット、おれのいってることがわかってんのかよ？」

ぼくは再《ふたた》びハリーを見上げて、笑ってみせた。きっと、カチンとくる笑い方だったんだろう。ハリーがその場に突《つ》っ立《た》ったまま、ぼくをにらんだ。ぼくは目をそらし、ベッドに仰向《あおむ》けになった。

「観念することだ。いつまでもジタバタしてたら、蹴《け》りをお見舞《みま》いするぞ。簡単《かんたん》なことだろーが、あ？　おまえはインドに行く。おれがいってるのは、それだけだ」

ハリーはいうだけいうと、くるりと背《せ》を向けて、部屋を出ていった。ドアが開けっぱなしだ。ぼくはかっとなってベッドを飛びだし、ドアを思い切り蹴とばして閉《し》めた。ドア枠《わく》が外れたかと思ったけど、大丈夫《だいじょうぶ》だった。ただ、ドアの端《はし》から白いペンキがぱらぱら落ちて、下塗《したぬ》り用のペンキが出てきたけど。普通《ふつう》なら、家を少し壊《こわ》してしまったことにびくびくするところだ。けれども今のぼくは怖《こわ》がる心境《しんきょう》じゃなかった。家族全員にめちゃくちゃ腹《はら》を立ててた。

頭の中で何かが脈打ち、ずきずきしはじめた。脳《のう》がばらばらになりそうだ。ぼくは突っ立って、ペンキのはがれたところを見つめてた。まともに考えることができない。自分が何をしたいのかも、何をいいたいのかもわからない。わかるのは、自分がひとりぼっちだってことだけだ。ぼくは自分が家族の他のやつらとは違うとずっと信じてきた。やつらより上だとか、そういうことじゃない。ただ「違う」のだ。この部屋の中でドアを見つめながら、なんとかまともに考えようとしたとき、思《おも》い浮《う》かんだのは、まさにそのことだった。ぼくはみんなと違う。まったく違う。だからやっぱり、抜《ぬ》け道《みち》を見つけなきゃいけない。どうしたら結婚から、家族から永遠《えいえん》に逃れられるんだろう。これが初めてというわけじゃなかったけど、ぼくはベッドに座《すわ》って考えた。とにかく必死に。

そうやって考えた末に、ぼくが折れて家族とインドへ行こうと決めたなんて、はたから見たら不思議なことだろうと思う。つまるところ、ぼくとしては大きく譲歩《じょうほ》した形になった。リヴァプールFCがプレミアシップで早々と三月までに優勝戦線《ゆうしょうせんせん》を離脱《りだつ》してマンチェスター・ユナイテッド、通称《つうしょう》金持《マネーバッグズ》ちユナイテッドに優勝を譲《ゆず》るのにちょっと似《に》てる。けっきょく、間接的な脅しにずっと耐《た》えてたところに、家族が作戦の方向転換《ほうこうてんかん》をしたのが効《き》いた。父さんがものすごくやさしくなって、こういったのだ。「最後はおまえの心ひとつだ。もしおまえがインドへ行かなくても、母さんは自殺なんてしないさ。これはただのバカンスだ。家族がしばらくいっしょに過《す》ごすいい機会だ。仕事があるわけでも、学校にもどるわけでもないんだろう？　結婚だって、夏の終わりまではないんだし。いや、夏が終わってもひと月以上はないかもしれん。だったら今、バカンスに出かけてもいいんじゃないか」ぼくは父さんの言葉から、決定権《けっていけん》は自分にあるって気になりはじめた。正直いって、うれしかった。生まれて初めて、家族がぼくの意見を真剣《しんけん》に聞いてる。ぼくを大人のように扱《あつか》ってる。まだ大人の一歩手前のぼくを。

ある晩、五月の終わりごろだったと思う。ジャスが部屋のドアをノックした。ぼくはいつもやるように、「うーん」とうめき声をあげた。ぼく流の「どうぞ」って意味。

ジャスが部屋に入ってきて、ベッドに座ってにっこりした。「マニー、調子はどう？」

「まあまあ」ぼくはテレビの黒い画面をひたすら見つめた。ジャスからもらったやつだ。ジャスのことは、そんなに嫌じゃない。ぼくを怒鳴ったりしないから。それにジャスは家族がぼくにとるひどい態度《たいど》に——っていうか、家族がぼくにとる態度がひどく見えることに、いつもちょっと戸惑《とまど》ってるみたいだった。ぼくが真っ黒な画面を見てると、ジャスが話しはじめた。

「今、どんな気持ち？　ずっと家に閉《と》じこめられているのは、辛《つら》いでしょうね。学校のときの友達に会いたいわよね」

ぼくはリーザのことを思ってうなずいた。会わなくなってから、だいぶになる。リーザにすごく、すごく会いたい。ジャスがここにいなかったら、きっとぼくはおいおい泣きだしてただろう。リーザのことを思うたびに、心がざわざわしてきて、どーんと落ちこんだり、家族にすごく腹が立ったりした。

エイディにも会いたかったけど、リーザの場合とは違う。エイディとは、学校にいたときでさえ、何週間も続けて会わないことがよくあったから、今がそんなにひどい感じはしない。リーザと会えないことに比《くら》べたら、まだましだ。ぼくは大きく息を吸《す》ってから、どうにかジャスを見た。

「今度のインド行きだけど――」ジャスがいった。「マニー、これはただのバカンスなの。それだけよ。うそじゃない」

ジャスの声は聞こえてたけど、話はほとんど聞いてなかった。ジャスの英語の話し方に気を取られてた。普通に話してる。っていうか、むしろうまい。ジャスはGCSEを受けて、卒業資格を持ってるんだろうか。それにしても、おかしな話だ。ジャスが家族になってからだいぶ経《た》つのに、ぼくはこの人のことを全然知らない。

「いっしょにきたほうが、あなたにとっていいと思うの。自分が楽しむことだけを考えればいいのよ。自分の行きたいところへ行けるし、したいことができるわ」

「じゃあ、みんながいう、あの戯言《たわごと》はなんなんだよ」ぼくはジャスをまっすぐ見つめた。「ぼくをインドに置きざりにして、いい子ちゃんに変えるって話」皮肉たっぷりにかすれ声でいった。

「マニー、考えてみて。あなたは頭のいい立派《りっぱ》な若者よ。そんなあなたを、嫌がっているのに、どうやってインドに留《とど》めることができるの？」

「だけど、父さんやランジットがいってた。ぼくをまともにするんだって」

「じゃあ、わたしが約束するわ。そんなことは起こらないって」

ぼくはジャスの目をのぞきこんだ。うそは目を見ればわかる。ジャスは正直にいってた。まばたきすらしない。

「約束する？」

「ええ。あなたはインドに留まらなくていいって約束する。みんなで八週間滞在《たいざい》するだけ。それでおしまい」

ぼくは返事をする前に、ちょっと考えた。ジャスがやさしくしてくれただけで、「イエス」というつもりはない。ぼくはそんなバカじゃない。だけど心の奥では、ジャスは信用できるとほんとに思ってた。この人のいってることは正しいに決まってる。だって、嫌がるぼくをどうやって、インドに留めたりできる？　こっちはもう、ガキじゃないんだから。それに、ジャスが「どんな気持ち？」と訊いて興味《きょうみ》を示《しめ》してくれたことで、ぼくは「必要とされてるんだ」って気分になってた。胸《むね》の奥がほんわり温かい感じ。まるで家族の一員になったみたいだ。ほとんど。

「考えておくよ」ついに、ぼくは返事をした。数か月ぶりに笑顔《えがお》を見せながら。

「よかった。行くことに決めたら、わたしと買い物にも出られるわよ。旅行用の服やなんかを買わないとね」

リーザの手紙が届《とど》いたのは、ジャスとの会話から数日後のことだった。ぼくは角の雑貨屋《ざっかや》でタバコを買ってきたところだった。家に閉じこめられてからというもの、タバコを買いにでることだけが、唯一《ゆいいつ》の自由になってる。ちなみに、ぼくの知るかぎり、家族はぼくがタバコを買ってることは知らない。まだ午後の早い時間だった。ぼくが家の正面の門のそばまでやってくると、郵便屋《ゆうびんや》がきた。

「お宅にです」そういって、郵便屋はぼくに封筒《ふうとう》を三通渡《わた》していった。

一通目は事務的《じむてき》な感じの茶封筒だった。請求書《せいきゅうしょ》かなんかだと思う。ランジット宛《あて》だ。二通目は青いエアメール用の封筒で、宛名に父さんの名前がなぐり書きしてあった。差出人はインドに住むおじさんのひとり。三通目はぼく宛だった。真っ赤な封筒にぼくの名前が書いてある。間違いない、リーザの字だ！　心臓《しんぞう》が飛びでそうになった。慌《あわ》ててジーンズの尻《しり》のポケットに封筒をねじこんだ。

自分の部屋にもどると、封筒を破《やぶ》って中の二枚《まい》の赤い便箋《びんせん》を開いた。読みはじめると、心臓がどきどきしてきた。手紙は「どうしてるの？　一体何が起きてるの？」という質問《しつもん》から始まった。「どうして街で会ってくれなかったの？」「どうして別の学校に行かないの？」他にも、あなたに会えなくてほんとに寂《さび》しい、あなたのことはいつも、セアラとエイディに訊いてる、とあった。リーザの両親も心配してるという。手伝えることがあったら、なんでもいってほしい、といってるそうだ。そのあと、ぼくはリーザの告白に、ガツンとやられた。それもかなり激《はげ》しく。

「――マニー、あたしは今の状況をどうしたらいいのかわからない。あたしは何をすればいいの？　もうずいぶん会ってないわ。それに、これから会えるようになるかもわからない。しばらくは無理よね。だからあたし、夏の間はオーストラリアに行くことにしたの。姉のメルに会ってくる。あたしたちの間に何が起きてるのか、あたしにはよくわからない。ただわかってるのは、愛してるのに会えないってことだけ。こんな状況じゃ、あたしたち続かないわ。どう思う？　こんなことを書いて、動揺《どうよう》させてしまったら、ごめんなさい。だけど、あたしの気持ちもわかってほしいの。ふたりがもう一度会えるかどうかさえ、わからないのよ。あたしが九月に帰国したとき、あなたが結婚してるかどうかも。マニー、あたしだって、こんなことは書きたくない。だけど、こうでもしないと、どうにかなってしまいそうなの。お願い、今の状況をどうにかして。自分のためにも、ふたりのためにも。ああ、こんなこと書くなんて、すごく自分勝手よね。ほんとにごめんなさい。

もしできるなら、Eメールをください。いちばん下にメルのアドレスを書いておくわ。それから、もし家を出て逃げる決心がついたら、しばらくうちに身を寄《よ》せればいいってパパとママがいってるの。考えてみて。お願い。あなたにすごく、すごく、会いたい……」

ショックで終わりまで読んでいられなかった。リーザがぼくを捨《す》てようとしてる。いっしょにいようっていつもお互《たが》いにいいあってたのに……。ぼくの思考は今やばらばらに、あちこちに向かってた。何を考え、何をすればいいのかわからない。ぼくは立ちあがって部屋のドアを閉めると、ステレオをつけた。それから、座って泣いた。

部屋を出たのは、その晩の七時半ごろだった。喉《のど》がからからで、飲み物を取りに台所へ降《お》りた。ジャスが夕食のチャパティを作ってた。ぼくが入っていくと、ほほえみかけてきた。

「ロティでも食べる?」

ぼくは甥《おい》っ子のガーパルを見た。台所をよちよち歩きまわってる。「いらない」ぼくはそういって、コーラをコップについだ。「腹は減《へ》ってないんだ。あとでサンドイッチを作るかも」

「本当にいいの?」

「うん、大丈夫《だいじょうぶ》。ところでさ、ジャス、インドのことで、前にいってた話だけど……」

「なんのこと、マニー?」ジャスがふきんで両手の小麦粉を拭《ふ》きながら、ぼくをまっすぐ見つめる。

「インドに行くことにするよ。あの日にいってたことを、ジャスがまだ約束できるんならだけど」

「約束するわ」

ジャスが近づいてきて、ぼくをぎゅっと抱《だ》きしめた。ぼくはまた涙《なみだ》が出そうになったけど、必死にこらえた。ジャスの前では泣かない。だれの前でも。ぼくは自分の部屋にもどり、音楽をかけて、心を落ち着けた。これからどうやって生きてけばいいんだろう。エイディなしで。リーザなしで。

第三部　インド

16
六月

インド航空《こうくう》の飛行機からデリー空港に降《お》り立《た》ったとき、ぼくを最初に襲《おそ》ったのは、暑さだった。まだ午前二時五分前だったけど、気温は三十度はいってたと思う。ジーンズにスニーカー、Tシャツにパーカのぼくは、すぐさま全部脱《ぬ》ぎ捨《す》てたくなった。入国審査《にゅうこくしんさ》のエリアにたどり着いたときには、顔は汗《あせ》だらだらで、足は痛《いた》いなんてもんじゃなかった。思わずハリーを見た。インドに着いて一時間後には、一体どんな臭《にお》いになってるんだろう。

入国審査のブースは、すでに長蛇《ちょうだ》の列だった。ぼくたちの前に並《なら》んでる人たちが、パスポートを見せて係官の質問《しつもん》に答えてる。あと三人でぼくたちの番というときに、ぼくは気がついた。係官はみんなホルスターを身に着けて、ブース内のスツールにはライフルを立てかけてる。空港でどうして銃《じゅう》が必要なんだ？　そんなことを考えてたら、父さんに引《ひ》っ張《ぱ》られた。係官に搭《とう》乗券《じょうけん》とパスポートを見せるよう、ぼくに合図してる。係官は肌《はだ》が真っ黒で、脂《あぶら》ぎった髪《かみ》を左分けにしてた。顔とパスポートの写真を見比《みくら》べられてるとき、ぼくがにっと笑いかけても、無《む》表情《ひょうじょう》に見返すだけ。それから、「行け」というふうに到着《とうちゃく》ロビーをあごで示《しめ》した。ゲートをくぐるとき、ぼくはスツールに立てかけてあるライフルをじっと見ずにはいられなかった。

到着ロビーでも、緑の軍服を着て武装《ぶそう》した警備員《けいびいん》たちがパトロールをしてた。ぼくたちが空港建物の出入り口へ向かう間じゅうずっと、こっちの動きをにらむようにして見張ってる。ハリーとランジットがスーツケースやカバンを取りにいったので、ぼくはジャスと甥《おい》っ子のガーパルとハリーの奥《おく》さんのバルジットとドアのそばで待った。母さんと父さんは建物のもっと中のほうで、機内で知りあった夫婦としゃべってる。その人たちは父さんの故郷《こきょう》の隣村《となりむら》の出身で、ぼくたちとパンジャブまでいっしょに行くらしい。

ハリーがカートを押《お》しながら、最初にもどってきた。ぼくは、いちばん上に自分の黒のバックパックがあるのを見つけると、引っ張りおろして背負《せお》った。中にはウォークマンと、ペーパーバックや雑誌《ざっし》〈ローディド〉の下に隠《かく》してきたタバコ〈ベンソン・アンド・ヘッジズ〉四箱がある。それから、A4の便箋《びんせん》に、ズボンの尻《しり》のポケットに入るミニノート四冊《さつ》。どれもぼくの退屈《たいくつ》サバイバル・キットだ。飛行機で約十時間も向こうに残してきた世界にもどるための逃《に》げ道《みち》。まあ、たしかに、ぼくはインドにしばらくいるのを楽しみにしてる。イギリスとこの国がどんなに違《ちが》うのか見てみたい。だけど、レスターにいられるのに、わざわざインドにくることもないと思ってた。そりゃ、新しい場所へ行って新しいことをするのは、前からの夢《ゆめ》だから、旅行にはわくわくしてる。だけど、家族に無理に引っ張られてくるのは嫌《いや》だ。ぼくはよく夢の中で世界じゅうを旅行する。エイディやリーザや他《ほか》の友達といっしょのときもあれば、ひとりのときもある。この夢はいつだって最高だ。ハリーやランジットといっしょのことはないし、母さんがヒースロー空港の混雑《こんざつ》したチェックインのロビーじゅうに響《ひび》き渡《わた》るようなでかい声でパンジャブ語をしゃべって、こっちがうううと小さくなることもない。

ぼくは無性《むしょう》にタバコを吸《す》いたくなって、空港建物のメイン・ロビーを見回してトイレを探《さが》した。ハリーに行き先を告げると、やつがバカ丸出しの顔でにやにや笑った。

「ぜってー、タバコを吸いにいくんだぜ」

こっちも皮肉たっぷりに、にやりとしてみせたあと、トイレに向かった。まっすぐ個室《こしつ》に入って、鍵《かぎ》を閉《し》める。バックパックの中を引《ひ》っ掻《か》きまわしてタバコを見つけた。からからの口で吸いこむ煙《けむり》は、まるでサンドペーパーみたいだった。今のぼくには水分も必要ってわけだ。それも、ものすごく。おかげで、顔にだらだら流れてた汗は止まってたけど。トイレのふたを下ろして座《すわ》ると、あれこれ考えてみた。タバコを買うために、父さんからどうやってインドの金をもらおう？　だいたい、タバコはどこで買えばいいんだ？

ぼくたちは空港の外に出ると、まず中央バス乗り場に行った。行き先がどこだろうと関係ない。デリー空港で飛行機を降りたら、インドの旅の続きはそのバス乗り場から始まる。外の空気はからからに乾《かわ》いていて、ディーゼル油の臭いがたちこめてた。見渡すかぎりどこもかしこも、人がうろうろしてる。旅行者も交じってるけど、ほとんどが物乞《ものご》いだ。ぼくがそばを通りかかると、顔をじっと見ながら、両手を差しだしてきた。男も、女も、年寄《としよ》りも、幼《おさな》い子どももいる。どこもかしこも、そこらじゅうにいる。みんなぼろを着て（何か着てればだけど）、靴《くつ》をはいてる者はひとりもいない。ぼくは心の中で「うそだろー？」と叫《さけ》んでた。レスターでもホームレスが物乞いをしてるのを見たことはある。だけど、一度にせいぜい二、三人ってとこだ。それが、父さんが世界一といつもいってるこの国にきてみたら、何百っていう物乞いがいるなんて……。もしもぼくが金を持ってたら、間違いなく全部あげてたと思う。裸《はだか》の子どもたちの中には、二、三歳《さい》にしかなってないほんの赤ちゃんもいるんだから。ぼくはかわいそうに思う気持ちと、あの子たちに比べたら自分は金持ちだっていう罪悪感《ざいあくかん》でいっぱいになった。甥っ子のガーパルも、あのくらいの年だ。ガーパルが同じ状《じょう》況《きょう》に置かれたら、ぼくはどんな気がするだろう。物乞いたちを見ながら、そんなことをもんもんと考えつづけた。まだこの国にきて一時間しか経《た》ってないのに。

ぼくたちは古いおんぼろバスに乗り、カシミール・ゲイトという場所に向かった。父さんによると、ぼくたちはそこで長距離《ちょうきょり》バスに乗り、パンジャブ州北部の都市のひとつ、ジャランダルに向かうという。そしてジャランダルから、父さんの村があるナワンシャルに入るらしい。バスは窓《まど》ガラスが全部なくて、座《ざ》席《せき》は床《ゆか》から突《つ》きでた四本の金属《きんぞく》の棒《ぼう》に木の板が渡してあるだけだった。おまけに、タイヤがしょっちゅう穴《あな》にはまったり、道に放置されてる何かに乗りあげたりする。そのたびに車体ががくんがくん揺《ゆ》れた。

道は秩序《ちつじょ》もへったくれもなかった。動物がそこらじゅうを歩いてると思ったら、バスの前を人が何人もふらりと横切っていく。交通事故《こうつうじこ》か何かでつぶれたバイクが見える。そんなものも路上にほったらかしのままだ。別の車が横をガタガタ通るたびに、ぼくは「ぶつかる！」と心の中で叫び、数分おきにぼくの顔すれすれに巨大《きょだい》なトラックが通るたびに、風にあおられて「バスから放りだされる！」と思った。悪夢《あくむ》だ。

しかもこの悪夢はどんどん恐《おそ》ろしいものになっていった。カシミール・ゲイトに着いたぼくたちは、自分たちが乗る長距離バスのバス停を見つけられなかった。バスの運転手たちはその辺をうろつくだけで、人の質問に答える気なんてないらしい。「チケット売り場に行って訊《き》こう」とぼくがいうと、ランジットが笑った。

「バーカ、何考えてんだ。ここにチケット売り場なんてねえんだよ。料金は直接《ちょくせつ》、運転手に払《はら》うんだろーが、あ？」

ぼくは言葉もなく、ランジットを「へ？」とばかりに見つめた。ほとんど呆然《ぼうぜん》って感じだった。目の前にはたくさんの普通《ふつう》のバスや長距離バスが並んでいて、それぞれのバス停のまわりには、何百という人たちが押しあいへしあいしてる。大勢《おおぜい》の旅行客に交じって、さらに何百人ものホームレスが金を求めて群《むら》がってた。めちゃくちゃだ。ランジットが、バス乗り場の構内《こうない》の向こう端《はし》にあるバス停を指差した。父さんがそのわきで、赤いターバンの大男と話してる。短い話し合いのあと、父さんが男に金を渡した。ランジットがぼくをつかんで、ついてこいといった。ガーパルを抱《だ》いてるジャスと、母さんとバルジットは、父さんが立ってるほうへとっくに歩きだしてる。ハリーの姿《すがた》が見えなかった。空港に置いてきてたらなあ、と一瞬《いっしゅん》思ったら、その本人に肩《かた》をつかまれて耳元でいわれた。

「荷物には注意しろよ。チャマール*のやつらはなんでも盗《ぬす》むからな。国がみんな捕《つか》まえて、殺しちまえばいいんだ」ハリーのこの暴言《ぼうげん》。ぼくは心の底からうんざりして、思わず首を振《ふ》った。ハリーがぼくを見て、にやにや笑ってる。デブで、バカで、ファシストの、サルめ。

やっと「長距離バス」が現《あらわ》れた。といっても、空港から乗ってきたバスと変わらない。こっちのほうが、まだ窓に何枚《なんまい》かガラスがあるけど。運転手はパンジャブ人だった。値段交渉《ねだんこうしょう》が成立したので、ぼくたちをパンジャブまで乗せていってくれる。ジャスが教えてくれた。「あの人はバスの雇《やと》われ運転手なの。深夜になったから帰るところだったみたい。丸一日仕事をしてきた様子だったけど、お義父《とう》さんがこの長距離バスをチャーターしたいっていったら、OKしてくれたそうよ」母さんには、乗り心地《ごこち》がいいように運転手が用意したクッションがふたつあるのに、ぼくにはまたしても座席の木の板以外何もなかった。乗客が、うちの家族と空港からいっしょの夫婦しかいないのはうれしいけど、このバスのありさまにはうんざりだった。父さんはレスターからくる途中《とちゅう》ずっと、「おれたちは贅沢《ぜいたく》な長距離バスの旅をするんだ」なんていいつづけてきた。なのに「贅沢」を探しても、ぼくには前回のバスに引きつづき、ガラスのな

*低いカーストのひとつ。

い窓と一枚板の座席があるだけだ。ただ、前の経験《けいけん》がものをいって、今回は上着をクッション代わりにしてたけど。とにかく、あと少しの辛抱《しんぼう》だ。そうすればパンジャブに着く。って、ほんとにあと少しだよな？　ぼくは振りかえって、後ろのランジットに訊いてみた。膝《ひざ》の上でガーパルが眠《ねむ》ってる。

「そんなにかかんねえだろ」ランジットがにやりと笑う。「六、七時間ってとこだ。八時間かもな」

　ぼくの顔を見て、ランジットが笑いだした。八時間！　そんなに長い間、どうやって耐《た》えろっていうんだよ。ぼくは向き直って、今度は窓の外を見た。ここでも例の無秩序が展開《てんかい》されてる。空港からカシミール・ゲイトのバス乗り場までの、デリーじゅうの道で見られためちゃくちゃだ。ロータリーは眠ってるホームレスでいっぱいだし、草の生えた道端《みちばた》には、野放しの雄《お》牛《うし》やブタがうろついてる。それにこのガタガタ道。十秒ごとに穴があるって感じだ。いったんデリーを出ると、道は真っ暗になった。光といったら、バスのヘッドライトだけ。数キロごとに巨大なトラックが猛《もう》スピードですれ違っていく。トラックはとつぜん現れるうえに、こっちの運転手も向こうの運転手も数センチと間をあけようとしない。ここではどっち側通行とか、車線規制《しゃせんきせい》とか、スピード制限《せいげん》とか、交通ルールは存在《そんざい》しないらしい。一切《いっさい》、何も。これじゃあとても眠れそうにない。少なくとも気持ちよくは無理。ますます暗い気分になってきた。眠ってるのは甥っ子のガーパルだけだ。こいつは何が起きても、眠ってられるんだよな……。ぼくは目的地に着くまでの間、バスやトラックが次々に通るたびに、びくびくしどおしだった――大げさでなく。「もうだめだ!」と何度思ったことか。空が明るくなりはじめるころには、ぼくは真っ赤な目をして、抜《ぬ》け殻《がら》みたいになってた。暑いし、くさいし、疲《つか》れたし、喉《のど》はからからだ。あー、とにかく目をつぶって眠りたい。それも、ひと月ほど。

ぼくたちは午後一時過《す》ぎに、どうにかジャランダルに着いた。太陽が照りつけ、道路の安っぽいアスファルトが溶《と》けてる。こんなにすごい暑さは経験したことがなかった。一度もだ。イギリスでいちばん暑い日の気温に十度足した感じに近いかも。ぼくはもはや汗も出ない状況だった。なにしろ、休憩《きゅうけい》で最後に飲み物を飲んだのは四時間前。そのときの水分はとっくに体内から消えてた。ジャランダルの地元の人たちは、なんでもないように、その辺を歩いてる。ぼくなんて、冷蔵庫《れいぞうこ》から冷たいコーラをひと缶《かん》出してもらえるなら、新品のエアマックスをあげてもいいって心境《しんきょう》なんだけど。ぼくたちは市の中心でバスを降りた。父さんがタクシーを探しにいき、ぼくたちは炎天下《えんてんか》の道路わきに残された。

三十分ほど立って待ってると、タクシーが現れた。父さんが捕まえるのに成功したってことだ。母さんの話では、父さんの村は車で三十分の場所らしい。タクシーは古い車でアンバサダーというそうだ。一九三〇年代のアメリカのギャングが乗ってそうなやつ。そこまで年代物じゃなかったけど。車はかなり大きいとはいえ、全員が乗れるとは思えなかった。だって、ここにはぼくたち家族と夫婦ひと組がいる。大人八人に、ほとんど大人ひとり(ぼくのこと)、それに、このおかしな状況でぼくたちのうち、もっとも快適《かいてき》に過ごしてそうな幼児《ようじ》ひとり。とにかく、運転手は車の後ろの大きなトランクに、荷物を全部つめこんだ。ただし、でかいスーツケース二個だけは、見るからにさびてる屋根にくくりつけた。前部座席はひとつづきのシートになっていて、父さんとハリー、隣村の男の人、それに運転手が座った。ぼくはドアに押しつけられるようにして後部座席に座った。隣はランジット。めちゃくちゃ細いバルジットは、ガーパルといっしょにほとんどジャスの膝の上に乗っている。ジャスたちの隣には、母さんと隣村の女の人がいた。こうしてみんなで缶詰《かんづめ》のサーディンみたいにぎゅうぎゅうに押しつぶされながら、父さんの育った村アドゥンプルへ行くぼくたちの最後の旅が始まった。

17
六月

アドゥンプルに近づくにつれて、景色を見る余裕《よゆう》が出てきた。村はどこもかしこもまっ平らな土地に囲まれてる。どっちを見ても何キロにも渡《わた》って畑が広がり、その中にぽつんと村がある感じだ。最初に見た家は四角い箱みたいな形で、屋根がなかった。どれもぼろくて、薄汚《うすよご》れた白っぽい色をしてる。そういった家が五軒《けん》、ここではれっきとした「道路」で通ってる未舗《みほ》装《そう》の田舎道《いなかみち》の右側に並《なら》んでた。左側には大きな湖。水牛の群《む》れがいる。湖の真ん中あたりに立ってるやつもいるから、湖はそんなに深くないんだろう。水面にはごみのようなものがぷかぷか浮《う》いてる。水は真っ黒によどんで、汚《きたな》い感じだった。ぼくより年下で、二つか三つしか違《ちが》いそうにない子たちが、ふたりで水牛の群れの面倒《めんどう》を見てる。そのうちのひとり、背《せ》が高くてやせてる子が、長い棒《ぼう》を両手で持って水牛を追ってた。

タクシーはゆっくりと村の中を走ってた。道はところどころ、やけに狭《せま》くて、通《とお》り抜《ぬ》けるのもやっとだ。家々の正面はパステル調のペンキで、ピンクやブルーや黄色に塗《ぬ》られてる。窓《まど》には鉄の格子《こうし》や金網《かなあみ》や雨戸がついていて、ほとんどの家の窓や扉《とびら》には花のハンギングバスケットがつるされてる。どの建物も二階までしかない。「ここらの家は、村の中心にある別宅《べったく》みたいなもんだ」と父さんがいった。ぼくたちの一族も含《ふく》めた裕福な家族の多くは、村の中心にある家の他《ほか》に、畑の中にも家を持ってる。たいがい、井戸《いど》のそばに造《つく》る。ファームハウスというやつだ。ぼくはだんだん待ちきれなくなってきた。早くぼくたちの家を見たい。ここにくるまでに見てきた家と比《くら》べてどんなだろう。父さんがぼくにいった。「おれたちの家は村の向こう側にある。中央広場や店の並びを通りすぎた先だ」少しして、その「店の並び」というのが、正面が店先になってる掘《ほ》っ立《た》て小屋《ごや》で、三軒しかないことがわかった。タクシーを降《お》りないと、何を売ってるのかもわからない。ただ、そのうちの一軒の横に、色あせたタバコのポスターが張《は》ってあるのだけは見逃《みのが》さなかった。チャンスがあったら、この辺を探検《たんけん》しよう。ぼくはこっそり心に書きとめた。

村の中心を過《す》ぎると、道が広くなった。ぼくたちはシーク教の寺院《グルドワラ》の前を通りかかった。美しい白のペンキに塗られて、屋外照明で飾《かざ》られてる。まるでクリスマスツリーみたいだ。大きな正面の扉が開いてたので、建物の中が見えた。かなり凝《こ》った装飾《そうしょく》で、イギリスのグルドワラとは大違いだ。寺院は他の建物と離《はな》れてそびえたち、その横には大きな屋敷《やしき》がどっしり構《かま》えてる。そこの敷地は、これまで通りすぎた小さめの家の五、六軒分はありそうだった。屋敷は道から少し引っこんだ場所に立ち、高さ三メートルほどの塀《へい》にぐるりと囲まれてる。正面には両開きの鉄の門。塀の中には庭があって、イギリス風の私道が玄関《げんかん》に続く。私道には車が二台停《と》めてある。一台はジープ。もう一台はベンツっぽいやつ。ランジットがいうには、インド製《せい》のタータという車らしい。建物は四階建てで、二階以上の階にはそれぞれ、たぶん建物の後ろまで巡《めぐ》らせてあるバルコニーがついてる。一階には、ガラス張りのベランダがあって、ハンギングバスケットや鉢植《はちう》えのグリーンと花が見えた。てっぺんの小塔《しょうとう》の正面には、ど真ん中に飾り板がついていて、パンジャブ語の文字がある。

「ダディ・ジー、あれはなんて意味？」ぼくにしては精一杯《せいいっぱい》のパンジャブ語で尋《たず》ねてみた。

「あの板の文字」

「あれは家名が書いてある。自分たちがどれだけ成功したのか、まわりに示《しめ》しているんだ」

「どこの一族？　うちの一族？」

「いや、別の一族だ。バーミンガムに工場をいくつも持っているやつらだ。ものすごく金を儲《もう》けている。いっておくがな、あの一族の中に、大学なんてところへ行った者はおらんぞ」

ぼくは通りすぎていくその屋敷をじっと見て、また父さんに視線《しせん》をもどした。

ランジットが屋敷を指差して、にやりと笑う。「けっ、あれくらいの家。おれたちだって、そのうちもっといい家を建てるさ。そうだよね、ダディ・ジー？」ランジットはぼくよりずっとうまいパンジャブ語を話す。っていっても、ぼくもこれからうまくなる予定だ。なにしろ、二か月間、ここでずっと話すことになるんだから。

父さんはただため息をついて、祈《いの》るように両手を組んだ。「すべては神のおぼしめしだ」そして、急いでこうもつけたした。「それに、おれの息子《むすこ》たちがおれの名に報《むく》いたいと願うならな」父さんがぼくを見る。ぼくも父さんを見返して、それから顔をそむけて窓の外を見た。

父さんが子ども時代を過ごした家は、飛行機の中で本人がいってたようなところとはどうも違ってた。ぼくの想像《そうぞう》はこんなだった。家には明るい色のペンキが塗られ、庭にはグアバの木立かマンゴーの木が二本くらい。ツタのような植物や花におおわれた壁《かべ》には、きれいな色の花が咲《さ》くハンギングバスケットが所狭しとかかってる。庭には真っ赤に輝《かがや》くトラクター。ペットの動物たちがかけまわり、カラフルな服を着た子どもたちが、それを追いかける……。どれも、ぼくたちが小さいころから父さんに聞かされてきたすてきな風景だ。

屋上がある二階建ての建物で、正面には庭があるこの家は、たしかに昔は美しくてカラフルだったと思う。だけど、今は白い漆喰《しっくい》とピンクのペンキを混《ま》ぜたパステルピンク一色で、ここ数年は塗《ぬ》り替《か》えてない感じだった。あちこちのペンキがはがれて、ところどころには、天井《てんじょう》から床《ゆか》まで大きなひびが入ってる。ちなみに、「天井から床まで」といったら、あとで親戚《しんせき》に「床から天井まで」と直された。どこが違うんだ？　道から庭に入る門はさびていて、開けるとキーキー音がする。蝶番《ちょうつがい》を新しくしたほうがよさそうだ。庭に入って、最初に目に入ったのは、建物からいちばん遠い塀のすみにつながれてる水牛だった。メスが三頭に、子牛が二頭。父さんが「メスのうちの一頭は妊娠《にんしん》しているぞ。腹《はら》がいちばんでっかいやつだ」と教えてくれた。ここでもやっぱり、ぼくには違いがわからなかった。「腹がいちばんでっかい」っていったって、どいつもでかいじゃないか。妊娠してる水牛は、水の入ったかいば桶《おけ》の横にいて、背中に、半ズボンしかはいてない小さな男の子を乗せてる。たぶん五歳《さい》か六歳だろう。ガリガリなのに、腹から胸《むね》にかけてはぼくよりしっかり筋肉《きんにく》がついてる。ちょっとうらやましい。男の子はぼくたちが入っていくと、笑顔《えがお》で手を振《ふ》ってきた。あの子はだれなんだろう。そう思いながら、ぼくは男の子にあいまいにうなずいた。

　庭は一面、厚《あつ》さ一センチほどの土砂《どしゃ》におおわれていて、ぼくのエアマックスの下でザクザク音をたてた。水牛の反対側には、小屋が二つ、三つ立ってる。戸がついてるのは、そのうちのひとつだけで、しかも開けっぱなし。そこから四角くまとめられた干草《ほしくさ》らしきものが転がってる。家の正面には、庭の途中《とちゅう》を横切るようにして、また低い塀がある。家と同じ色に塗られて、真ん中には門がついてる。塀沿《へいぞ》いにあちこち低い木が植えてあって、それぞれのかどにはグアバの木が一本。塀にはダイヤモンド形の穴《あな》がずらりと並んで模様《もよう》になってた。

庭を通って家に着くと、男の人が出迎《でむか》えてくれた。鮮《あざ》やかな青の襟《えり》なしのシャツに、腰《こし》をひもで縛《しば》るズボンをあわせてる。シャツはクルタといって、パンジャブの男が着る伝統的《でんとうてき》な服だ。足は裸足《はだし》に茶色のサンダル履《ば》き。頭はほとんど坊主《ぼうず》といっていいくらいに剃《そ》ってる。ぼくは思わずじろじろ見てしまった。きちんと整えた口ひげとあごひげをとったら、父さんとまるで双子《ふたご》だ。ただ、その人のほうが若《わか》くて、父さんほど腹が出てなかったけど。父さんが歩《あゆ》み寄《よ》って、男の人と抱《だ》きあった。それから、ぼくを呼《よ》んだ。

「マンジート、ピアラおじさんに挨拶《あいさつ》しなさい」

ぼくはおじさんを見てにこっとして、自分としては精一杯のパンジャブ語で挨拶した。おじさんも笑顔になってぼくを抱きしめる。

「やっと、おまえさんにも会えたなあ」おじさんは兄貴《あにき》や姉貴たちとは、ぼくが生まれる前、みんながインドにきたときに会ってた。「ほら、中へ入れ、マンジート。そんなとこにいたんじゃ干《ひ》あがっちまうぞ」

ぼくたちはそのあと夕方まで、家の中でのんびり過ごした。長旅のあとの骨休《ほねやす》めってやつだ。家の中も、期待してたのとは違ってた。ぼくが見た一階の部屋は、どれも味も素《そ》っ気《け》もない。

石のタイルの床に、淡《あわ》い青のペンキの壁。ソファや肘《ひじ》かけ椅子《いす》みたいなものはひとつもないし、壁に絵もなければ、写真立てでいっぱいの棚《たな》もない。テレビやラジオやステレオも見あたらない。ウォークマンを持ってくることにしてよかったと思った。ぼくたちはマンジャという、ベッドと椅子をひとつにしたような伝統的な家具に座《すわ》った。マンジャは、縦横《たてよこ》がぼくのシングルベッドくらいの大きさの木枠《きわく》でできてる。その木枠の中では何本もの縄《なわ》が縦横《じゅうおう》に交差して、木枠のかどに束ねて結びつけられてる。織《お》ったようになった縄の部分が、マットレスってわけ。まるでイギリスでアジア系《けい》の老人が着てるかっこわるい縄編《なわあ》みセーターの編み目みたいだけど、実際《じっさい》に座ってみると、かなりいい具合だった。家の中は外よりちょっとしか涼《すず》しくない。どの天井にも扇風機《せんぷうき》がついていて、ブーンという音をたてながら、部屋のあったまった空気を動かしてる。ぼくはピアラおじさんの横に座りながら、自分の汗《あせ》にうんざりしてた。そのことをぶつぶついうと、父さんが笑って「シャワーの場所をすぐに教えるから」といった。とにかく冷たい飲み物をくれ！と思ったら、やせっぽちのいとこのインデルジートが、瓶《びん》のコーラを持ってきてくれた。コーラはきんきんに冷えていて、飲むと喉《のど》が痛《いた》くなった。

どの窓も雨戸がきっちり閉《し》まっていて、日差しはさえぎられてた。それでもときどき、小さなすきまから、虫がブンブン入ってくる。たぶん、アオバエかアブだと思う。ばかでかくて、スズメバチの大群《たいぐん》みたいな音をたてる。

「そのくれえの虫、どうってことねえだろうが」ハリーがせせら笑う。「スズメバチを見てみろ。でかいなんてもんじゃねえぜ。五センチはある」

おじさんが父さんに、「みんな、どうして英語でしゃべるんだ?」と訊《き》いた。父さんが笑いながら講義《こうぎ》を始める。「今じゃ、息子たちはみんな自分をイギリス人だと思っているんでな。おれがここに留《とど》まってさえいたら、こいつらも今ごろは立派《りっぱ》なパンジャブ人になっていただろうに」ぼくはおじさんがどう答えるか見守った。頼《たの》む、父さんの妙《みょう》な意見に反論《はんろん》してくれ。しかしおじさんは笑ってうなずくだけだった。

「五センチもあるかって。ハリーは大げさなんだよ」こうなったら、ぼくはインドでも英語で話す。みんなをいらいらさせてやる。

「いいや、五センチある。見たことねえくせに。ぜってー、五センチだ」

「ああ、そうかよ、そうやって——」ぼくの言葉をジャスがさえぎった。

「ふたりとも、やめて。ここはうちじゃないのよ。せっかくのバカンスじゃない」

「そうだぞ」ランジットが話に入ってくる。「ふたりともいい加減《かげん》にしろ。おとなしくできねえんなら、おれが黙《だま》らせてやる」

すると、ハリーは隣《となり》の部屋のバルジットのところへ行ってしまった。ハリーがいなくなってすぐ、やつが開けっぱなしにしていった網戸の扉から、四センチほどのハチが入ってきた。胴《どう》がふたつに分かれていて、鮮やかな緑色とオレンジ色をしてる。尾《お》の先っぽに針《はり》がついていて、それだけで一センチはあった。五センチのスズメバチだ。

「少なくとも、ハリーがうそをついてなかったことはわかったな」ランジットが靴《くつ》を脱《ぬ》ぎながら、笑ってる。「心配するなって。チャマールを呼んでやるよ」

夕方の六時ごろには、家族がみんな家にもどってきた。日も陰《かげ》りはじめ、夕暮《ゆうぐ》れが訪《おとず》れてる。それから、刻一刻《こくいっこく》と暗くなってきた。まさに目の前で、どんどん変化していく感じだ。庭と家を隔《へだ》てるようにして正面についてるベランダに、マンジャが出てた。昼間の暑さに比べると、だいぶ過ごしやすい。庭から吹《ふ》いてくる風が気持ちいい。頭の上にある三つの電球が、強烈《きょうれつ》な光で辺りを照らし、ガをひきよせてる。そのガときたら、イギリスのスズメがちっぽけに見えるくらい巨大《きょだい》だった。でかくて、毛におおわれていて、なんか、ハリーみたいだ。親戚のほとんどはベランダにいた。年上の男たちはみんな、ビールやウイスキーを飲みながら、土地の値《ね》段《だん》とかのつまらない話をしてる。

母さんを含めた女たちは、屋外の台所に集まってた。そこはベランダの端《はし》にあって、出入り口をはさんで、屋内の台所とつながってる。女たちが屋外の炉《ろ》に火をおこして、黒く焼け焦《こ》げたいくつもの古い鍋《なべ》で料理を始めた。辺りに炒《いた》めタマネギやガラムマサラ、コリアンダー、カルダモンの香《かお》りが漂《ただよ》う。この日のもっと早い時間に、おじさんは鶏《にわとり》を二羽絞《し》めてさばいてた。というのもジャスが、イギリス人はインドのボルティ*をすごく気に入ってる、なんて話したからだ。たぶん、印象をよくしたかったんだと思う。だけど、「あんた、ボルティを作ってくれんかね」っていうおじさんの言葉を引きだしただけで終わった。ちなみに、ぼくはボルティを食べる気になれるかわからない。そのために鶏が殺されたんだとしても。実際にばらすところを見たおかげで、ゲーッて感じになってた。

「心配するなって」ハリーが笑った。「おれたちがすぐにおまえを一人前の男にしてやるからよ。まあ、待ってろって、チャマールさんよ」

ぼくは父さんたちが見ていないのを確《たし》かめてから、ハリーに中指を突《つ》きたてた。バーカ。

うちの一族は「ジャート」というカーストだ。昔からパンジャブで農業を営《いとな》んできた。たいていのジャートの一族と同じで、うちも、使用人身分の低いカースト「チャマール」の家族を雇《やと》ってる。ぼくは自分たちが使用人を使ってることにあまりいい気持ちがしなかった。前にエイディと学校でクック先生から、奴隷《どれい》や年季《ねんき》契約労働者《けいやくろうどうしゃ》のことをいろいろ教わってたから。両親の出身だけを理由に、その人たちを下に見るなんて、正しいとは思えない。これも昔ながらのどうしようもない伝統のひとつだ。うちが雇ってる家族は、どうやらほぼ三世代に渡ってうちのために働いてるらしい。

使用人の家族の母親、ナシーボはいつもすべての食事を作ってるため、ジャスが食事作りを引きつぐと、ちょっと戸惑《とまど》った様子になった。座りながら、スパイスを渡したり、タマネギや

＊スパイスを効《き》かせて鶏や野菜を煮《に》こむ料理。

ニンニクを切ったりしてジャスを手伝ってる。それでも、やっぱり少し困《こま》ってるのがわかった。ジャスもそれに気づいたんだと思う。ナシーボに「あなたやご家族も、食事までゆっくりしていってくださいね」といって、取りつくろおうとした。けっきょく、「どのみち、その人たちはそのくらいまでいるよ」とプリタムおばさんにいわれて終わったけど。おばさんの言葉にジャスは少し赤くなった。五分くらいだれもしゃべらなくて、その場は妙な雰囲気《ふんいき》になった。おじさんたちでさえ、口をつぐんでる。とうとう、ピアラおじさんがぼくを呼んで、またみんながしゃべりだした。おじさんはぼくにコブラという瓶ビールをくれて、飲みなさいといった。父さんを見ると、うなずいてこういった。

「いいから、飲みなさい。マンジート、おまえはもう立派な大人だ。子どもじゃない。遠慮《えんりょ》はいらん」

「ひと晩《ばん》じゅう、女どもといっしょにいてみろ、おかしくなっちまうぞ」ピアラおじさんが笑った。

ぼくが苦いビールをゴクリと飲むのを、いとこたちがじっと見てた。そのうちのふたり、ぼくと同じくらいの年のインデルジートとジャスビルが、ピアラおじさんに、自分たちも飲んでいいか尋ねた。おじさんが何もいわず、ふたりを長いこと見つめてる。すると、父さんが代わりに答えた。

「おまえたちもいいぞ」父さんが笑いながらいう。「ほら、飲め。ピアラには何もいわせん。

「ここじゃ、おれのほうが上だからな」

その言葉に、みんながどっと笑った。どこがそんなにおかしいんだ？　ぼくはひとり、必死に考えた。

みんなのパンジャブ語の速さに、ぼくはついていけなかった。しょっちゅう、「もう一度いって」とか「もっとゆっくり」とかいわないといけない。ときどき聞きのがすこともあったけど、べつにいいやと思った。みんながしゃべってる間、ぼくはマンジャに深く座ってビールを飲みながら、イギリスを出て初めて「エイディのやつ、どうしてるかな」と思った。それから、風がまたそよぎだし、ビールがまわりはじめると、リーザを思い出して、急にどーんと落ちこんだ。ひとりぼっちで寂《さび》しかった。ベランダで家族に囲まれてるのに。

18
七月

そのあとの二週間で、ぼくは少しずつ親戚《しんせき》全員のことを覚えた。いちばんの年寄《としよ》りは大おばさん。年は百歳《さい》に近くて、見た目はまるで袋入《ふくろい》りの骨《ほね》って感じ。目は見えず、耳もほとんど聞こえないため、プリタムおばさんが世話をしてる。おじいちゃんとおばあちゃんは死んでしまって、うちにいる年寄りは大おばさんだけだ。ピアラおじさんはプリタムおばさんと夫婦で、息子《むすこ》が三人と娘《むすめ》がひとりいる。長男ラナは二十四歳。数年前に結婚《けっこん》した。妻《つま》のスクビルと小さな息子たち、ランジート（英語読みでランジット）とハルジートがいる。ラナのすぐ下が長女ジャスパル、二十二歳。夫ジャスビルとの間にはまだ子どもはなく、ここアドゥンプルから三十キロほど北にある夫の両親の村で暮《く》らしてる。ジャスパルの下は次男のラリー、十九歳。結婚して約一年になる。妻のラジヴィルは腹《はら》のでかい妊婦《にんぷ》だけど、ジャスの話では、家族の前でその話題はタブーらしい。ぼくは笑ってしまった。みんな同じように妊娠《にんしん》して子どもを産んだのに、妊娠は秘密《ひみつ》だっていうんだから。最後に三男のインデルジートは、ぼくと同じ十六歳。すごく面白《おもしろ》いやつで、村を案内するとぼくに約束してくれた。

グルヴィンデルおじさんはピアラおじさんのすぐ下の弟で、家族はハルパルおばさんと息子が三人と娘がひとり。ちょうどピアラおじさんと同じ家族構成《こうせい》だ。長男のアヴタルは二十二歳。妻のジャスワントと、スクジートとマンプリートっていう娘ふたりに、グルプリートっていう男の赤ちゃんがひとりいる。アヴタルの次が長女のジャグワント。アヴタルよりひとつ年下で、やっぱりもう結婚してる。ジャグワントも夫のパルムジートも、まだここに顔を出したことがないから、よく知らない。ジャグワントの下は次男のオンカル、十八歳。つい最近、バルビルっていう女の子と結婚した。そして、最後がジャスビル、十五歳。末っ子だ。

インドの親戚を全部覚えるのは、かなりたいへんだ。ただでさえ、イギリスにいる父さんのふたりの兄の子どもたち、つまり、イギリスのいとこたちがたくさんいるのに、そこに新しくわかったいとこたちとその夫や妻たちが加わることになるんだから。一族のはみだし者で話題にあまりのぼらない、父さんのいちばん下の弟、ジャグおじさんだっている。しかも、ここに母さん側の親戚も加わる。ハリーによると、母さん側の親戚はさらにたくさんいるそうだ。これじゃあ、おじさん、おばさん、いとこ、姪《めい》っ子、甥《おい》っ子に同じ名前や似《に》た名前があっても当然って感じだ。一族の中で、さすがに名前もネタ切れになってきたんだろう。「ジャス」は二、三人いるし、「ジート」なんてわんさかいる。「ランジート」を短くした名前の「ラナ」でさえ、自分やぼくの兄貴《あにき》の名前ですでに使われているっていうのに、息子のひとりをランジートと名づけた。まあ、ぼくはそんなことにはすぐに慣《な》れた。食べ物や水の味の違《ちが》いに慣れたのと同じだ。ここではぼくたちは、ジャスが一度沸《わ》かして冷ました水を飲んでるし、一日に六、七回いれるお茶は、水牛の乳《ちち》を使う。もともと牛の乳よりずっと濃《こ》い水牛の乳に、砂糖《さとう》を大量に加えるせいで、その味ときたらかなり甘甘《あまあま》だ。ぼくは最初の二週間で暮らし方の違いに慣れると、村のいろんなことにしっくりなじんできて、ここでの生活もそんなに悪くはなくなった。

インデルジートは十六歳には見えない。すごくやせていて、お椀《わん》をふせたような笑っちゃう髪型《かみがた》をしてる。サイズがふたつは大きいズボンをはいて、ひどい柄《がら》のド派手《はで》なシャツをいつも着てる。兄貴たちのお下がりだ。家でやる主な仕事は、どれも下っ端《したっぱ》的《てき》なものばかり。うちの一族が所有する農作業のための家、ファームハウスのそばで放《はな》し飼《が》いにしてる二頭の雌牛《めうし》の乳をしぼるとか、水牛に餌《えさ》をやって体を洗《あら》ってやるとか。ぼくたちが最初の日に通りすぎた湖まで水牛を連れていくのも任《まか》されてる。インデルジートはどの仕事もあまり嫌《いや》がってないみたいで、いつも楽しそうに、にこにこしてる。ぼくは村にきて三週目に、いっしょに畑まで出かけた。ふたりでいると、ほんと、おかしかった。インデルジートはイギリスのことや、向こうの暮らしについて、ぼくを質問攻《しつもんぜ》めにする。白人ってどんな感じ？　おまえらはマンションとかに住んでるの？　ぼくはショッピングセンターやサッカーの説明をしてみたけど、ちゃんと通じたかどうかはわからない。なにせ、ぼくのパンジャブ語は相当ひどいから。インデルジートはただ冗談《じょうだん》っぽく笑って、ぼくをゴラ――白人ボーイと呼《よ》んだ。インデルジートの人生とぼくの人生はすごく違ってる。たとえば、インデルジートは飛行機を見たことがない。ぼくがジャンボジェットの大きさを説明すると、「またまた」とばかりに首を振《ふ》った。こいつ、人をからかううちに自分がおかしくなってるよって顔をしてる。「おまえらゴラはおれらをみんなバカだと思ってんだろ」インデルジートはそういいながら、急な斜面《しゃめん》に腰《こし》を下ろして、うちの広い水田を見渡《みわた》した。

米はうちが小麦といっしょに育ててる物のひとつだ。自分たちが食べる分を少し取っておいて、あとのほとんどは売ってる。南部のインド人とは違って、パンジャブ人は米を毎日は食べない。主食はロティだ。おじさんたちは家で食べる分の野菜も、いくつかの畑で育ててる。インデルジートは家から離《はな》れた畑の中にあるファームハウスにぼくを連れていってくれた。ちなみに、そこの畑の作物は、うちの一族がやとった季節労働者のふたりが面倒《めんどう》を見てる。ふたりともUPって呼ばれるここより南の地方の出身だ。そこがウッタル・プラデシュっていうパンジャブとは別の州だってことを、あとでランジットから聞いた。

ファームハウスは井戸《いど》の横に立っていて、崩《くず》れかかってるみたいにぼろぼろだった。一階は板を打ちつけてふさいであって、家の外についてる石段《いしだん》をのぼって、二階の生活空間に行くようになってる。生活空間といっても、そこには部屋がふたつと、扉《とびら》も天井もない小さな洗面所《せんめんじょ》と、どの部屋からも行けるスペースがあるだけだ。そこは二階の真ん中にある屋根のない空間で、バーベキュー・スタイルの炉《ろ》を備《そな》えた調理場にもなってる。トイレはない。村の中心にある家でさえ、トイレは裏《うら》の地面に穴《あな》を掘《ほ》って上に便器を置いた程度《ていど》のものだ。ぼくは村にきて最初の週にすっかり腹を壊《こわ》してしまい、トイレがバケツの水を使って流すものだと知ったときには「げっ。マジ？」と思った。いとこたちは、トイレさえ使わない。畑に行って用を足して、灌漑用《かんがいよう》に流れてる小川で洗っておしまい。ぼくが最初、それにちょっとびびってるのを見せてしまったため、ハリーはぼくがトイレに行くたびに笑っておちょくった。

井戸はめちゃくちゃ深かった。あんまり深くて、ほんとに水があるのかわからない。ある日、「この井戸って涸《か》れてんの？」とぼくが訊《き》くと、インデルジートは笑った。それから、テニスボールくらいの石を拾い、井戸の穴の中に投げた。耳をすませても、なかなか石は水に届《とど》かない。やっと遠くにボチャンという音が聞こえた。いったい、この井戸ってどのくらいの深さなんだ？

「これじゃあ、水を汲《く》むのにすごく時間がかかるだろ」そういったあと、ぼくはインデルジートの答えを聞いて、かなり自分がアホに思えた。

「なんにも知らねえんだな。おれらはもう、その手の井戸は使ってねえよ。みんな、管井戸《くだいど》を持ってんだ。モーター式のポンプで水を汲みあげる。おれらも、けっこうものを知ってんだぜ、マンジート」

ぼくは自分の間違いを笑いとばそうとした。今のはほんのジョークさ、水の汲み方くらい最初から知ってるよ。けれどもだめだった。インデルジートはぼくが思ってたような「世間知らずのガキ」とは違うらしい。それを証明《しょうめい》するかのように、ポケットから薄《うす》い紙の箱を出した。中にはマリファナを小さくしたみたいなものがたくさん入ってる。どれも茶色の紙が巻《ま》かれて糸で縛《しば》ってある。

「吸《す》うか？」インデルジートがウインクする。

「ドラッグ？」ぼくは目ん玉が飛びでそうなくらい目を見張《みは》った。

インデルジートが首を振って、また笑いだす。「違う、違う。ドラッグじゃねえよ。ドラッグも手に入るけど。これはビーリー」

「ビーリーってなんだよ」ぼくが尋《たず》ねると、インデルジートが箱から一本取りだした。ぼくの小指くらいの長さで、まさに小さなマリファナだ。インデルジートがそれをくわえて、吸うまねをしてみせる。それから、英語を駆使《くし》して、ただのインド版《ばん》のタバコだ、といった。

ぼくはパンジャブ語で返事をした。インデルジートの英語に比《くら》べたら、ぼくのパンジャブ語はAレベルに思えたから。「いつもそれ吸ってんの?」ぼくはビーリーを指差した。

インデルジートは辺りを見回し、家族がいないことを確《たし》かめると、うなずいた。「だれにもいうなよ」

今度はぼくが笑う番だった。タバコは空港で一本吸ったのを最後に、ずっと吸ってない。持ってきた分をできるだけ確実《かくじつ》にもたせるためだ。ほんというと、この暑さで吸う気が起きなかったんだけど。ぼくはほとんど一日じゅう、脱水状態《だっすいじょうたい》で、大量のカンパ・コーラか、父さんがスカンジヴィと呼ぶ自家製《じかせい》レモネードをひたすら飲みつづけてた。父さんから千ルピー分もの札束をもらっても、わざわざ勇気を奮《ふる》いおこして、タバコを売る村の店を探《さが》したいとも思わなかった（ちなみに、千ルピーはせいぜい十五ポンドの価値《かち》しかないことがあとでわかった）。どうせ店の人はうちの一族を知ってるだろうから、いいつけられるのがオチだ。ただ、畑で人に見られない静かな場所を見つけたときに備《そな》えて、タバコは一箱ちゃんと持ち歩いてた。ぼくは半袖《はんそで》シャツの胸《むね》ポケットからその箱を取りだして、インデルジートに渡した。

「ぼくが吸ってんのはこれ。イギリスのタバコ」

「おまえはおれのを吸え。おれはこれを吸う」インデルジートがにっと笑う。ぼくはインデルジートの手の中にあるビーリーを見て思った。うーん、仕方ないなあ。

「わかった。だけど、好きじゃなかったら、やっぱり自分のを吸うからな」

「OK」インデルジートがにこにこして、タバコを隠《かく》してたのと同じポケットからマッチを取りだした。とたんに、ぼくは慌《あわ》てた。ここじゃ、だれかに見られるかもしれない。すると、インデルジートがぼくの様子に気がついた。「大丈夫《だいじょうぶ》だって、兄弟《バイ・ジー》。ここには、おれかジャスビル以外、家族はめったにこねえんだ」

ジャスビルっていうのは、グルヴィンデルおじさんのところの末っ子だ。あいつもタバコを吸うんだろうか。「ジャスビルも……?」インデルジートがさえぎるようにすぐにうなずいた。それから、火をつけたばかりの甘い香《かお》りのタバコを差しだしてきた。ぼくは吸ったとたん、ゲホゲホむせた。キツイなんてもんじゃない。一分くらい咳《せき》が止まらなかった。ぼくはビーリーをインデルジートに渡して、自分のを返してもらった。

「うまかったろ」そういって、インデルジートが声をあげて笑う。うまいかどうかは疑問《ぎもん》だったけど、この休暇《きゅうか》の冒険《ぼうけん》に仲間がふたりできそうで、すごくほっとした。

奇妙《きみょう》な香りと強烈《きょうれつ》な味のビーリーをインデルジートから初めて教わった数日後、普通《ふつう》のタバコが切れてしまった。ぼくはマンジャをベランダに出して座《すわ》って、庭で遊ぶいとこのアヴタルの子どもたちを見てた。スクジートは三歳のわりに、かなり上手に遊んでた。両手で棒《ぼう》を持って、二歳の妹マンプリートを追いたてる。インデルジートが水牛にするのと同じ要領《ようりょう》で、尻《しり》を棒で軽くたたいては「チャル！」と叫《さけ》ぶ。「チャル」はパンジャブ語で「行け」の意味。マンプリートは怒《おこ》るどころか喜んでた。姉に動けと命令されるたびに、クスクス笑いだす。ランジットの子どものガーパルは、スクジートとたいして年が違わないのに、十分も歩いていられない。太りすぎてるせいだ。実際《じっさい》、村で見かけた子どもはみんな、体がかなり細くてしっかりしてた。裸足《はだし》で遊びまわって、痛《いた》そうな傷《きず》をいくつも作ってる。本人たちは気にしてないようだけど。ガーパルなんて、ちょっと無視《むし》しただけで、泣きだすことがある。ランジットはインドへ発《た》つ前日の夜、「この弱虫を鍛《きた》えるために、インドに置いて帰ろうか」なんて冗談をいってぼくにウインクした。ぼくはアハハと笑った。自分はインドに置き去りにされないとわかって安心したから。そりゃそうだ、当然だ。

ぼくは昼前の強い日差しでぬるくなったコーラの瓶《びん》を手に取って、ひと口飲んだ。一日のこんな早い時間にコーラを飲むなんて、おかしな感じがする。だけど、ここでは十時ごろにはかなり暑くなるし、しかもそれが毎日のことだ。子どもたちの遊ぶ姿《すがた》を見ながら、ぼくは父さんがいないことに気がついた。ランジットとハリーは朝早くから、自分たちの奥《おく》さんや母さんといっしょにジャランダルへ買い物に出かけてる。父さんもいっしょに行ったのかもしれない。

朝はいつもならその辺に座って、一族の新しい家を建てる話をグルヴィンデルおじさんとしてるから。どうやら父さんは、村の反対側にある、ぼくがすごく気に入ってる屋敷《やしき》に似たものを建てるつもりらしい――あれよりちょっと大きいやつを。それでおじさんたちと金を貯《た》めてる。

話を聞いた感じでは、村の他《ほか》の金持ちの一族がみんなそうしてるから自分たちもする、ってことみたいだ。たとえばナシーボの家族と比べたらうちは金持ちだから、ってわけ。まあ、ぼくにはどうだっていい。今の家も悪くはないけど、ちゃんとしたトイレがひとつとシャワーがふたつ以上ほしい。あとは、まともに動くテレビ。これもあるとうれしい。二階の居間《いま》にはいちおうテレビはある。だけどめちゃくちゃ古い。ちゃんと動いてたら、お宝鑑定番組《たからかんていばんぐみ》〈アンティーク・ロードショー〉に出てくる人たちが奪《うば》いあいそうな代物《しろもの》だ。ぼくはここでバカンスを過《す》ごすことにしてよかったと思ってる。今のところ、なかなかイイ感じの休暇になってるから。だけどここに永久《えいきゅう》に住むとしたら？　それは冗談じゃない。とっくにマクドナルドがなつかしくなってるし、街に、っていうかエヴィントン通りに行きたくてたまらない。店がすごく恋しい。けっきょく、ぼくは根っからの都会っ子なんだと思う。ぼくに必要なのは、ラッパーたちの言葉を借りると、都会のジャングルってやつだ。村に住むなんて、まったく、らしくない。

ぼくがぼーっと物思いにふけって座ってると、インデルジートがジャスビルを従《したが》えてきて、ぼくの肩《かた》を叩《たた》いた。

「ビーリーを吸いにいこうぜ、バイ・ジー」ジャスビルがいった。

ぼくは肩をすくめてみせた。「ちゃんとしたタバコを手に入れたいんだ。イギリスから持ってきたようなやつ。店を教えてくれないか？」

ふたりは同時ににこっと笑ってうなずくと、「ついてこい」というふうに合図した。ぼくは空き瓶をマンジャの横の段ボール箱に投げ入れると、ふたりに続いて、アヴタルの子どもたちのそばを通りすぎながら、庭を突《つ》っ切《き》って門の外に出た。村の中心部はぼくたちの家の北にある。村の中心に近づけば近づくほど、家が小さくなってきた。インデルジートが教えてくれた。

「店のまわりにある家は貧《まず》しいやつらが持ってるか、たいていは借りてるところだ。使用人の家族や、季節労働者が二、三人でな」ほとんどの家は部屋がふたつに、ぼろをまとった子どもたちと動物だけできちきちの小さな庭があるだけだ。それぞれの家を囲う石の塀《へい》は、まるで目の見えない人が積んだみたいに、石があちこちから飛びでてでこぼこしてる。

「ああいう家は少数の金持ちの家族が持ってんだ。昔、水牛やヤギを飼うのに使ってた小屋さ」ジャスビルがいった。

この辺りにくると、道はかなり狭《せま》くなってきた。ぼくたちが歩いてる道も、家の間を縫《ぬ》うようにして中央広場に向かってる。一度にひとりが通るのがやっとの狭くて暗い脇道《わきみち》がたくさんあった。

「脇道に入ると何があるんだい？」ぼくは歩きながら尋ねた。インデルジートがジャスビルを見て、それから答えた。

「まずは、おまえのタバコだ。それから、教えてやるよ」インデルジートがウインクする。重要だと思うことを話すときに、いつもするしぐさだ。

ぼくがタバコを買った店の主人は、インデルジートとジャスビルをよく知ってた。ふたりはいつもビーリーをその男から買うという。「あの人は大丈夫。だれにもいいつけねえ」ふたりの言葉に、ぼくが「どうして」と尋ねると、インデルジートが笑ってほのめかした。「あの人は、人妻とわけありでね」この村の人間が不倫《ふりん》？　マジかよ！　パンジャブ人はそういうことはしないと思ってた。父さんの話によれば、世界じゅうのいろんな問題は白人が起こしていて、パンジャブ人は関わってないことになってる。うちの親戚なんて女が妊娠してることも恥《は》ずかしくて口に出せないっていうのに、ぼくがタバコを買った相手は、近所の奥さんとできてるために告げ口しない男だなんて。そんなことがここで、父さんの村で起きてる！　父さんにこのことをいえたらいいのに。この事実をつきつけてやりたい。ねえ、父さんはいつもいってたよね。パンジャブ人には、すばらしい道徳心《どうとくしん》とかが備わってるって。だったらこれはどう説明するわけ？――だめだ。そんなことをいったら父さん、心臓発作《しんぞうほっさ》か何かで死んじゃうよ。

畑にもどる途中《とちゅう》、ぼくたちは再《ふた》び細い脇道の横を通りかかった。ぼくが脇道を入ると何があるのかまた尋ねても、インデルジートは首を振るばかりだった。

「今日はやることがたくさんあるから、連れてけねえんだ。それから、ひとりで行くなよ。あっちはだめだ」

「どうして？　脇道の奥に行くくらい、何がまずいんだよ」ぼくはそういって、タバコの箱を開けた。〈フォー・スクエア〉って名前のタバコ。ちゃんとイギリスで売ってるようなやつだ。

「悪いやつらがいるんだよ、バイ・ジー。ヤク中とか、売春婦《ばいしゅんふ》とか。やばいだろ」インデルジートがウインクして、首を左にくいっと傾《かたむ》ける。

「昔、オンカルが向こうへ行って、阿片《フェメ》を手に入れてきたことがあったんだ」ジャスビルがいう。「だけど、父さんたちに見つかって、両足を折られて何か月も家に閉《と》じこめられた」

「まさか」ぼくは反論《はんろん》しようとしたけど、インデルジートにいいかえされただけだった。

「ほんともほんと、実際に起きた話。あの暗い脇道の奥へ行くのは、ふしだらな女とかドラッグを探しにいく悪いやつらだけだ。父さんがいってた、いいパンジャブ人はそんなことはしねえって。パンジャブ人のジャートはしねえ、するのはチャマールだけだって」

ぼくは一瞬《いっしゅん》ふたりをぽかんと見つめて、思わず首を振った。ふたりがそんなことをいうなんて、信じられない。それに、父さん。あの人はとんでもない偽善者《ぎぜんしゃ》だ。ドラッグ社会や黒人に対して、いつもさんざん文句《もんく》をいってるくせに。ここには、まさに父さんが故郷《こきょう》と呼んでるこの村には、ドラッグもあれば、売春婦もいる。不倫する人だっている。だけど、ぼくの見たかぎり、白人や黒人はひとりもいない。イギリスの社会問題に対する父さんのくだらない人種差別的論理はどうなるんだよ。

ぼくがまたイギリスのことを思い出しはじめたところで、畑に着いた。「ふたりの仕事がすんだら、また会おうよ」ぼくはそういって、インデルジートたちと別れた。それから、ひとりになりたくて水田をどんどん抜《ぬ》けて、マンゴーの果樹園《かじゅえん》にくると一本の木の下に座った。木が日差しをかなりさえぎってくれる。ぼくはタバコに火をつけて、エイディとリーザのことを考えた。とたんに、ホームシックの巨大《きょだい》な波にのみこまれて泣けてきた。二か月近くたって、やっと気がついた。リーザはもう、ぼくのガールフレンドじゃないってことに。そして、エイディとずっと会ってないために、自分が親友の声すら忘《わす》れかけてるってことに。

19
八月

ランジットとジャスとガーパルは、ジャスの実家へ行ったり、帰国前の買い物をしたりして最後の週を過《す》ごした。ランジットが仕事にもどらないといけなくて、三人はぼくたちより二週間早くレスターに帰る。おんぼろの古いアンバサダーのタクシーで三人がアドゥンプルを発《た》った日、ぼくの気分は最悪だった。ランジットたちがうらやましくて、今までで最大級のホームシックにかかってしまった。そりゃ、ここでのバカンスを楽しいと思ったときもある。だけど今は家に帰りたい。帰ったら、家に、レスターにいたときにやってたことをひととおりやる。土曜にバスに乗って街に出て、ビッグマックを食べて、映画《えいが》を観《み》て、ぼくがイギリスを出てから何をしてたのか、エイディから聞きだして、いっしょにその辺をぶらついて、クラブやなんかに行って、やつの「取引」の自慢話《じまんばなし》をずっと聞く。朝、体じゅう汗《あせ》だくで目を覚ますなんて、もう嫌《いや》だ。トイレもシャワーも、普通《ふつう》のがいい。フィッシュ・フィンガー*やピザを食べたい。要するに、ぼくはもとの暮《く》らしにもどりたかった。インドにくる前はうんざりしてたのに。

インドにきてから六週間が経《た》った。長い時間だ。っていうか、少なくともそう感じる。土ぼこりと、熱気と、イギリスで見るやつの三倍はあるでかい虫に囲まれて暮らすのは、もうたくさんだ。ぼくは父さんに必死に頼《たの》んでみた。「ランジットといっしょに帰らせてよ」ところが、帰りのチケットに問題があることがわかった。座席《ざせき》が取れてないらしい。ぼくたちのチケットとパスポートは、問題に当たってるジャランダルの地元旅行業者が持ってた。そして、先方は遅《おそ》くても二週間後には返すと、父さんに約束したらしい。少なくとも二週間後には終わる。もう六週間耐《た》えたんだから、あと二週間くらいどうってことない。そう自分にいいきかせた。でないと、頭がおかしくなりそうだった。ぬるいコーラと変なタバコをあと二週間。あと二週間も。

ぼくはインデルジートとジャスビルが仕事に出るときに、いっしょについていって時間をつぶすようになった。この家ではみんな、どんなに遅くても六時には起きて、家族そろって朝食をとる。そのあと、父さんやおじさんたちは仕事やなんかで外出。女たちは家にいて、その日の食事の用意や掃除《そうじ》とかをする。ぼくはシャワーを浴《あ》びてから、インデルジートとジャスビル

＊魚のフライ。

を探《さが》す。ぼくたちは朝の七時までには家を出て、管井戸《くだいど》の点検で畑に行ったり、水牛を連れて、ぼくがアドゥンプルに最初にきたときに見かけた湖まで出かけたりする。ふたりには他《ほか》に、雌《め》牛《うし》二頭の乳《ちち》しぼりや、ファームハウスの外で十羽くらい飼《か》ってる 鶏《にわとり》 が産んだ卵《たまご》を集める仕事があった。十一時ごろには暑すぎて外では働けなくなる。そうすると、ぼくたちはマンゴーの果樹園《かじゅえん》に行って、木陰《こかげ》で涼《すず》みながらしゃべってタバコを吸《す》う。そのあと村にもどって、午後じゅうずっとその辺をうろついたり、父さんがぼくのためにジャランダルで手に入れてくれたサッカーボールを蹴《け》って遊んだりする。ぼくはインデルジートに二度、例のやばい脇道《わきみち》に行こうと持ちかけた。けれどもインデルジートはオンカルに起きたことをあれこれ並《なら》べたてて断《ことわ》りつづけた。けっきょく、ぼくは脇道に行くことをあきらめた。

夕方の五時になるまでには、ぼくたちは家にもどって、お茶を飲んだり、父さんたちがしゃべってる話に耳を傾《かたむ》けたりする。そういうとき、父さんたちはデシという自家製《じかせい》のコーンウイスキーか、ぼくが一、二本なら飲んでいいことになってる強烈《きょうれつ》な味のインドのビールを飲む。夕食は七時ごろ。八時までには外は真っ暗になって、ベランダについた電球の強烈な光のまわりで、ガやホタルが踊《おど》りまわる。毎晩《まいばん》、ぼくは父さんに、パスポートとチケットはまだかとせっついた。そして毎回、父さんは笑って、もうちょっと待てといった。

「そんなことばかりいうと、おまえが自分の本当の家を嫌《きら》っているかと思うじゃないか」父さんが答える。

「だけど、ここはぼくのほんとの家じゃない」

ぼくがそういうと、父さんは決まって、おじさんにウインクして大声で笑う。「なら、ゴラに追いだされたら、おまえはどこへ行くんだ?」

夕食のあと、インデルジートとぼくは家の二階に上がり、さらに石段《いしだん》をのぼって屋上に出る。暗闇《くらやみ》の中でそんな高い場所にいると、ちょっと怖《こわ》くなってくる。自分が端《はし》からどのくらいの場所にいるかわからないし、端には高さが五十センチくらいの囲いしかない。だけど、ここにくれば少なくとも、プライベートな時間が持てて、寝《ね》る前の一本を吸うことができた。父さんの講義《こうぎ》を聞かずにすむ、ありがたいひとときを過ごせた。

それはインド滞在《たいざい》九週目に起きた。ぼくにはそれが一キロ先からも見えてたはずだった。たしかに見えてたはずだ。ぼくが見てなかっただけで。ただ目を閉《と》じて、目の前の小さなサインを全部無視《むし》してただけで。ある火曜日の朝のことだった。父さんは井戸のそばのファームハウスの外で、おじさんたちと座《すわ》ってた。なにやら手書きの手紙を読んでる。ぼくがインデルジートに続いて畑からファームハウスに近づくと、父さんが顔を上げた。それからぼくを呼《よ》んで、また手紙に視線をもどした。

「例の旅行業者だがな、マンジート。ほら、おれたちのチケットとパスポートを持っている。そいつが事務所《じむしょ》でな、おれたちのチケットとパスポートを盗《ぬす》まれたっていうんだよ」父さんが顔も上げずにいった。へ？　なんだって？　一瞬《いっしゅん》、言葉が頭に入ってこなかった。それからとつぜん、すべての意味がわかった。ぼくは——っていうか、ぼくたちはみんな、ここを出られなくなったってことだ。それも、無期限《むきげん》に！　ぼくはグルヴィンデルおじさんを見た。おじさんがうなずいて、おまえの父さんのいってることは本当だといった。

「ここの者は金をたいそう払《はら》って、パスポートを買うんだ。いい商売になるんでな、マンジート」おじさんがいった。

「だけど……」ぼくは、何か意味のあることをいわなくちゃと思った。この状況《じょうきょう》全体を変えられるようなことを。状況をよくして、この危機《きき》を解決《かいけつ》できることを。けれどもだめだった。今日まで、アドゥンプルを発つ日を指折り数えてきたのに。九週目の今度こそインド最後の週になる、そしたらすぐにデリーにもどって飛行機でイギリスに帰るんだ——そう自分にいいきかせてきたのに。

「おれたちはいろいろと片付《かたづ》けるために、ジャランダルへ行かねばならん」父さんが落ち着いた声でいう。「デリーにも行くことになるだろう。チケットを出している会社の本社に行くんだ。英国大使館にもな」

「いつ？　いつ行くの？」ぼくはもう、いてもたってもいられなかった。ここをすぐに出発したい。できるだけ早く、全部を片付けて。ぼくの人生は「待ち」の状態《じょうたい》に入ってた。夢《ゆめ》の移籍《いせき》が実現《じつげん》するのを待つサッカー選手みたいに。外は暑くてからからに乾《かわ》いてたけど、ぼくの体は冷たくなってた。まるでだれかがぼくの血をクラッシュアイス入りの水と取《と》り替《か》えたみたいだ。

「出かけるのは、おれたち、ピアラとおれと母さんだけだ。ビルハルとうちの嫁《よめ》はファグワラに住む嫁の家族に会いにいく。なんにせよ、おまえはまだ出番じゃない。おまえがいなくても、おれたちだけですべて片付けられるからな」

「だけど、ダディ・ジー、ぼくは行きたいんだ。村でぶらぶらしてるのは、もう飽《あ》きたんだよ。ここを出て、インドの他の場所も見てみたい」ぼくはインデルジートをちらっと見た。ぼくの言葉を聞いて、ちょっとショックを受けてる。

「わかっている、マンジート。わかっているさ」父さんが答える。「だが、これはすべて仕方のないことじゃないか。パスポートやなんかが盗まれたのは、おれのせいじゃないぞ」

「わかってるよ、父さん」ぼくがさらにいおうとすると、父さんが手を上げてさえぎった。

「すべては神のおぼしめしだ」父さんが首をゆっくり振《ふ》る。やばい。運命とか宗教的《しゅうきょうてき》なことの講義が始まりそうだ。ぼくはくるりと向きを変えて、ファームハウスの中に向かった。目に涙《なみだ》がたまってくる。ぼくは石段から二階にのぼった。そんなところには行きたくもなかったけど、家族のだれにも泣き顔を見せることはできない。

あとでインデルジートがカンパ・コーラを買って、ぼくを元気づけにきてくれた。すごくうれしかった。暑かったし、たしかに喉《のど》は渇《かわ》いてたけど、うれしかったのはそのせいじゃない。だいたい、コーラはぼくの肌《はだ》よりあったまってたし。うれしかったわけは、自分の金を持ってないインデルジートが、十二ルピーか十五ルピーのコーラを買うなんて、かなり無理をしたんだろうと思ったからだ。そのことをいうと、インデルジートが笑って教えてくれた。「金はとりあえずおまえの父さんからちょうだいしといたぜ」これにはぼくも大笑いした。ぼくたちは小麦畑まで出かけると、ぼくの一本のタバコを代わる代わる吸って、また村にもどった。そのころには、辺りもだいぶ涼しくなってた。真っ平らな畑の上を風がさーっと渡《わた》っていく。畑は村から三方へ何キロにも広がってた。ぼくたちが家の庭に入ると、ハリーがタオルで顔や首を拭《ふ》いてるところだった。綿《めん》のシャツの胸《むね》や背中《せなか》やわきの下に、汗染《あせじ》みができてる。

「体を洗《あら》ってみろよ、ハリー。案外、気に入るかもしれないぞ」ぼくはハリーの不潔《ふけつ》なところをからかったことがインデルジートにも伝わるように、笑いながらパンジャブ語でもいった。ハリーが聞こえないふりをする。「耳が悪いのか？」また英語で攻撃《こうげき》してみた。今度はハリーも顔を上げて、思い切り怒《おこ》った目でにらんできた。ぼくはまた笑って、イギリスでハリーが夏になるとどんなに臭《にお》ったか、インデルジートに教えてやった。

「おまえ、自分は相当頭がいいと思ってるだろ？　だけど来月もここにいたら笑えるか？　そんときもおまえがまだ、そんな生意気な口を叩《たた》けるか見ものだね」ハリーがこっちにずんずん歩いてきて、ぼくの前に立ちはだかった。身構《みがま》えて立つその姿《すがた》は、ゴリラの群《む》れのリーダーそっくりだ。たしか、ＢＢＣの第一チャンネルのネイチャー番組で、こういうのを観たっけ。ハリーがタフガイを演《えん》じようとすると、いつも思い出す。

「ぼくがここにまだいるとしたら、自分だっていることになるじゃないか」ぼくはいいかえした。

ハリーが何かいいかけて、とつぜんやめた。そして、喧嘩《けんか》から手を引いてしまった。どうして急にやめたんだ？　いつものハリーらしくない。そのとき、父さんの怒鳴《どな》り声が、一階のどこかの部屋から庭を越《こ》えて響《ひび》いてきた。

「ビルハル！」

「ほら、走ってけよ、ハリー。おまえみたいなタフガイは、父さんに鞭《むち》で打たれたくないだろ」ぼくはにやにやしながら、あからさまに嫌味をいって、反撃を待った。ところが、ハリーは何もしてこない。あとで始末をつけてやる、とぼそぼそいうと、家に向かって行ってしまった。

ぼくは振りかえって、インデルジートに笑いかけた。「やっぱ、そっちの兄貴《あにき》たちも弟にちょっかい出してくる？」

インデルジートはにっと笑うと、かがんで左足のズボンをまくりあげた。膝《ひざ》から腿《もも》にかけて深い傷跡《きずあと》がある。長さも二十センチはありそうだ。インデルジートの浅黒い肌に濃《こ》いピンクが目立って、かなり痛々《いたいた》しい。「二年前にラリーに鎌《かま》でやられたんだ」

「どうして？」ぼくは傷跡をじっと見た。見ずにはいられないけど、見ると気持ちが悪い。

インデルジートはにこにこするだけだ。「おれ、ラリーが例の脇道から出てくるとこを見たんだ。広場に近い裏《うら》のほうからだった。それで、父さんにいいつけてやるっていったんだ」

「そしたら、ラリーがそんなことしたわけ？　そりゃ、ひどいな」

「だけど、前に話しただろ。オンカルが脇道に入ったあと、どうなったか」

「うん、そりゃそうだけど、なにもそこまでしなくても……」インデルジートがラリーをかばうのが、信じられなかった。

「大丈夫《だいじょうぶ》。この傷、実際《じっさい》よりずっとひどく見えるだけで、そんなに深くなかったんだ、本当に。とにかく、仕返しはしてやったし」インデルジートがウインクして、また笑う。

「どうやって？」兄貴に脚《あし》を切られたのに見あうような仕返しって、なんだろう。

「ラリーとラジヴィルは、かなり若《わか》いうちに結婚《けっこん》したんだ」インデルジートが辺りを見回して、唇《くちびる》に人差し指を当てる。それから、ぼくを引《ひ》っ張《ぱ》って、できるだけ家から離《はな》れた。ぼくはいちばんでかい水牛と見つめあうようにして、話を聞くことになった。「ふたりは、あんまり早く子どもがほしくなかった。おれ、ラリーがラナにそういうのを聞いたんだ。そしたら、ラナがラリーにアレを箱ごと渡《わた》した。『これをつけろ。父さんには内緒《ないしょ》だぞ』とかいって」

ぼくはインデルジートをまじまじと見つめた。このちょっとした告白はどこに向かってるんだろう。

「それで、おれはラリーが箱を隠《かく》してた場所をつきとめて、こっそり盗んでやった。ほら、あの、つけるやつを……」

ぼくは笑いながら、うんうん、うなずいた。インデルジートがなんとかしてぼくにコンドームの説明をしようとするのがおかしかった。「じゃあ、ラリーのコンドームをひとつ盗んでやったんだ?」ぼくは、インデルジートがいつもやるように、ウインクをした。

「違《ちが》う、違う、バイ・ジー。おれは次の日、ラリーが畑に出てる間に、箱ごと盗んだんだ。それで、箱の中身をひとつずつ出して、すごく細い針《はり》で全部に小さい穴《あな》をあけてやった。気づかれねえようにな」そういって、インデルジートは笑いだした。

ぼくは口をあんぐり開けて、ぽかんと相手を見つめた。今聞いた秘密《ひみつ》にさらに別の意味があることにも気づかずに。少しして、やっとそれに気づいたとき、ぼくは腹《はら》が破裂《はれつ》しそうなくらい笑った。涙がぼろぼろ出て止まらない。ラリーの奥《おく》さんのラジヴィルこそ、例の「みんなが話題にしちゃいけない妊婦《にんぷ》」なんだから。なんてすごい仕返しだ!

ぼくはレスターでエイディとやってた仲間同士の挨拶《あいさつ》を、インデルジートに前に教えてた。それぞれがこぶしを固めた手をのばしてぶつけあう「カフ」ってやつだ。インデルジートは、ぼくに自分の話をして、それがめちゃくちゃ受けたと見ると、こぶしを出してきた。いつものように、ぼくが先に始めるんじゃなく。もちろん、ぼくはカフを返した。そして、このままじゃ腹が爆発《ばくはつ》しそうだと思うくらい痛くなったとき、やっと笑うのをやめられた。

20
八月

　母さんと父さんは次の朝、ピアラおじさんとジャランダルへ発《た》った。ハリーとバルジットは夕方近く、日差しが弱まってからの出発になった。バルジットはもっと早く出たかったみたいだけど、ハリーが昼間の暑さに耐《た》えられそうになかった。そこで、ふたりはもっと遅《おそ》く、風が吹《ふ》いて暑さが収《おさ》まったころに出ることにした。たしかにハリーの場合、あれだけぶよぶよじゃ暑さに弱くても不思議じゃない。相当鍛《きた》える必要がある。

　ぼくは、ふたりがタクシーに乗りこむところに行って、バルジットに手を振《ふ》った。ハリーはぼくを見てフフンと笑うだけだった。「じゃあな」の一言もいおうとしない。正直いってぼくにはそんなこと、どうでもよかったけど。なにしろ、これから二、三日の間、ハリーや父さんたちがいないおかげで、好きなことをやれる。やったぜって感じだ。ぼくは最後にハリーをフンと見返すと、あとはさっさと家に向かった。インデルジートがすでにふたを開けたビールを両手に待ちかまえてた。インデルジートもこれから数日間、父親にうるさくいわれずに過《す》ごせるのを楽しみにしてるみたいだ。

「人生はこうでなくちゃな、バイ・ジー」ぼくが行くと、インデルジートがにこにこ笑っていった。「おれの父さんとおまえの父さんはジャランダルだし、グルヴィンデルおじさんは新しい管井戸《くだいど》にかかりきりだ。おれらはやりたいことができる」

その晩《ばん》、ぼくたちは遅くまで起きてた。他《ほか》のみんなが寝《ね》てしまうと、庭に出て、ビールを許《ゆる》されてる以上に飲んで、タバコを吸《す》った。ぼくは夜のアドゥンプルの雰囲気《ふんいき》や音が大好きだ。虫のカサコソいう音や羽音。どこからともなく飛んでくるホタル。壁《かべ》に張《は》りついて動かない小さなトカゲは、こっちを見張ったり眠《ねむ》ったりしてるみたいだ。スズメくらいの大きなガが電球のまわりを飛んでる。涼《すず》しい風が真っ平らな畑を渡《わた》っていく。ぼくたちは座《すわ》って、イギリスのことを話した。インデルジートはふたりで初めて話したときと同じように、ぼくの向こうでの暮《く》らしを聞きたがった。ぼくにはここでの暮らしがまるで一生分の長さに感じられてた。実際《じっさい》には二か月しか経《た》ってなくても。ぼくはレスターを思いかえすうち、いつのまにか、どうでもいいつまらない話をえんえんとしゃべってた。

たとえば、街に出るときに乗る二十二番バスの二階席の様子。座席《ざせき》の背《せ》にメッセージを彫《ほ》りあうやつらもいれば、禁煙《きんえん》の表示《ひょうじ》にタバコの煙《けむり》の輪を吹きかけるやつや、子ども料金じゃ乗れないのに、運賃《うんちん》を半額《はんがく》しか払《はら》わないやつもいる。土曜にはお互《たが》いが邪魔《じゃま》になるくらい、街の中心がすごく混雑《こんざつ》する話もした。マクドナルドの辺りや時計台のそばにたむろするワルたち。本場ニューオリンズ仕こみってことになってるポ・ボーイ・サンドイッチの屋台から漂《ただよ》う匂《にお》い。

ぼくはよくそこでサンドイッチを買って、アメリカにきた旅行客のつもりになった。自分は人が通りすぎていくのを見てるだけの、アジア人のやせっぽちのガキじゃないってふりをして。今とは違《ちが》う人生を夢見《ゆめみ》てるだけのガキじゃないんだって。

ぼくはちょっとの間、インデルジートがいることを忘《わす》れてたらしい。だけど、そんなことはもうどうでもよかった。イギリスにいたころの話をしてると、過去《かこ》にもどれる気がした。これじゃあまるで、老人ホームにいるじいさんが、戦争の話や、「黒人やパキスタン人が移民《いみん》してくる前のイギリスは今よりずっとよかった」なんてことをしゃべるのとおんなじだ。実際に小学校のときに行った老人ホームに、そういうじいさんがいた。ぼくの話が終わるころには、インデルジートはマンジャで眠ってた。ぼくもここで寝ることにした。もう、蚊《か》なんて気にしない。とっくに一生分刺《さ》されたあとができてるし。

次の日、グルヴィンデルおじさんが、みんなで北のアナンドプルという場所へ行こうといいだした。そこの山の中にある有名なシーク教の寺院《グルドワラ》をいくつか訪《たず》ねるという。向こうに着くまでに一日かかるから、着替《きが》えをたくさん用意しておけ、といわれた。

「マンジートの父さんと母さんが、ジャランダルから帰るまでにはもどろうな」おじさんがにこっとする。

「それで、そのアナンドプルってどんなところなの？」

「見ておいたほうがいいところだ。そりゃあきれいでなあ。たくさんのグルドワラが山肌《やまはだ》を掘《ほ》って造《つく》られている。大理石でできているものもある」

「じゃあ、二、三日、向こうにいるんだ？」

「いや、一日いたらもどろう。カメラを持っていけよ、マンジート。とにかくまあ、きれいだぞ」

ぼくは肩《かた》かけカバンに服をつめながら、旅行を楽しみにしてる自分に気がついた。考えたら、ジャランダルから外のインドはほとんど見てない。それに、インデルジートと旅をするのは楽しそうだ。これでインデルジートもぼくに、自分の国のすごいところを教えられる。ぼくがイギリスのことをあれこれ話したみたいに。

ぼくはランジットのカメラを探《さが》した。ジャスがランジットにいって、ぼくのために残してってくれたやつだ。カメラはおじさんたちが物置に使ってる部屋の、ぼくのスーツケースの上にあった。そういえば、なぜかぼくのスーツケースだけ、この部屋に移《うつ》されてる。箱やさびてぼろぼろの古い冷蔵庫《れいぞうこ》のわきに並《なら》べられて。見たところ、ハリーのスーツケースは、本人が義《ぎ》理《り》の父親の家に持っていったらしい。父さんと母さんのスーツケースは、ふたりが寝起きしてる部屋に置いてあるはずだ。その部屋は、ふたりが出発したあと、プリタムおばさんが鍵《かぎ》をかけてしまったけど。「客間にネズミやトカゲが入らないようにしないとねえ」とかいって。客にいい顔をしたいってことなんだろう。

ぼくたちはその日の朝十時に、おじさんの手配したミニバンで出発した。運転手はインデルジートより年下に見える。アナンドプルに向かう道中ずっと裸足《はだし》で、バックミラーものぞかなければ、道を曲がるようなときに合図も出さなかった。バンはデリーで乗ったバスとそっくりで、ほとんどの窓《まど》にガラスが入ってない。フロントガラスと後ろのドアのガラスだけが残ってる。座席はこっちのほうがましだったけど、革張《かわば》りのぺちゃんこのクッションがあるだけだ。その革も古くて裂《さ》けたり破《やぶ》れたりして、そこからゴキブリや変な虫がしょっちゅう這《は》いだしてくる。バンの臭《にお》いがまた、かびくさい。父さんたちが家のガレージに置いてる古くて湿《しめ》ったマットレスの臭いそっくりだ。そのマットレスは白カビだらけでぼろぼろで、ハリーとぼくがお互いの顔を殴《なぐ》れないときにサンドバッグに使ってる。

今回の旅行には、インデルジートとジャスビル、グルヴィンデルおじさんとハルパルおばさん、インデルジートのいちばん上の兄貴《あにき》のラナと奥《おく》さんのスクビル、子どものランジートとハルジートがいっしょだった。バンの中はめちゃくちゃうるさかった。特にランジートとハルジート。窓から身を乗りだしては、叫《さけ》ぼうとする。そのたびにスクビルかラナが、ふたりを引っ張りこんで座らせた。ぼくはその後ろに座って、片腕《かたうで》をだらんと窓から下げてた。そして、向こうから何かがやってくるたびに、車同士がすれすれで行き違《ちが》うことを思い出し、腕を引っこめた。

村をいくつも通りすぎながら進むうち、土地がだんだん平らじゃなくなってきた。ある地点でバンは、川か湖が干《ひ》あがったあとのような深い谷をくだりはじめた。水がどうなったのかほくが訊《き》くと、インデルジートが遠くを指差した。

「ダムがあるんだよ、バイ・ジー。ここから八キロくらい行ったとこにね。ダムが水をせき止めて、川の流れを変えてるんだ」ぼくはうなずいて谷を見た。なんだかむずむず、ぞわぞわしてくる。自分の乗ってるバンは、かつて何百万トンもの水があった場所を走っていて、その水はというと、今は巨大《きょだい》なレンガの壁に押《お》しとどめられてるだけ。ダムから水が漏《も》れたりしたらどうするんだ？　ぼくがそんなことを考えてるうちに、朝から一度も休憩《きゅうけい》しないまま、車は山に入って坂をのぼりはじめた。ミニバンがやっと通れるくらいの細く曲がりくねった田舎道《いなかみち》をどんどん進んでいく。上に行けば行くほど川床《かわどこ》は小さくなり、斜面《しゃめん》が急になってきた。そしてあるとき、車が道なりに曲がると、そこは薄《うす》い空気以外何もなかった。地上はもう数百メートル下で、谷を行《い》き交《か》う車が遠く小さな点にしか見えない。ときどき、ぼくは緊張《きんちょう》でもどしそうになって、必死に足元を見つめた。この急斜面から転落して死ぬんだとしか思えなくなってた。アナンドプルに続く山のふもとの宿に到着《とうちゃく》するころには、ぼくの神経《しんけい》は完全に崩壊《ほうかい》、って感じだった。マンジャにばったり倒《たお》れこんだあと、朝まで一度も起きずに眠った。

おじさんが請《う》けあったとおり、アナンドプルはとにかくきれいなところだった。ぼくたちはほとんど一日じゅう、山の中を歩いてグルドワラを見てまわった。山の斜面を曲がるたび、別のグルドワラがぬっと現《あらわ》れる。上に行けば行くほど、息をのむすごい景色になった。見所に着くたびに、おじさんが歴史のうんちくを披露《ひろう》する。けれどもぼくはそれをちゃんと聞くよりも、はるか下の谷をのぞいてばかりいた。グルドワラはどれも見ごたえがあった。最後に、七十段《だん》近くありそうな石段をぐるりとのぼるしか、たどり着けない寺院へ行った。その階段をのぼりきるだけで、サッカーの練習を二日分やった気分になった。コケにおおわれた石段のてっぺんに着いたときには、息は切れ切れ、汗《あせ》はだらだら。だけど、がんばった甲斐《かい》があった。岩の台の上にのぼったら、目の前に巨大な白い大理石の寺院が午後の日差しに輝《かがや》いてそびえたってた。何百年も前にだれかがこの山にのぼって、岩を切りだし、場所を作って、タージ・マハルと同じくらい細工のこんだ建物を造ったなんて驚《おどろ》きだ。ぼくの目の前には、大理石の板を敷《し》いた二百メートルくらいの通路があって、さらに石のアーチをくぐって寺院に入るようになってる。インデルジートとグルヴィンデルおじさんが、後ろから石段をのぼってきたときにはもう、ぼくはカメラを片手に通路を歩きだしてた。まずは通路の写真を撮《と》った。それから、石のアーチの写真に寺院の正面の写真。他のどこよりもここでいちばんたくさんフィルムを使ったと思う。それくらい美しいところだった。

ぼくたちは夜の七時ごろ、山の反対側にある舗装道路《ほそうどうろ》を使ってもどりはじめた。その道は、色がアイスブルーで流れの速い川に沿《そ》うようにして造られてる。川から冷たくて気持ちいい水しぶきが飛んでくる。「あの川に飛びこみたいなあ。体を冷やしたいよ」ぼくがそういうと、インデルジートが教えてくれた。「あの水は氷みてえに冷てえんだぞ。もともとは雪解《ゆきど》け水《みず》なんだから。ヒマラヤ山脈からカシミールやシムラーの谷を通ってパンジャブに流れてきてんだ」川の水はびっくりするくらい真っ青だった。運転手と会うことになってるふもとの村に向かって斜面をくだる間、ぼくは何度もつまずいて川に落ちそうになった。けっきょく、こっちのちゃんとした道路を使ったら、ふもとまで二時間しかかからなかった。のぼりは山の反対側のすり減《へ》った古い小道やでかい石の階段を使ったせいで、丸一日かかったのに。なんだそりゃって感じで笑ってしまった。

「どうしてのぼりもこっちの道を使わなかったんだよ」道のわきに座ってるふたりの蛇使《へびつか》いの前を通りながら、ぼくはインデルジートに訊いた。

「こっちを通ってどこが面白《おもしれ》えんだよ、バイ・ジー？　おれらが見てきたもんを全部思い出してみろ」

たしかに、のぼりの道では本当にすごい洞窟《どうくつ》とかを見てきた。インデルジートのいうことは一理ある。だけど、こう足が痛《いた》いと、そんなふうには思えない。村にやっと着いたときには、きんきんに冷えた飲み物とベッドのことしか頭になかった。疲《つか》れたなんてもんじゃない。ぼくはもうひと晩宿に泊《と》まるんだと思って、バンから自分のバックパックをおろそうとした。

それを見たグルヴィンデルおじさんが笑った。「いやいや、マンジート、もう泊まらないんだ。食事をとったら、今晩もどる」

「暗い中を？　あの山を通って？」今のは聞き間違いだよな？　昼間、バンでここにくるのだって、あんなにオソロシイ思いをしたのに。自分をパンジャブのデーモン・ヒル*だと勘違《かんちが》いしてるやつの運転で、真っ暗な山道を帰るなんて……嫌《いや》な予感。

ぼくは死ぬことを想像《そうぞう》してみた。小説を書くという野望も満たされず、何かの賞を取ることもなく、リヴァプールFCのためにプレミアシップで決勝点シュートを決めることもない。イギリスの新聞の見出しが見えてきた。「期待の天才少年、事故《じこ》で逝《ゆ》く！」「未来の大スター、悲劇《ひげき》の死！」そうしたぼくの白昼夢《はくちゅうむ》は、いつのまにかぐっすり眠ったときに見る夢に変わってたらしい。汗びっしょりになって目が覚めたとき、ぼくはもう、例のまっ平らな畑とぼろ屋の集落と穴《あな》だらけの道が続くパンジャブにもどってた。バンは道をうろつく人や動物をよけながら、ガタガタと走りつづけた。

21
八月

「放せ！」ぼくはグルヴィンデルおじさんとインデルジートをにらみつけた。まばたきするたびに、目から涙《なみだ》がぼろぼろこぼれおちる。

おじさんはぼくの両腕《りょううで》をしっかりつかんでた。ぼくは外そうともがいてる。おじさんが押《お》さえて落ち着かせようとする。もちろん、そんなことをしたって無駄《むだ》だった。ぼくの片足《かたあし》が何かを蹴《け》った。インデルジートのすねか、おじさんのかもしれない。もうどっちだっていい。ふたりしてうそをつきやがって。ふたりとも大うそつきだ。最初からぐるになって、ぼくをだましてたんだから。あのコンピューターゲームそっくりじゃないか。〈デューク・ニューケン〉。エイリアンを全部倒《たお》したと思ったら、隠《かく》れてたやつにあっさりやられてしまう。そこでゲームはおしまい。ゲーム・オーバー。

「みんなでだましやがって。みんなで！」

「違《ちが》う、マンジート、違うんだ」おじさんがぼくの腕を放して、頭をなでる。まだぼくの怒《いか》りを静めようとしてる。「おれたちは何も知らなかった。何も聞かされていなかったんだ、ひとつもな」

「うそだ！　知ってたくせに。みんなぐるだったんだ。おじさんがアナンドプルの旅行を仕組んだのもそのためだろ？　ぼくに邪魔《じゃま》をさせないためだったんだ」

「違う、バイ・ジー、違うんだよ」インデルジートも意を決して話に加わってきた。「おれら、ひとつも知らなかったんだ、本当に。アナンドプルとは関係なく、おまえの家族がおれの父さんと決めたんだ。おれらが旅行に行く前に、勝手に」

＊イギリスのF1レーサー。

「じゃあ、どうしてそんなに詳《くわ》しいんだよ。夢《ゆめ》のお告げか何かで知ったのかよ」

「まさか、バイ・ジー。そんなわけねえだろ。おれは旅行から帰ったときに、母さんから聞いたんだ」

「インデルジートの話を信じてくれ。本当なんだ」

ぼくはちょっと考えたあと、だれが知ってたかなんて、もうどうでもいいと思った。とにかく、父さんと母さんとハリーとバルジットはみんなでぼくをだました。デリーへ行くとか、別の町の親戚《しんせき》の家に行くとかいって、ぼくを信じこませて、実際《じっさい》には四人でイギリスに帰ってしまった。ぼくをインドに置き去りにして。

おじさんが同情《どうじょう》して、ぼくの肩《かた》を抱《だ》いて首を振《ふ》った。振り向くと、インデルジートが心配顔でこっちを見てる。ひとりになろう。ぼくは庭に向かってかけだした。けっきょく、水牛のところにたどり着いた。自分でもどこへ行きたいのか、何をしたいのかわからない。涙がまた出てくるし、喉《のど》がからからで吐《は》き気《け》がする。ぼくは膝《ひざ》に手を置いて前かがみになって、胃の中のものが出てくるのを待った。何も出てこない。そのまま吐き気に身を任《まか》せてると、吐きそうになるたびに、ちょっとずつ目まいが始まった。とうとう、ぼくは目を閉《と》じた。世界がぐるぐるまわる。頭の中と心臓《しんぞう》が、激《はげ》しく脈を打つ。胃がひっくりかえりそうだ。ぼくはふらふらになりながら、そんなふうにして十分くらい立ってた。やっとむかむかが治まったとき、体の力が抜《ぬ》けて自分が倒れるのがわかった。

だれかがぼくを抱きあげて、部屋に運んでくれた。たぶん、おじさんだと思う。わざわざ目を開ける気にもならなかった。たったひとつの考えが、頭に浮《う》かんでまわってた。父さんと母さんと兄貴《あにき》たちは、ぼくをだましたんだ。すべてがイイ感じだと信じこませて。安心させて油《ゆ》断《だん》させて、目の前のことに気づかせないようにして。ぼくは父さんたちのことを敵《てき》だと思わなくなってた。ガードをすっかり外して、レスターにいたころならはっきり見えてたはずのヒントを全部、見逃《みのが》すようになってた。チケットとパスポートがなくなったなんて、見えすいたうそじゃないか。デリーへ行って座席《ざせき》の確認《かくにん》をしなくちゃいけないなんてことも、悪徳《あくとく》旅行業者の話も、うそに決まってる。すべてはやつらが最初からぼくをインドに置いていくつもりでいたことを、本人に悟《さと》られないようにするためのうそだったんだ。

ぼくはハリーとの口喧嘩《くちげんか》を思い出した。父さんがぼくにパスポートを盗《ぬす》まれたといった日のことだ。

「おまえ、自分は相当頭がいいと思ってるだろ？　だけど来月もまだここにいたら笑えるか？」

そのときはほんとの意味をわかってなかった。だけど今はハリーの言葉が頭から離《はな》れない。ハリーはぼくをあざ笑いながら、心の中でこういってたんだ。「おれたちを信じるなんて、バカじゃねえの。ヒントは全部見てたくせに、わからねえなんてよ」ハリーの言葉はまるで、ドラムとコントラバスの音の低いうねりのように、ぼくの脳波《のうは》をぐちゃぐちゃに乱《みだ》しながら、何度も繰《く》りかえされた。真昼の熱気の中で、目を閉じて横になりながら、どんなに考えても、わかったのは同じことだけだった。やつらはぼくをだました。そして、ぼくはこうなることにずっと気づかなかった。バカみたいにやつらを信じたせいで。

アナンドプルからひと晩《ばん》かかってもどった旅がこたえて、足と背中《せなか》はまだ痛《いた》いし、胃は漂白《ひょうはく》剤《ざい》のドメストで洗《あら》ったみたいだった。とにかく今は眠《ねむ》りたい。汗《あせ》が目に入って顔の横に流れおちる。また思い出したみたいに泣きたくなった。そのあと、暗い部屋にこもった熱気に体力を奪《うば》われて、服を着たまま眠ってしまった。夢を見た。ウェンブリー競技場《きょうぎじょう》。ぼくはリヴァプールFCのためにハットトリックを決めた。なのに試合終了のホイッスルが鳴ったとき、リヴァプールFCは負けてた。ぼくは膝をついて疲《つか》れきって泣きながら、必死に考える。こんなひどいことってあるか？

それから数日間は同じ状態《じょうたい》で過《す》ごした。だれともしゃべらず、食事もひとりでとる。食べる以外にしたことは、シャワーと寝《ね》ることだけ。日中は木陰《こかげ》に座《すわ》って、イギリスから持ってきたミニノートに自分だけが読むものをいろいろと書いた。ときどき、ひとりで出かけて、ファームハウスまで散歩したり、マンゴーの果樹園《かじゅえん》でタバコを吸《す》ったりする。みんなにどう思われようが関係ない。今さら気にしてなんになる？　両親やバカ兄貴たちがそばにいて、文句《もんく》をいうわけでもない。自分の殻《から》に閉じこもるぼくを、おじさんたちはそっとしておいてくれた。インデルジートとジャスビルはぼくを励《はげ》まそうとして、二度ほど、飲み物やタバコを持ってきてくれた。ぼくはほとんど無視《むし》して、物思いにふけってたけど。ピアラおじさんはぼくたちが村にもどった翌朝《よくあさ》帰ってくると、父さんたちがしたことをぼくに説明しようとした。もちろん、そんなの時間の無駄だった。ぼくがおじさんをシカトしたから。おじさんも、父さんと同じくらい責任《せきにん》がある。だます手伝いをしたくせに、心配そうな顔をしたってもう遅《おそ》い。

ぼくはファームハウスの裏《うら》で、使われてない作業場を見つけた。インデルジートが大邸宅《ハヴェリ》と呼《よ》んでるところだ。塀《へい》で囲っただけのその作業場は、今は薪《まき》やなんかを置く野外の保管場所になってる。片隅《かたすみ》には保管小屋がふたつ、その隣《となり》には鶏《にわとり》小屋《ご や》がひとつ。真ん中には二メートル間隔《かんかく》で二本の木が植えてある。その木の間には『ロビンソン・クルーソー』に出てきそうなハンモックがつるしてあった。寝てみようとすると、ねじれたりひっくりかえったりする。とはいえ、このハンモックはぼくのちょっとしたプライベート空間になった。二、三日のうちには体重のかけ方もわかって、地面に落ちずに座ったり寝たりできるようになった。ぼくはミニノートとタバコを持って、ここで一日のほとんどを過ごした。この作業場にくるのはインデルジートかモーハンしかいない。モーハンというのはうちで働くチャマールの家族の長で、ナシーボの夫だ。

モーハンはハヴェリにいるぼくを見つけたとき、すごくうれしそうな顔をして、仲間ができたとばかりに喜んだ。「こんなとこで、どなたかとお会いしますとはなあ」といって。それから、庭の隅に隠してある吸殻《すいがら》の山がぼくのものだと知ると、父さんが置いていった金でぼくにタバコを買ってきてくれるようになった。モーハンはイイ感じの人だ。自分の子どもも時代や父さんの若《わか》いころのいろんな話をして笑わせてくれる。それに、金を持ったことがなく、人に使われて生きてきた人たちのひとりから話を聞くことは、ぼくにとって村の暮《く》らしを別の視点から見るいい機会になった。ぼくはしょっちゅうモーハンにカースト制度《せいど》のことを訊《き》いた。そのたびに、モーハンはがたがたの黄色い歯を見せて笑いながらいった。「王様に生まれるもんもいれば、農民に生まれるもんもおります」そんなの、ぼくには納得《なっとく》のいかない答えだった。たしか、そのときぼくはこう返したと思う。「人間は平等なんだから、同じ権利《けんり》を持つべきだよ。ぼくはそう信じてる」

「そのとおりですよ、マンジートさん。けっきょく、おれたちゃみんなサルです。しっぽがねえだけで」モーハンはそういうと、また笑った。

「やっぱりね。ぼくと同じ意見だと思った」

「けど、サルん中にも、でっけえのとちいせえのがおるでしょうが。上に立つもんと、それにくっついていくもんが」

「じゃあそれでいくと、モーハンはくっついていくサルなんだ？」ぼくがにっと笑う。

モーハンは白髪《しらが》まじりの無精《ぶしょう》ひげの生えたあごをぽりぽりかいて答えた。「そうなりますかなあ、マンジートさん。おれの代じゃ変えようったってもう遅いです。それだけはよくわかっとります。けど、せがれたちゃ違うかもしれんですよ。ひょっとしましたらな」

「だけど、望んで『くっついていくサル』になってるわけじゃないんでしょ、モーハン・ジー？」

「おれたちチャマールがしてえことと、していいことは、同じじゃねえってことです」

「だけど、ぼくたちジャートがモーハンたちより優《すぐ》れてるなんてことはないと思う。ただ金と土地を持ってるだけで、優れてるってことにはならないよ」

モーハンがまた笑った。「こりゃ賢《かしこ》いこった。若《わけ》えサルにしちゃあな」

「しっぽがないだけの？」

「そのとおり」モーハンが、ぼくがあげたタバコに火をつけながらいった。「しっぽがねえ。それだけです」

モーハンはガリガリで小柄《こがら》のわりには、すごく力がある。めちゃくちゃ重い物をひょいひょい運ぶから、こっちはよく驚《おどろ》かされる。鋳鉄《ちゅうてつ》のすきを軽々持ちあげるし、薪の束をいくつも肩にかつぐのは当たり前だ。ぼくなんて、ひとつを腰《こし》の高さまで持ちあげるのがやっとなのに。モーハンはたぶん四十歳《さい》くらいだけど、背中と腕の筋肉《きんにく》は二十歳《はたち》の重量挙げ選手よりすごそうだ。

「どうした、マンジートさん」物をなんでもないように軽々と持ちあげるモーハンを見て、ぼくがあっけにとられてると、当の本人はいつもこういった。「もっと体を鍛《きた》えねえと。あんたたち外国のもんはやわすぎる」そこで、ぼくがぶつぶつ文句をいう。すると、モーハンはただ笑ってこう続ける。「この国を出てイギリスやらアメリカやらへ行ったもんは、なんとも楽に暮らしとるもんです」問題は、楽だろうがそうじゃなかろうが、とにかくそっちがぼくのほんとの暮らしだってことだ。そりゃ、モーハンと話すと元気は出る。だけどやっぱりもとの暮らしにもどりたい。

両親がぼくを置いてイギリスに帰ってから二週間後、ジャスから手紙が届《とど》いた。八月の第三週だった。ぼくは六月の最初からずっとインドにいる。ハルパルおばさんから封筒《ふうとう》を渡《わた》されて、それが青いエアメール用のやつだとわかったときは、思わずその場で封を開けそうになった。ここじゃまずい。そう思って、例の隠れ家に行った。それでもついに手紙を開けたのは、自分がどんなリアクションを起こしても、だれにも見られないのを確《たし》かめてからだった。手紙の一枚目《まいめ》は、「こんなことになってごめんなさい」というジャスの謝罪《しゃざい》の言葉でいっぱいだった。みんなが計画していたことを自分はまったく知らなかったこと、すべては父さんが初めから仕組んでたこと。もしも自分が知っていたら、旅行にいっしょに行こうと勧《すす》めたりしなかった、とも書いてあった。

計画にはハリーも加わってたけど、ランジットはみんながレスターにもどってから初めて知ったという。ぼくは「ほんとかよ」と思ったけど。そもそも、父さんたちがぼくをインドに置き去りにしたわけは、ぼくの結婚式《けっこんしき》の日取りを決めて、外堀《そとぼり》をすっかり埋《う》めるためだった。父さんはぼくがイギリスにもどったら、逃《に》げるかもしれないと思ったらしい。「これもすべてマンジートのためだ。今回のことで、やつも男になるだろう」そうジャスにいったそうだ。とにかく、もともと計画されてたより数か月遅《おく》れたものの、ついに結婚式の日取りは決まってしまった。十一月、ぼくの十七歳の誕生日《たんじょうび》だ。ぼくは何年か前に父さんにいわれた女の子と結婚することになった。たぶん、去年の夏、うちに一度きた女の子だ。父さんは帰りのチケットを九月の終わりに届くようにぼくに送って、ランジットとハリーを空港に迎《むか》えによこすつもりらしい。ぼくはハンモックに深く腰かけると、ちょっとの間考えた。なんかひっかかる。わかってなくちゃいけないことがある気がするんだけど……。さらに少し考えてから、ジャスの丁寧《ていねい》に書かれた文字をまた読みつづけた。

——先週、あなたに手紙が届きました。わたしが受けとって、あなたの代わりに開けました。怒《おこ》らないでくださいね。手紙は元同級生のエイディさんからでした。エイディさんはあなたがどこでどうしているのか、知りたがっていました。夏の間ずっと連絡《れんらく》を取ろうとしていたみたいです。とにかく、その手紙にはエイディさんの新しい住所が書いてありました。手紙がほしいそうです。それから、リーザさんという女の子のことも書いてありました。インターネットであなたのことを尋《たず》ねてきたそうです。リーザさんもあなたの元同級生ですか。エイディさんの手紙には、リーザさんのEメールのアドレスも書いてありました。どちらも、この手紙の最後に書いておきますね。お義父《とう》さんはわたしがあなたに手紙を書いたことを知りません。あなたもお義父さんには黙《だま》っていてくれると、うれしいです。みんなが家にいるのにあなたがひとりでインドにいるかと思うと、すごく申《もう》し訳《わけ》ないです。信じてもらえないかもしれませんが、わたしは義理《ぎり》の弟とおしゃべりできないことを、とても寂《さび》しく思っています。本当に。こんなことになってしまってごめんなさい。お義父さんたちがこういうことを計画していたなんて、全然知らなかったんです。

数週間後に会えるのを楽しみにしています。

心をこめて。

ジャスより

ぼくはもう一度手紙を最初から読みなおすと、たたんで半袖《はんそで》シャツの胸《むね》ポケットにしまった。同時にタバコの箱をポケットから出す。軸《じく》の木の部分より、頭の硫黄《いおう》の部分のほうが長い粗末《そまつ》なマッチでタバコに火をつけると、ハンモックに体を沈《しず》めた。頭の中でいろんな小さな考えが、サッカーチームを作って試合を始めてる。ぼくはなんとか考えをまとめようとした。エイディにリーザ。エイディはリーザにEメールを出したんだろうか。それとも、セアラが出した？　みんなは定期的に連絡を取りあってるんだろうか。リーザはどこにいるんだろう。まだオーストラリア？　エイディはもう、父親になった？　ぼくがレスターから姿《すがた》を消したことには気づいてるんだろうか。それでだれかに相談したんだろうか。

そのあと、ぼくはある問題にたどりついた。ぼくのパスポート。家にもどるには、パスポートがいる。ってことは、いくら父さんたちでも、ぼくのパスポートを持っては帰れなかったはずだ。どこかの悪徳旅行業者に盗まれてないこともたしかだし。パスポートはきっと家のどこかにある。ピアラおじさんが隠したんだ。ようし、きっと見つけだしてやる。そう心に決めると、二本目のタバコに火をつけて、この数週間で初めてリーザのことを考えた。

ぼくはまたいつのまにかハンモックで眠ってしまったらしい。だれかの大声で目が覚めた。その声にはどこかなつかしい響《ひび》きがあった。それがなんなのかは、わからなかったけど。太陽の光に目をしばしばさせながら、ぼくはハンモックのわきに立ってる人物がだれなのか見ようとした。その人が同じことを繰りかえしいったので、何をいってるのかわかった。

「ぼくのハンモックで眠っているこのサルは何者だ？」

すごく深みのある声だ。少なくとも、ぼくにはそう聞こえる。なんだか変な感じだった。なつかしいのに知ってる声じゃない。それってどういうことだ？　ぼくはハンモックの上で体を起こして、その人を見た。背丈《せたけ》は父さんと同じくらい。髪《かみ》はくせがあって肩まで届いてる。ぼくが髪をのばしたら、そんなふうになりそうだ。服装《ふくそう》は５０１Ｓっぽいブルージーンズに、青のアディダスのトレーナー。足元は見たことのないナイキのスニーカー——ぼくのじゃない。とすると、一体だれのだろう。ぼくはまばたきしながら、日差しの中に立ってる男の人に目を向けた。この人はだれだ？　それに、どうしてこんな普通《ふつう》の格好《かっこう》をしてるんだ？　ぼくの中では普通と思ってる格好、ってことだけど。

22
八月

「さあ、ぼくのベッドから出てくれよ」その人はぼくに笑いかけた。

またただ。なつかしい声。ぼくの脳はこの人の正体をつきとめようと、延長戦《えんちょうせん》の後半に突入《とつにゅう》した。そのとき、モーハンがやってきた。ぼくは眉《まゆ》を上げて、「この人だれ？」と目で訊いた。

すると、モーハンが歩きながら、バカみたいなにこにこ顔でその人のほうに手を広げた。

「マンジートさん、挨拶《あいさつ》しねえと。あんたのいちばん若えおじさんに」

ぼくは男の人を見上げて、さらに目をパチパチさせた。

「それから、ぼくのベッドから出てくれよな」おじさんもにこにこしてる。ぼくはもごもご挨拶しながら、あれ？ 変だぞと思った。モーハンとぼくはパンジャブ語でしゃべってるのに、おじさんがしゃべってるのは完璧《かんぺき》な英語だ。そう思ったとき、おじさんが笑ってウインクした。ぼくが考えを口にする前に、察したらしい。

「そう、ぼくがきみのいちばん若いおじさんで、そう、英語が話せるんだ。会えてうれしいよ、マンジット」おじさんが笑顔で手を差しだす。「ぼくがジャグだ」

ジャグおじさんは初めて会った次の日から友人の家へ行ってしまったので、最初は話す機会がなかった。ぼくは興味津々《きょうみしんしん》だった。おじさんは一族のはみだし者だし（おかげで、ほとんど家族の話題にのぼらない）、ぼくには普通《ふつう》の人のように、イギリス人と変わらないように見えたから。インド訛《なま》りが全然ない英語を話すし。

おじさんは二日間帰ってこなかった。その間、ぼくは答えてくれそうな人に片《かた》っ端《ぱし》から、おじさんのことを訊《き》いてまわった。インデルジートとジャスビルはあまり知らないようだった。ふたりが話すことといえば、ほとんど両親の受け売りだ。インデルジートは、ジャグおじさんのことを変人だといった。みんなのように、家族を誇《ほこ》りに思わないし、農作業も進んで手伝わない。家や土地の管理もしない。ほとんど外国で過《す》ごしてる。ピアラおじさんは父親としてインデルジートに、ジャグに近づくなと忠告《ちゅうこく》してた。あいつは家族の他《ほか》の者には悪い例だから、といって。

「ジャグおじさんはよくない人だよ」インデルジートがいった。マンゴーの果樹園《かじゅえん》にいっしょに座《すわ》ってタバコを吸《す》ってるときのことだ。「頭ん中はくだらねえことだらけなんだ。ダディ・ジーがいってた。ジャグおじさんはなんに対しても変わった考えを持ってるし、おれらみたいにジャートを誇りに思ってねえんだって」

「おれらの伝統《でんとう》や宗　教《しゅうきょう》にもおかしな考えを持ってんだ」ジャスビルがマッチ棒《ぼう》を指ではじいて、つけたした。午前十時の日差しのおかげで、またうだるような暑さが始まってた。ぼくの額《ひたい》は髪《かみ》の生《は》え際《ぎわ》から一面、汗《あせ》が噴《ふ》きでてる。日陰《ひかげ》でさえ、熱気が上着のように張《は》りついてきた。ぼくは座ってタバコを吸いながら、いちばん若《わか》いおじさんについて、あれこれ考えた。

そして思い出した。父さんが昔、ピアラおじさんと電話でしゃべってたときの言葉。それに電話を切ったあとのこと。たしか、ぼくが十一歳《さい》のころだったと思う。父さんがピアラおじさんと長距離電話《ちょうきょりでんわ》で話してた。声がすごく怒《おこ》ってる。「おれたちにはジャグの汚《きたな》い金なんて必要ない！」父さんは最後にそう叫《さけ》ぶと、受話器を叩《たた》きつけて電話を切った。台所に飛びこんで、ティーチャーズのボトルを探《さが》してる。何をそんなに怒ってるんだろう。そのとき、ぼくはそれが知りたくて、父さんが落ち着いてくれるのを待った。けれども父さんの悪態《あくたい》は止まらなかった——居間《いま》に行ってお気に入りの椅子《いす》に座ったときも、ウイスキーのなみなみ入った大きなグラスを両手で持ちながらテレビをじっと観《み》てる間もずっと。家名とか、おじいちゃんの名誉《めいよ》とかのことを、父さんはぶつぶついってた。だれそれはだれそれを押《お》さえつけて、殴《なぐ》って一人前の男にしなくてはならなかった、とか。

ぼくは「ジャグ」の正体をすごく知りたくなって、ついに父さんの独《ひと》り言《ごと》に割《わ》りこんで訊いた。けっきょく、父さんは家族の名誉について、また熱弁《ねつべん》を振《ふ》るっただけだったけど。「どの家族にも必ず、みんながロティを食べねばならんときに、米《チョル》を食べたがるやつがいるもんだ」ちなみにこの文句《もんく》はその後、父さんがぼくを責《せ》めるときに使うようになる。ぼくはランジットにも訊いてみた。「ジャグおじさん？　家族を嫌《きら》う悪いやつさ」っていうのがランジットの答え。

ハリーの言葉は予想どおりだった。「とにかく、そいつはゲイだ。ホモなんだろ」おかげで、ハリーはランジットに口をバシンと叩かれた。あ、これはもちろん、ランジットが同性愛《どうせいあい》を嫌ってるからじゃない。うちのご長男である本人の弁。「パンジャブ人はゲイにはならねえんだよ。うちの一族なら、なおさらだ」

「それで、ジャグおじさんはほんとは何をしたの？」そのとき、ぼくはそう尋《たず》ねた。

「インドのおじさん《アンクル・ジー》に金を送ったんだと。その金で少し土地を買おうとかいって。ずっと家族と離《はな》れて暮《く》らしてたくせに、今度はすべてを手に入れたくなったんだ。だけど、ダディ・ジーが許《ゆる》さねえ。そんなの、正しいことじゃねえもんな。ジャグおじさんはただ、おれたちから土地やなんかを取ろうとしてるだけなんだ」ぼくは全部わかったようなふりをして、ランジットにうなずいた。そうすれば、ぼくを子どもじゃなく、大人に見てくれると思ったから。これが、ぼくの家でジャグおじさんの名前が出たいちばん古い思い出で、ぼくの中のジャグおじさん像《ぞう》を作ってるものだと思う。ほんとをいうと、ハンモックから出ろと完璧《かんぺき》な英語でいわれるまでは、ぼくはおじさんのことをそんなに考えたことがなかった。だけど今、おじさんは急速に、一族全体の中で興味をそそるたったひとりの人物になりつつある。一族から逃《に》げだして、やりたいことをやって、一族の期待することをやらなかった人なんて。もっといろんなことを知りたい。

その日、ぼくはハルパルおばさんにいわれて家事の手伝いをしてるときも、家族のいうことをきかないジャグおじさんについて訊いてみた。ハルパルおばさんは一階をぐるりと囲む長いベランダに、居間のちりやほこりを掃《は》きだしてるところで、ぼくの質問《しつもん》に変な顔をした。それから掃除《そうじ》を最後までやりおえて、やっと答えてくれた。

「ジャグはたいそう変わった人だよ。奥《おく》さんと子どもがどっかにいるらしいけど、はっきりしたことはだれも知らないし。たいていはオーストラリアや他の国にいて、旅行するか働くかしているみたいだね。ただ、あたしはあんまり知らないんだよ。ジャグはあたしや他の家族には話さないから」

「だけど、ジャグおじさんってすごくやさしそうに見えるよ、アンティ・ジー」おじさんのことはあまり知らないけど、ぼくは弁護《べんご》しようとした。

「マンジート、あんたはジャグの一面しか見てないんだよ。ジャグにはたいそうやさしいところもあるけれど、たいそう冷たいとこもあってね。あんたのおじいさんが亡《な》くなったときなんか、手紙ひとつよこさなかったんだから。葬式《そうしき》に帰ってこようともしなかった」

「知らなかったのかもしれないよ」ぼくはそういいながら、おじいちゃんが亡くなったときのことを思い出そうとした。

「いいや、ジャグは知っていたんだよ。ピアラおじさんが電報《でんぽう》を打って知らせたんだから。そんとき、ジャグはサウジアラビアで働いていてね」

「サウジアラビア?」

「そう。ジャグはいろんな国で働いてきたんだよ。自分の国以外でね」

「だけど、何をして?」ぼくは尋ねた。ハルパルおばさんが顔からハエを払《はら》って、にっこりする。

「さあねえ。ジャグはだれにもいわないし、だれも訊かないから」

ぼくはきっと驚《おどろ》いた顔をしたんだと思う。ジャグおじさんに対するおばさんの態度が理解《りかい》できないって顔。おばさんは声をあげて笑い、水牛の餌《えさ》やり場《ば》の掃除を手伝ってほしいといった。ぼくはおじさんが旅行から帰ってくるまで待つことにした。本人に直接《ちょくせつ》訊いてみよう。

ジャグおじさんがもどってくる日の朝、ぼくはいつもより早くハヴェリへ行った。朝の八時ごろだったと思う。ハンモックに寝転《ねころ》ぶぼくの上では、太陽が白い雲の間から顔を出そうとしてた。もうかなり暑くなってる。薄《うす》い綿《めん》のTシャツと短パンにしといて正解。また今日も焼けつくような暑い一日になりそうだ。ぼくがインドにきてからしょっちゅう味わってきた日みたいに。

インデルジートとモーハンによると、もう雨が降《ふ》ってもいいころなんだそうだ。このまま雨が降らないと作物に被害《ひがい》が出るといって、ふたりとも心配してる。ぼくとしては、天気が続くのはありがたかった。ふたりが畑仕事で忙《いそが》しくなるから。ぼくには自分の時間が必要だった。

ひとりで考える時間が。ぼくはジャスの手紙を持ってきて、エイディのことが書かれてるところを二度読んだ。それから、新しい住所に目を留《と》めた。ハイフィールドのシダー通り。小さいころ、ふたりでよく遊んだ場所だ。エイディはたぶん、兄貴《あにき》のところに越《こ》したんだろう。それとも、自分で働いてどっかを借りてるんだろうか。

やっぱりぼくは今、親友に手紙を書かないといけない。自分が今どこにいて何が起きてるのか説明するために。手紙でなら、イギリスにいたころと同じように、自分の気持ちを全部吐《は》きだすことができる。ただ問題は、村にはエアメール用の封筒《ふうとう》を売る店がないってことと、郵便《ゆうびん》局《きょく》はぼくがきてからずっと閉《し》まったままだってことだ。いちばん近い郵便局でも、ジャランダルまで行かないといけないし、ぼくはひとりで村を離れてはいけないことになってる。前にピアラおじさんに封筒をくれと頼《たの》んだら、断《ことわ》られたことがあった。父さんの命令で、ぼくはイギリスにもどるまで、手紙はお預《あず》けってことになってるらしい。今のぼくは手紙も電話も禁止《きんし》。おまけに父さんたちがぼくのパスポートをどうしたのかも、さっぱりわからない。

ハンモックに寝転んでそんなことを考えてたら、どーんと落ちこんできた。レスターのことや、小さいころの面白《おもしろ》かったことを考えて元気を出そうとしたけど、どうもうまくいかない。前向きなことを考えれば考えるほど、後ろ向きになった。ハンモックの中から空を見上げるうちに、ひとつだけわかった。太陽はあんなに輝《かがや》いてるのに、ぼくには暗雲がつきまとってる。

いつのまにか眠《ねむ》ってしまったらしい。目が覚めたとき、太陽は真上にのぼっていて、広い畑や家々を焼《や》き尽《つ》くすよう照らしてた。からからで、暑くて、風がまったく吹《ふ》いてない。息苦しくて頭がずきずきする。目を閉《と》じるたびに真っ赤な星がちかちか飛んだ。体じゅうから汗がだらだら流れてる。ぼくは起きあがろうとして、ハンモックから転げおち、乾《かわ》いた地面で両膝《りょうひざ》を切った。芸能《げいのう》スクープを撮《と》るカメラのシャッターより速く、太陽に向かってパチパチまばたきしてみる。それから、そろそろと立ちあがった。切《き》り傷《きず》から砂《すな》やほこりを払った。頭がくらくらしてきて、とつぜん吐きそうになった。左膝の傷からは血が出てきて、すね毛の上をゆっくり流れおちる。ぼくは目を閉じて、頭をすっきりさせようとした。だめだ、まぶたの裏《うら》に血の残像と、星が赤から黄色、黄色から赤にちかちか変わるのが見えるだけだ。ぼくは目を開けて、吐きそうになるたびに体がふらつくのを止めようとした。母屋まで二百メートルくらいの距離を、のろのろもどりはじめた。片方の足に体重をかけるたびに、すねや膝がずきんと痛《いた》む。距離は短いはずなのに、母屋に着いたときには、何年も歩いた気分になってた。正面にまわって庭に入るころには、左膝の血はスニーカーにまで達してた。あまりの痛さに目に涙《なみだ》がたまってくる。からからの暑さのせいでがんがんする頭を抱《かか》え、だれか家族がいないか見回した。

庭はすみに水牛がいるだけで、空っぽだった。よろよろと庭を突《つ》っ切《き》ってベランダまでやってくると、興奮《こうふん》した声が聞こえてきた。だれかとだれかがパンジャブ語でいい争ってる。ピアラおじさんとジャグおじさんだ。ふたりとも、ぼくが昨日ハルパルおばさんの掃除を手伝った居間にいた。ぼくはふらつく体でふたりのもとへ行くことにした。倒《たお》れそうになるのを必死にこらえて歩きだす。頭の中は、穴《あな》に吸いこまれる水みたいにぐるぐるまわってた。ドアにやっとたどり着くと、ふたりの言葉がはっきり聞こえてきた。

「——家名を守る。そのためにしただけだ」

「他の国ではそういうのを誘拐《ゆうかい》っていうんだ！」ジャグおじさんが叫ぶ。

「どっからそんなくだらねえ考えが出てくるんだ？　あの子のためにしていることだ。あの子と同じくれえのころに、おまえにもそうしておくべきだった。そうすりゃあ今ごろおまえも一人前のジャートになっていたかもしれん」

「だが、そんなこと……」

「なら、おまえはけっきょくどうなった？　この面汚《つらよご》しが！」ピアラおじさんが怒鳴《どな》る。それから一瞬《いっしゅん》間があって、ジャグおじさんがいった。

「あの子はまだ子どもだぞ。あんたたちに何をしたっていうんだ？　どうして人のことをそっとしておいてやれない？」

「じゃあ何か？　そうやってみんながおまえみてえに世界じゅうで女漁《おんなあさ》りをするようになりゃいいってわけか」

「ぼくの人生なんて、何も知らないだろう？　ピアラ、なんにもだ」

「こっちは知りたくもねえ……」

「ぼくは自分の人生を自分のために生きる。あんたのためでも、父さんのためでも、家族の名誉のためでもない。自分のためだ！」

「おまえはいつも自分のことしか考えん。子どものころからだ。もしも親父《おやじ》が……」

「わかっている。父さんならぼくを一人前の男にしたっていうんだろう？　あんたたちをしつけたときと同じようにして。毎日殴って一人前のジャートにしたんだもんな」

「おまえには親父のげんこつが足りなかったんだ！」ピアラおじさんが叫んだとき、ぼくはドアを開けた。やっぱり、ふたりはぼくのことで喧嘩《けんか》してたらしい。ふたりが顔を上げる。ぼくは笑顔《えがお》を作ろうとしたけど、足の力が抜《ぬ》けて、頭痛《ずつう》がとつぜん耳鳴りに変わった。ふたりがぼくに向かって走ってくる。ぼくはむきだしの石壁《いしかべ》に体を押しつけるようにして、ずるずる倒れた。

「日射病《にっしゃびょう》っていうんだよ」ぼくは暗い寝室《しんしつ》のマンジャの上で横になってた。そばにはジャグおじさんが座ってる。おじさんは気つけにぼくに水を飲ませると、べとつくぼくの額を手の甲《こう》で触《さわ》った。

「ぼく、熱がある？」乾いたかすれ声しか出ない。

「そうだといいんだがね、マンジット」おじさんはにこっとして、手を離した。「でないと、死んでしまうんだぞ」

相変わらず頭はずきずきしてたけど、痛みは首の後ろが中心で、前よりずっと鈍《にぶ》い。ぼくは起きあがって首をまわそうとした。

ジャグおじさんがぼくを押しもどす。そして、また笑顔になった。「じっとしていなさい、マンジット。まだ歩きまわるには早い。日射病は深刻《しんこく》なことにもなりかねないんだからな」

「ねえ、アンクル・ジー」

「うん?」

「頼みがあるんだけど」ぼくもほほえもうとしたけど、ちょっとゆがんだ顔しかできなかった。また首が痛くなってきた。

「なんだい、マンジット?」

「ぼくのこと、マニーって呼《よ》んでほしいんだ」

「マニー?」

「そう。マンジットって呼ばれるのは嫌いだから」

ジャグおじさんがさらににこにこする。それから立ちあがって、壁の引っこんだところにある戸棚《とだな》まで歩いていった。扉《とびら》を開けて、解熱鎮痛剤《げねっちんつうざい》のパラセタモールの箱を取りだす。そこから薬を二錠《じょう》出して、ぼくに差しだした。「もちろん、マニーと呼ばせてもらうが、だったらこっちの頼みも聞いてもらわないとな」

「何?」ぼくは薬を受けとって、おじさんが水を入れたコップをマンジャの横の床《ゆか》から取ってくれるのを待った。

「ぼくのことを『アンクル・ジー』と呼ばないこと。『おじさん』もだめだ。ただの『ジャグ』で頼むよ。ぼくはきみの父さんとは違《ちが》う」

「だけど、目上の人なのに」ぼくは頭を上げて薬を口に含《ふく》んだ。おじさんがぼくの口元までコップを持ってきて、水を飲ませてくれた。

「また目上とか年下とかにこだわる伝統か。どれもくだらないものばかりだ。ジーをつけて呼ぶのだって、ぼくに尊敬《そんけい》を示《しめ》してるわけだけど、ぼくがそれだけのことをしたかどうかは関係ない。尊敬に値《あたい》するかどうかもね。他の人より長く生きているだけで、自動的に尊敬されるなんて、そういうのはおかしい。人は生まれながらにして尊敬に値するんだ。すべての人がね。一歳だろうが、百歳だろうが、関係ない」

ぼくはおじさんのいってることをちょっと考えてみた。それから、休もうと思って目を閉じた。体じゅうの筋肉《きんにく》が痛い。そういえば、両膝をざっくり切ったんだっけ……。膝を触ってみたら、絆創膏《ばんそうこう》が張ってあった。

「ぼくがやっておいたんだ。きみが倒れたあとにね」ジャグおじさんがぼくの膝のほうを手で示した。ぼくは目を開けておじさんを見るうちに、おじさんがピアラおじさんと喧嘩してたのを思い出した。

「ピアラおじさんとはなんのことで喧嘩してたの？」

「きみのことだよ」

「だと思った。ちょっとしか思い出せないけど」

「もう少し休みなさい。あとで全部話してあげるよ。まあ、明日だな」

「OK」ぼくはしわがれた声で答えた。まぶたは重いし、首のつけ根の鈍い痛みがひどくなってきた。「ねえ、おじさん」

「ジャグだ。おじさんじゃない」ジャグおじさんはそういいながら、立ちあがって、ドアのほうへ歩きだした。

「ジャグ、ありがとう」ぼくはいいながら、うとうとしはじめてた。日射病の影響《えいきょう》がまだ、かなり残ってたみたいだ。ぼくは半分夢《ゆめ》の中で「どういたしまして」という声と、ドアが閉まる音を聞いた。

23
八月

「で、何をしてるの？」

ぼくはジャグおじさんとベランダに出て座《すわ》ってた。日射病《にっしゃびょう》でぶっ倒《たお》れてから二日後の午前十時、うちの中は空っぽだった。きのう一日じゅう雨が降《ふ》ってたおかげで、空には低く雲がたれこめ、かなり涼《すず》しくなってる。

グルヴィンデルおじさんは義理《ぎり》の両親の村で行われる宗教《しゅうきょう》行事《ぎょうじ》に家族を連れて出かけてた。他《ほか》のみんなも外出したり、畑に出て仕事をしたりしてる。今日はたぶん土曜日。じつは自信がない。アドゥンプルにいるうちに、曜日がわからなくなってしまった。レスターにいたころみたいに、テレビをつけて、この番組がやってるから何曜日だ、なんて確《たし》かめるわけにもいかない。毎日がほとんど代《か》わり映《ば》えしないし、家の中の全員が毎日同じ仕事をしてる。

先週までのものすごい暑さに終わりを告げるように、涼しい風が吹《ふ》いてきた。ぼくたちはクリームみたいに濃《こ》い水牛の乳《ちち》でいれたお茶を飲んでた。ジャグおじさんはお茶を作るとき、スパイスをいくつかと、サトウキビから作った甘蔗糖《かんしょとう》をたっぷり中に放りこんだ。甘蔗糖は精製《せいせい》されてなくて、触《さわ》るとべとべとする。そうやっていれたお茶は、味と香《かお》りからして、ガラムマサラ入りの熱々の糖蜜《とうみつ》って感じだ。

おじさんは伝統的《でんとうてき》なパンジャブの服を着て、あごひげは伸《の》ばしっぱなしにしてた。そうしていると、びっくりするくらい父さんに似《に》てる。ただし、昔のやせていて、髪《かみ》があって、黄色くない普通《ふつう》の目をした父さんにだけど。前に父さんのトランクで見つけたいちばん古いパスポートの写真で見たことがある。

「『何をしてる』っていうのは、具体的に何を訊《き》きたいんだい？」おじさんはそういうと、お茶を一口すすった。

「仕事とか、そういうこと」ぼくは石の床《ゆか》に自分のカップを置いた。おじさんが庭のほうを見る。ぼくの質問《しつもん》の意味を慎重《しんちょう》に考えないと答えられないといった様子だ。

「まあ、いろんなことかな」少しして、おじさんが答えた。

「わかった。なら、英語のことから訊くよ。他のみんなより、かなりうまいのはどうして？」

「それなら簡単《かんたん》だ。独学《どくがく》で学んで、そのあとはここでジャートにはならずに、出ていったからね」

「じゃあ、そのとき、ここを出たんだ？」

「そうだよ。デリーに出て大学《ユニバーシティ》に行ったんだ。村の学校とチャンディガルのカレッジへは行ってたんだけどね」

「ピアラおじさんとグルヴィンデルおじさんは？　ふたりは学校に行ったの？」

おじさんはちょっと考えてから、にこっと笑った。「ピアラとグルヴィンデルは、なんていうか、親父《おやじ》にそっくりなんだ。教育なんて農場経営《けいえい》の役には立たない、だから自分たちには必要ない、ってわけさ」おじさんはまた笑顔《えがお》になった。といっても、今度はぼくに向けてというよりは、自分のいったことに笑ったみたいだったけど。

「まあ、おじさんたちが農業をやりたいっていうんならね……」

「だが、問題はまさにそこなんだよ。教育は農業の助けになるんだ。ぼくは兄貴《あにき》たちを助けられる。大学の農業工学で最優秀《さいゆうしゅう》の学位を取ったし、化学工学の博士号も持っている。パンジャブ州がインドの小麦生産量の四分の一や、酪農製品《らくのうせいひん》の三分の一近くを生産しているのは、教育があってこそなんだ」

インドにきてから何週間も経《た》ってるのに、ぼくがこの国について何かを学んだのは、ジャグおじさんと話したこのときが初めてだった。おじさんのおしゃべりが乗ってきたので、ぼくはもっと聞きだしてみることにした。

「おじさんたちを助けられるっていったよね。なら、どうしてそうしないの？」

「向こうが頼《たの》んでこないし、ぼくの助けを嫌《いや》がるからね。前に申し出たことはあるんだよ」

「知ってる。お金か何かを送ったんだよね」

おじさんはぼくが知ってることに驚《おどろ》いて眉《まゆ》を上げた。「それも、一度じゃないんだ、マニー。兄貴たちはぼくに金を送りかえしてきた。たしかに、ぼくは今ではそこそこの金を持っている。だけど、決して楽に手に入れたわけじゃない。きみのおじいさんが亡《な》くなったときも、ぼくは現場《げんば》に出ずっぱりで、電報《でんぽう》が届《とど》くまでに三週間もかかったもんだから、葬式《そうしき》に出ることすらできなかった」

ぼくはハルパルおばさんがジャグおじさんのことを、冷たくて自分勝手だといってたことを思い出した。おじさんがおじいちゃんのことを話すときの辛《つら》そうな顔は、それとはまるっきり違《ちが》う。ぼくはさらに突《つ》っこんで訊いてみたかったけど、微妙《びみょう》な問題なのでそのままにすることにした。

「そこその金を持ってるってどういう意味？　金持ちってこと？」

「比較的《ひかくてき》、持っているほうだと思う。自由になる金はまあ、あるからね。オーストラリア政府《せいふ》の農業省で働いているんだ。灌漑施設《かんがいしせつ》の担当《たんとう》で、環境《かんきょう》問題を扱《あつか》っている」

「重要そうな仕事だね」つぎにぼくは「どこに住んでるの？」と訊くつもりだったけど、今のでその答えはわかった。

「嘱託《しょくたく》なんだ。ひとつのプロジェクトに参加して半年や一年働いたら、あとは他のことをしている」

「どんなこと？」

「旅行とか、そんなことさ」おじさんが自分のカバンをまた取りあげて、がさがさ何かを探《さが》しはじめた。

「たとえば？」

「いろいろだよ、マニー。その話はまた今度だ」おじさんの表情《ひょうじょう》からも、これ以上は訊いても無駄《むだ》だとわかった。どうやらまたやってしまったらしい。質問のしすぎ。生まれつきの知りたがりな性格《せいかく》が出てしまった。実はこれでもまだ訊き足りないんだけど。この好奇心《こうきしん》から、学校にいたときは、クック先生を質問攻《しつもんぜ》めにしてよく怒《おこ》らせた。

「じゃあ、大学で学位とかを取ったあとにオーストラリアに移《うつ》ったの？」ぼくは返事を待った。しかしおじさんはカバンからタバコを出しただけだった。

「吸《す》うかい？」

「えっと、いや、アンクル・ジー、じゃなくて、ジャグ、いや、ぼくは、その……」

「いいんだよ、マニー。モーハンから聞いているから」

「モーハンがいったの？」だれにもいわないって約束したのに。ぼくは少しがっかりした。

「大丈夫《だいじょうぶ》だよ、マニー。とにかく、ぼくは吸わせてもらうよ。きみも、家族の前で『あれはやっていい』『これはやっちゃいけない』なんていうくだらない気遣《きづか》いを全部忘《わす》れることができるなら、好きに吸うといい。ぼくのスーツケースには、あと四百箱以上あるからね。きみに勧《すす》めるのはあまりいいことではないんだけど……。実際《じっさい》、ぼくだって吸わないでいられたらって思う。健康のことを考えたらね。だがきみは自分で選択《せんたく》できる年だしな」

信じられない。ぼくはマジ？と思いながらも、一本取って火をつけた。ぼくは今、自分がするとは思ってなかったことをしてる。一族の目上の人と座って、タバコを吸ってるなんて。

「じゃあ、大学で学位とかを取ったあとに、オーストラリアに移《うつ》ったの？」少ししてから、ぼくはまた同じ質問をしてみた。

「いや、デリーで農業省の仕事に就《つ》いたんだ。それから、ボンベイに移った。そのあとは大きな石油会社に入って、最初はサウジ、次にクウェートに行った」

「サウジアラビア？」

「そう。だけど、その会社が土地を汚染《おせん》してだめにすることにばかり興味《きょうみ》を示《しめ》すんで、辞《や》めたんだ。それで一年ほど中国へ行った。そのあとは、イギリスの会社の仕事でニュージーランドに移って、そのあとフィジーまで旅行して、そうそう、間に日本にも行ったな」

「へえ、いろんなとこに行ってるんだね。それって最高《ウィッキド》」ぼくは感心してしまった。

「最低《ウィッキド》?」今度はおじさんが「?」という顔をする番だった。

「ああ、ウィッキドっていうのは、最高って意味で使ってるんだ。すばらしいってこと」

「なるほど、悪い意味の単語がいい意味にもなるんだ。まさにアメリカのストリート・スタイルだな」おじさんが笑った。

「アメリカにも行ったことがある?」

「いや、まだない。だが、もうすぐ行く予定だ。そのあと、年内にロンドンにもね。環境問題の会議があるんだよ」

「じゃあ、今はどこに住んでるの?」

「オーストラリアだよ。シドニーとキャンベラだ。とはいっても、仕事で国じゅうを旅しなけりゃならないんだけどね」

「へえ、ウィッキドだなあ。あ、最高って意味だよ」

「いやいや、ぼくはこの一時間、自分のことを話したのに、きみの口からきみの人生については一言も聞けずに逃《に》げられてしまったんだから、別のウィッキドだ」おじさんは床に置いていたスチール製の魔法瓶《まほうびん》から、ふたりのカップにお茶を注いだ。「さあ、全部話してくれよな。

きみのいうことにいちいち文句《もんく》をいったりしないから、安心してくれ。ぼくは偏見《へんけん》は持っていないつもりだ」

ぼくは深呼吸《しんこきゅう》して、それから、レスターや学校やエイディやリーザのことをすっかり話した。父さんとハリーがしじゅうぼくを殴《なぐ》って脅《おど》すことも、母さんの間接的《かんせつてき》な脅しのことも。親が決めた結婚《けっこん》のことも。

そして、ぼくが裏技《うらわざ》を使って、結婚から逃《のが》れようとしてるってことも。

夕方早く、家族のみんながもどってきた。ジャグおじさんはモーハンと村に用事で出かけてた。けっきょくこの日の午後はずっと、ぼくはジャグおじさんとしゃべって過《す》ごした。「どうにかしてアドゥンプルを出たいんだ。パスポートを見つけて、イギリスに帰るチケットを手に入れることさえできればなあ」ぼくは正直にいった。おじさんに「きみの考えや気持ちを話してごらん」っていわれたから。おじさんと話してると、まるでレスターでエイディと話してるみたいだった。おかげで今、ぼくはかなり上機嫌《じょうきげん》だ。「きみがイギリスへ逃げるのを手伝うよ」と、おじさんが約束してくれてからは、特に。

おじさんはその件《けん》は任《まか》せておきなさいといった。「きみのために行動計画を立てておくよ」

嫌がるぼくをインドに置き去りにするなんて、残酷《ざんこく》で違法《いほう》なことに他ならない、って考えてる人としゃべるのは、すごく気分がいい。ぼくは自分の人生は自分のものなんだ、とまた信じはじめてた。それって最高《ウィッキド》だ。

　夕食は七時ごろだった。そのころまでには昼間の涼しい風は消えて、まとわりつくような暑い夜に変わってた。夏も終わりに近づいて、気温はかなり下がってたけど、まだイギリスの真夏くらいに暑い。ぼくたちはサグという野菜料理を食べてた。ホウレンソウのディップのようなもので、トウモロコシの粉で作った分厚《ぶあつ》い黄色のロティにつけて食べる。作ったのはプリタムおばさん。中に生の青トウガラシをたっぷり入れてくれたおかげで、ぼくは一口ごとにヒーヒーいって水を飲んだ。インデルジートはぼくの向かいの床に座ってた。あぐらをかいて、食べ物を載《の》せたスチール製のトレーを膝《ひざ》の上に置いてる。ぼくが食べてる間じゅう、インデルジートはこっちに笑いかけたりウインクしたりしながら、「辛《から》い、辛い」というふうに口の前で片手《かたて》をひらひらさせてぼくを冷やかした。ジャスビルはもう食べおわって、姪《めい》っ子たちをせっせとからかってる。ジャスビルの両親はピアラおじさんとプリタムおばさんの横に並《なら》んでた。ラリー夫婦はぼくの後ろで、オンカルと奥《おく》さんのバルビルもいっしょだ。その後ろでは、ラナの奥さんのスクビルが、子どものランジートとハルジートに食事をさせながら、アヴタルの奥さんのジャスワントとしゃべってる。インドにきてからだいぶ経つけど、ぼくはいまだに大勢《おおぜい》で食事をするのに慣《な》れなかった。なにしろ、レスターでいっしょに住んでる家族でも充分《じゅうぶん》大勢だと思ってたのに、ここにはたぶんその倍の人数がいる。

　ある意味、いつもたくさんの人に囲まれてるのは、いいことだと思う。特に子どもの場合、遊び相手がいろいろできていい。だけど、ぼくの場合、それは閉所恐怖症《へいしょきょうふしょう》を引き起こしそうになるってことだ。くる日もくる日も同じ顔ぶれで、考えることもみんな同じ。ぼくの考えが理《り》解《かい》できない、っていうか、理解しようとしないトラディッショナルな人たちに囲まれてる。マジで頭がおかしくなりそうだった。同じ会話を一日に十回お義理で繰《く》りかえすだけなんて。だから、ジャグおじさんの存在《そんざい》はすごく大きかった。他のみんなとかけ離《はな》れた存在だ。そんなことをあれこれ考えてると、ジャグおじさん本人が、すごくうれしそうな顔をして庭に入ってきた。抱《かか》えてきた袋《ふくろ》からデザートのサトウキビの茎《くき》を出して、子どもたちに手渡《てわた》していく。ぼくはジャグおじさんが食べはじめるのをしばらく待ってから、自分の皿を置いて、ベランダのおじさんのもとへ行った。

「さっきふたりで話したことだけど、考えてくれた？」ぼくは尋《たず》ねた。ジャグおじさんが自分のサグにロティのかけらをつける。

「大丈夫だよ、マニー。バッチリだ」おじさんはロティを口に入れて、にこっとした。

「それって、みんなにも大丈夫ってこと？」ぼくはピアラおじさんのほうをあごで示した。

ジャグおじさんはちょっともぐもぐやってからロティを飲みこんで、水も少し飲んだ。それから、ぼくに笑いかけて、ピアラおじさんのほうを見た。「マニー、今考えないといけないのは、きみがどうしたいかってことだ。他の人の思惑《おもわく》じゃない。ぼくは手伝うよ。さっきもいったとおり。みんながどう思うかとかいった心配はぼくに任せてほしい。いいね？」

ぼくはうなずいた。

「よし。さてと、ビールを一本持ってきてくれるかな。ぼくが食べおわったら、ふたりで屋上に行こう。計画を話すよ」

ぼくは〈バットマン〉に出てくるジョーカーみたいに、にーっと笑ってうなずいた。ふたりで話してから数時間の間に、おじさんはどんな計画を立てたんだろう。それがなんにせよ、ひとつだけはっきりしてることがある。ぼくのほうはアドゥンプルから、インドから、とっとと出ていく準備《じゅんび》はできてるってこと。レスターにもどってまた裏技を見つけて、次のレベルに上がる準備も。

24
八月と九月

計画がちゃんとできるまでには、一週間以上かかった。おじさんたちに気づかれずにぼくのパスポートを見つけだすのが、最大の難関《なんかん》になるはずだったけど、インデルジートがビールに酔《よ》ってうっかり口をすべらせてくれたおかげで、いちばん簡単《かんたん》な突破口《とっぱこう》になった。しゃべったときのインデルジートの表情《ひょうじょう》からすると、口止めされてたんだと思う。ちょうどお菓子《かし》入れに両手を突《つ》っこんだところを捕《つか》まえられた子どもみたいな顔だった。「きみの父さんにはいわないから」とぼくはインデルジートに五、六回はいった。「ただパスポートの場所を知りたかったんだ。知ったからって、ぼくがどっかに行くわけないだろ?」そのあと、ぼくの精一杯《せいいっぱい》正直そうな顔と、ビールがもう一本と、タバコ半箱が効《き》いて、インデルジートはやっと「まずいことにはならないだろう」と思ってくれた。

ぼくの報告《ほうこく》をもとに、ジャグおじさんがパスポートを隠《かく》し場所《ばしょ》からそっと抜《ぬ》きとってくれた。パスポートはピアラおじさんの部屋のベッドの下にある鍵《かぎ》のかかった箱の中で、大事な書類といっしょに入れてあった。ぼくには悪いという気持ちすら起きなかった。けっきょく、問題のパスポートの持ち主は、ぼくなんだから。やったぜ、って感じだ。パスポートはもうこっちのもの。あとはみんなに気づかれず、アドゥンプルからとっとと出ていくだけだ。

あるとき、ぼくがハンモックでうとうとしてると、カンカンという金属《きんぞく》の音がして目が覚めた。モーハンがハヴェリで何かを叩《たた》いてる。

モーハンはほこりまみれになってた。着古しの服が汗《あせ》でびっしょりぬれてる。後ろには、一メートル以上はあるピラミッドのような山ができてた。スチール製《せい》のパイプの山で、たぶん、うちの土地のあちこちにある管井戸《くだいど》とかの灌漑施設《かんがいしせつ》に使う部品なんだろう。確信《かくしん》はない。だって、ぼくの農業の知識《ちしき》なんて、全部書きだしても、二十ペンス硬貨《こうか》の裏《うら》に収《おさ》まる程度《ていど》の量だ。ぼくはハンモックから飛びおりると、ポケットからタバコを一本出してモーハンに勧《すす》めた。

「いやあ、よしときます」モーハンはぼくの手の中のタバコをじっと見て、おもむろに自分のポケットからビーリーを取りだした。「外国のビーリーに慣《な》れねえようにしねえと。あんたが帰ったら、買えねえしなあ」

「そしたら、送るよ」ぼくは笑いながら、モーハンが火をつけたあとに投げてよこしたマッチを受けとった。「計画をジャグおじさんから聞いてる?」ぼくは手の甲《こう》で額《ひたい》の汗をふいて、言葉を続けた。

「聞いとりますよ、マニー・ジー。おれがぜんぶ準備《じゅんび》を任《まか》されとります」モーハンは首を横に振《ふ》りながら、ビーリーをたっぷり吸《す》いこむと、こちらにやってきてぼくの肩《かた》に手を置いた。「あんたがもうすぐ家に帰れるのは、おれにもうれしいことです。うれしくて、寂《さび》しいことです、マニー・ジー。あんたは、おれみてえな親父《おやじ》ザルと仲良くしてくれたから」

「ぼくも寂しくなると思う。モーハンはぼくに、ほんとにやさしくしてくれたから。家族のだれよりもね。ぼくのこと、『ジー』をつけて呼《よ》ぶのはやめてよ。違《ちが》うカーストに生まれただけで、ぼくがモーハンより上になるわけじゃないんだから」

「おれが『ジー』をつけて呼ばねえっていったら、あんたもおれの頼《たの》みを聞いてくれますか。あんたがイギリスに帰ったときに」

「もちろん」ぼくはまた額から汗をぬぐって、ハエを手で払《はら》った。イギリスに帰ったとき、絶《ぜっ》対《たい》に恋《こい》しくならないことのひとつだ。

「写真を送ってもらいてえんです。あんたがカメラで何枚《なんまい》か撮《と》ってくれた、あれ」

「いいよ、アンクル・ジー。約束する」

「いやあ、よかった。家族の写真なんて一枚もねえから」

ぼくは、我《わ》が家《や》の広い敷地内《しきちない》に住んでるモーハンの家族を訪《たず》ねたことを思い出した。一家は二部屋の小屋に住んでいて、ぼくはモーハンの奥《おく》さんのナシーボと、子どもたちと、モーハンの父さんの写真を何枚か撮った。モーハンの父さんは年のせいで背中《せなか》が曲がり、頭のところどころに残ってる白髪《しらが》が小さな束になって下がってた。目は白内障《はくないしょう》で、黒板をチョークで汚《よご》したみたいに濁《にご》ってる。ぼくが写真を撮ろうとすると、全員がカメラの前で「きをつけ」をしてまじめな顔を作った。ジャグおじさんによると、モーハンの家族がそうしたのは、写真を撮られるのが重大なことだと思ってるからで、自分たちを見るかもしれないイギリスの人にいい印象を持ってもらいたいからだ。写真は直立不動のかしこまったポーズで撮るものだと思ってるらしい。

「おれのところには、カメラなんてずっとなかったから」モーハンの言葉に、ぼくは我《われ》に返った。「おれたちゃ貧乏人《びんぼうにん》ですから」

モーハンの口調には、あきらめの響《ひび》きがあった。ぼくから何かもらうために、同情を買おうとしてるわけじゃない。「どうにもできないことはわかっている」と、事実を述《の》べてる感じだ。ぼくはその前から、カメラと使ってないフィルムを二本残していこうと決めてた。カメラがなくても、ぼくにはどうってことない。そもそも、このカメラは、ぼくのものでもないし。実をいうと、インドにいることで、ぼくはこれまで当然と思ってたことを、あれこれ考えなおすようになった。たとえば、今履《は》いてるぼろぼろのスニーカー。ほしければ新しいのを買えるっていう状況《じょうきょう》はもちろんのこと、あるだけでありがたいのかもしれない。インドでは何も持ってない人が少なくないし、同じ服をはがれおちるまでずっと着て、最低限《さいていげん》の食事や物を手に入れるだけでも精一杯の人たちがいる。そりゃアドゥンプルにも、金持ちの家族が少しはいる。そういう人たちは車や大きな家——父親や祖父《そふ》がイギリスやアメリカやドバイやサウジアラビアで稼《かせ》いだ金で買ったものを持ってる。だけど、たいていの人は貧乏だ。正直いって、ぼくは次のカメラをいつでも買えるだろうけど、モーハンは違う。カメラを持つことの意味が、ぼくの十倍はあるだろう。これはぼくがインドで暮《く》らすことで知った大切なことのひとつだ。「相対《そうたい》比較《ひかく》」ってジャグおじさんは呼《よ》んでた。

ぼくはもう一度、スニーカーを見下ろして、それからモーハンを見た。いつものひび割《わ》れた茶色い革《かわ》のスリッポンを素足《すあし》に履いてる。くるぶしまでほこりまみれだ。ぼくはまたいたたまれない気分になってきた。スニーカーなんて、ほんとはそんなに騒《さわ》ぎたてるほどのものじゃないのかもしれない。

モーハンはぼくの気持ちに気づいたらしい。片手《かたて》をぼくの肩に置いて笑った。「心配しなさんな、マニーさん。世の中ってのは、金を持っとる少しのやつらと、持ってねえたくさんのやつらでできとるんです。そうでねえと、まわらんでしょうが」

その日の夕方遅《おそ》く、ベランダでは、ジャグおじさんがグルヴィンデルおじさんと土地の値段《ねだん》の話をしてた。ぼくはジャグおじさんを庭から見てた。庭にはいとこの三人もいる。インデルジートと、ジャスビルと、ジャスビルの兄貴《あにき》のオンカルだ。オンカルはトラクターのエンジンをあれこれいじってた。本体から外して部品を掃除《そうじ》したり、オイルをさしたりしながら、ぼくたちにどの部品がどんな役割《やくわり》をして、どこに収《おさ》まるのかを、いちいち説明してる。インデルジートとジャスビルはすっかり夢中《むちゅう》だったけど、ぼくは上の空。デリーへ行くときのことや、ついにイギリス行きの飛行機が飛びたったときのことを、ぼーっと想像《そうぞう》してた。いとこのアヴタルの子どもたち、スクジートとマンプリートの声で、ぼくは我に返った。マンプリートが手に持った棒《ぼう》で、新入りの水牛の子をつついてる。子牛は下がろうとするが、大きくて重い母牛が後ろにいて動けない。マンプリートがからかって棒でつくたびに、細い脚《あし》がかくんと折れて前によろける。マンプリートはこのゲームが面白《おもしろ》くて、キャアキャア騒いでた。姉のスクジートも加わることにしたらしい。棒はスクジートの手に渡《わた》り、マンプリートの手を離《はな》れた。さっきから鎖《くさり》を引《ひ》っ張《ぱ》って、できるだけ母牛の腹《はら》の下にもぐりこもうとしてた子牛は、ひとまず安心したにちがいない。母牛は水の入ったかいば桶《おけ》に頭を突っこんで、この状況に気づいてなかった。つぎの瞬間《しゅんかん》、ビシッという鋭《するど》い音が響き渡った。母牛がぱっと頭を上げる。続いて、泣《な》き叫《さけ》ぶ声。なんと、スクジートが棒で叩いたのは、マンプリートだった。

ぼくはマンプリートのところに歩いていって、両手を広げた。マンプリートは立ったまま三十秒くらい泣いて、それから助けがこないか辺りを見回した。ぼくしかいないことがわかったらしい。そこでぼくはマンプリートを抱《だ》きあげると、ベランダに行って、母親のジャスワントに渡した。ジャスワントは何もいわず、にっこりほほえんだあと目をそらした。

「マンプリート、このアンクル・ジーにぶたれたのかい？」ジャスワントの隣《となり》に座《すわ》ってたハルパルおばさんがいった。ぼくは慌《あわ》てて説明を始めて、すぐにおばさんにからかわれてることに気がついた。「今度、朝食にパラタを作ってくれるんだってねえ」ハルパルおばさんがかなり面白がってる様子でぼくに訊《き》いた。

「えっ？　パラタ？」ハルパルおばさんが何をいってるのかさっぱりわからない。パラタは、チャパティと同じ生地《きじ》を何層《なんそう》かに折りたたんで焼くパンだ。生地にハーブやスパイスを混《ま》ぜたり、ジャガイモを入れたりすることもある。

「そうだよ、マニーが作ってくれるそうだ」後ろからジャグおじさんの声がした。ぼくは振りかえってけげんな顔をして、英語で「どういうつもり？」と訊いた。おじさんは説明もせず、ただ笑ってぼくにウインクするだけだ。それから、パンジャブ語でハルパルおばさんにいった。

「マニーはぼくから作り方を教わって、みんなによくしてもらったお礼をしたいらしい」

ぼくはおじさんをにらんだ。おじさんは、相変わらずにこにこしてるだけ。

「それじゃあ、あんたはパラタの作り方を知ってるっていうのかい？」ハルパルおばさんがおじさんを茶化す。

「ひとり暮らしが長いと、そういうことは覚えないといけなくなるんでね」おじさんが笑顔《えがお》で答える。

「ジャグタル、あんただって、パンジャブのいい娘《こ》と結婚《けっこん》していれば、作ってもらえたんだよ」

おじさんはほんの少し笑顔をくもらせたものの、平静を保《たも》った。振りかえって片手でぼくを示《しめ》す。「じゃあ、ここにいるマンジットは、妻《つま》のためにパラタを作れるようになるわけだ」

ぼくはおじさんをちらっと見た。どういうつもりだよ、というふうに。「マンジット」なんて呼んだり、ぼくが嫌《いや》がってるのを知っていて妻の話をしたりして。

「まさか」ハルパルおばさんが笑いだす。「パンジャブの男が妻のために食事を作るなんて、あるわけなかろうに」

ぼくはまたおじさんを見た。説明してほしい。

「心配するな、マンジット」おじさんが英語でいった。「パラタは基本《きほん》計画の一部なんだ」

「え？　どうしたらチャパティが計画の一部になるわけ？　ぼくはどうするってこと？　チャパティに乗って家に飛んで帰るとか」

「あれまあ、そこのゴラさんたち」ハルパルおばさんが笑った。「あたしにわからねえように、外国語で話したりしてまあ」

「パラタの作り方を教えてるんだから、大目に見てくれよ」おじさんはぼくにウインクすると、計画はあとで説明するから、といった。

ぼくは複雑《ふくざつ》な顔でジャグおじさんとハルパルおばさんを見てから、オンカル先生によるトラクター・エンジンのクリーニング講座《こうざ》にもどった。

他《ほか》のみんなが眠《ねむ》ってしまったころ、ぼくはジャグおじさんとインデルジートと屋上にいた。外は真っ暗で、涼《すず》しい風が畑を渡り、村の家々の屋根を越《こ》えていく。ぼくは夜の真《ま》っ暗闇《くらやみ》にはもう慣れた。レスターと違って、村には街灯《がいとう》もなければ、テイクアウトのケバブの店やバーガーショップのネオンもない。

「明日、きみに取ってきてもらいたいものがあるんだ」おじさんは英語でしゃべった。ぼくたちの話がインデルジートにわからないように。

「取ってくるって、何を?」

インデルジートはぼくの隣に立ってた。「ふたりとも、何しゃべってんだよ?」インデルジートがパンジャブ語で訊いてくる。話に加わるつもりだ。

「インデルジート、マニーはきみと同じようにはパンジャブ語がわからない。だから、ときどきぼくが英語で、このゴラに説明してやらないといけないんだ」おじさんの言葉を聞いて、インデルジートの顔が納得《なっとく》した笑顔になる。ちょっと優越感《ゆうえつかん》を持ったみたいだ。

「なんとも物知りなこった。ゴラさんたちはさ」インデルジートがぼくをからかう。「白人ってほんとは何を知ってるわけ、アンクル・ジー？」

「本当にそうだな」おじさんがパンジャブ語でインデルジートにあわせる。それから、ぼくに英語で話した。「モーハンから受けとってくれ。モーハンが畑仕事を終えたあと、ハヴェリでな」

「何を受けとるの？」

「心配するな。モーハンにいわれたとおりにすればいい」おじさんはぼくの好奇心《こうきしん》をさっさと片付けてしまった。

「そのとき、ジャグはどこにいるの？」

「ジャランダルだよ。取ってくるものがある」

「じゃあ、ぼくもつれてってよ」

おじさんは首を振った。「きみにはここにいてもらわないと」

「どうして？」

「一人前のパンジャブの男にしては、質問《しつもん》が多すぎるぞ」おじさんが父さんのまねをする。

「いいかい、きみにはあとですべてを話す。必ずね。だから今はぼくのいうことをふたつやってほしい。モーハンから包みを受けとること。それから、イギリスに持ち帰りたいものをまとめておくこと。まとめているところは、人に見られないようにな。子どもにもだめだ」

ぼくは質問をやめた。それだけ聞ければ、もう充分《じゅうぶん》。ぼくはおじさんにに一っと笑ってみせた。でかい口でにんまり笑うチェシャ猫《ねこ》みたいに。頭の中がぐるぐるまわりだす。心臓《しんぞう》の鼓動《こどう》がドラムとコントラバスの曲をズンズン奏《かな》ではじめる。ぼくたちはついに実行する。ほんとにやるんだ。アドゥンプルから、インドから、脱出《だっしゅつ》する。

「さて、下に降《お》りよう」おじさんがパンジャブ語でインデルジートにいった。

ぼくはインデルジートに続いて階段を降りた。顔がついほころんでしまう。眠るときは思わず、『オズの魔法使《まほうつか》い』のドロシーが魔法の国からうちに帰るときみたいに、かかとを打ち鳴らしてしまった。ほんと、「我が家にまさるものはない」ってことだ。

25

九月

次の日の午後、ぼくはハヴェリのハンモックの上で、モーハンが畑仕事を終えて謎《なぞ》の包みを持ってくるのを待った。午前中は雨が激《はげ》しく降《ふ》って、正午にぴたりと止《や》んだ。今はすっかり蒸《む》し暑《あつ》くなってる。ぼくがコーラの瓶《びん》とカメラを持って、ハヴェリまでの短い距離《きょり》を歩くころには、太陽の熱で道や庭の地面はすっかり干《ひ》あがってた。

荷造《にづく》りのほうは、だれにも見られずにすませることができた。服はバックパックにきっちりつめて、Tシャツや短パンみたいな持ち帰らないものは、寝室《しんしつ》に使ってる部屋に残しておいた。ミニノートもつめたけど、やりすぎないよう、ウォークマンは残した。たぶん、いいおとりになるだろう。いつもベッドに使ってるマンジャに置きっぱなしにして、熱でテープが伸《の》びてしまったカセットも二、三個《こ》添《そ》えておいた。インドでの最初の数週間、ウォークマンはぼくの命綱《いのちづな》みたいなものだった。それを聴《き》くことで、新しい環境《かんきょう》を締《し》めだして、自分のほんとの暮《く》らしとつながっていようとした。だけど、帰りの旅ではすごく興奮《こうふん》して、まわりを全部締めだすなんてできそうにない。ぼくは旅のすべてを味わおうと思ってる。デリーへの道のり。飛行機の旅。レスターまでの列車かバス。ほんとの暮らし《バック・トゥー・ライフ》、ほんとの生き方《バック・トゥー・リアリティ》にもどるんだ。ソウルⅡソウルの歌のように。

待ちはじめてから一時間ほど経《た》ったとき、布《ぬの》の肩《かた》かけカバンを背中《せなか》にまわしたモーハンが、インデルジートのさびた自転車に乗って、ハヴェリにやってきた。

「さあて、あんたにちょっとしたプレゼントだ」モーハンは自転車を停《と》めると、マッチ箱ふたつ分ほどの茶色い紙包みを差しだした。ぼくはハンモックを降《お》りて、それを受けとった。手の中でひっくりかえしてみる。なんだろう。モーハンが首を振《ふ》った。「おれに訊《き》かんでくださいよ、マニーさん。口止めされてるんで。しゃべったりしたら、おれはあんたんちの中でたったひとりの友達をなくしちまう」

「ぼくだってモーハンの友達だよ」ぼくはそういったとたん、友情《ゆうじょう》を証明《しょうめい》しないと気がすまなくなった。モーハンに、一族の他《ほか》のやつらといっしょにされたくない。ぼくとしては、自分はジャグおじさんに負けないくらいのはみだし者だと思ってる。まだみんなに知られてないだけで。ぼくはハンモックにもどってカメラを取りだした。今度はぼくからモーハンへのちょっとしたプレゼントだ。「はい。これ、モーハンに」

モーハンはカメラと、ぼくがポケットから出した予備《よび》のフィルム二本を見て、首を振った。

「そりゃあいかんですよ、マニー・ジー。こういうもんで友達になろうってのは」

「そんなんじゃないよ。ただぼくは、モーハンに持っていてほしいんだ」ぼくはむきになっていった。

「だいたい、おれがこういうもんをもらっても、よくわかんねえしなあ」モーハンは手でカメラを示《しめ》した。目はぼくの目をじっと見てる。

「大丈夫《だいじょうぶ》だよ、アンクル・ジー」ぼくがモーハンをそんなふうに呼《よ》んだのは、これで二度目だった。アンクル・ジー。モーハンはぼくより低いカーストの出身だ。しきたりとしては、ぼくはモーハンに対して、同じカーストの人ほど丁寧《ていねい》じゃなくていいことになってる。ぼくがプレゼントをして、なにげなくアンクル・ジーと呼んだことで、モーハンの目には涙《なみだ》がたまってた。

「マニーさん、なんていったらいいんだか」

「何もいわないで受けとってよ。ぼくにずっとやさしくしてくれたお礼」

「あんたはほんと、おじさんにそっくりだ」モーハンがカメラを胸《むね》に押《お》しつける。心臓《ハート》の上だ。「ここがじーんとしとります」

ぼくは急にこそばゆくなってしまった。そんなふうに気持ちを表されるのには慣《な》れてない。あせって話題を変えた。「あとでカメラの使い方を教えるね」

「ありがとう、マニーさん」モーハンは目をぬぐって、ぼくを抱《だ》きしめた。「その包みですが、あんたのおじさんがジャランダルから帰ってきたら、渡《わた》してください」

「今日の仕事は全部終わったの？　畑仕事は？」

「ああ、終わって帰るとこです。あんたとあんたのおじさんのことで、やっておくことが二、三ありますんで」

「よかった」ぼくはにっと笑った。「ぼくもいっしょに行って、カメラの使い方を教えるよ。そうすれば、今度はモーハンが撮《と》った家族の写真を見せてもらえるしね。次にぼくがアドゥンプルにきたときにでも」

モーハンはちょっと考えて、額《ひたい》にしわを寄《よ》せた。「この親父《おやじ》ザルにこんな高いもんを置いてって、あんたんとこの家族は大丈夫ですか」

ぼくは笑って、モーハンの腕《うで》をこぶしで軽くこづいた。「アンクル・ジー、しっぽを持って生まれたやつがいるとしたら、それはぼくの家族だ。モーハンたちじゃなくてね」

ぼくの今の言葉で、ほんとにプレゼントを受けとっていいんだろうかという不安は、すっかり消えたらしい。モーハンは帰る途中《とちゅう》ずっとひとりでクスクス笑ってた。

その日の夕方遅《おそ》く、ぼくが包みを渡すと、ジャグおじさんはにこっとした。それから、ちょっと包みを調べてシャツのポケットにしまいこんだ。ぼくたちはハヴェリの中にある保管小屋《ほかんごや》のひとつのそばにいた。ぼくが包みの中身を聞きだそうとすると、ジャグおじさんは大きな灰《はい》色《いろ》の麻袋《あさぶくろ》を一枚《まい》ぼくにくれて、質問《しつもん》をさえぎった。

「これを持っていきなさい」おじさんが英語でいう。

ぼくは袋を開けて中を見た。湿《しめ》っぽくてカビくさい。「なんに使うの？」

「きみの荷物を入れるんだ。イギリスに持ち帰るものはなんでも入れるといい」

ぼくの胃は緊張《きんちょう》と興奮できゅっとなった。ＰＫ戦で最後のキッカーとしてボールを蹴《け》る直前が、ちょうどこんなふうかもしれない。脳《のう》の半分では爆発《ばくはつ》しそうなくらいわくわくして、あとの半分ではドアを探《さが》して後ろに隠《かく》れたい気分。

「これからきみが家に帰ったら、ぼくはもう一枚の袋にたきつけをつめておく。おばさんたちが料理のときに火をおこすのに使うやつだ。きみは自分の袋の底に自分の物を入れて、その上からたきつけをつめなさい」

「わかった」ぼくはうなずいた。

「それが終わったら、袋をふたつともここに運んでくるんだ。インデルジートに手伝ってもらうといい。袋はそこの保管小屋の中に置くこと。くれぐれも、きみの袋の中身をインデルジートに見られないようにな」

「大丈夫だよ、ジャグ」だんだん、わくわく気分が大きくなってきた。なにしろ、さんざん待ち望んで、祈《いの》ってきて、やっとアドゥンプル最後の夜がきたんだから。胸の中はざわつくし、頭の中はジェットコースターがかけめぐってる。ぼくは今夜、寝《ね》て覚めたら、最後の直線コースに入る。そしたら、ホームランだ。いや、ＰＫ戦だ。ぼくの放ったシュートはぐんとのびて、ゴール内の上部に打ちこまれる。手も足も出ないキーパー。まさにマヌケって感じだ。

ぼくとジャグおじさんが家にもどると、みんなは庭に集まってお決まりの日課に励《はげ》んでた。他のおじさんたちは座《すわ》ってビールを飲みながら、雨が降らないと作物が心配だ、なんて話をしてる。おばさんたちは屋外の炉《ろ》のそばで、せっせとタマネギを切ってる。嫁《よめ》たちとナシーボは、夕食作りと近所のうわさ話。年上のいとこのアヴタルとラナは、出稼《でかせ》ぎで来月くらいまで帰ってこない。ラリーとオンカルとジャスビルは水牛の世話をしていて、インデルジートは庭の門のそばにいつも停めてあるトラクターに座ってる。ラナの子どものランジートとハルジートも乗って、みんなで飛行機でアメリカやイギリスやオーストラリアまで飛んでいくまねをして遊んでる。アヴタルの三人の子どもたちは、ベランダにあるひとつのマンジャの上で眠《ねむ》ってた。全体的には、アドゥンプルの典型的な夜だ。ぼくにとっては最後の夜だってことをのぞけば。もしもまたここにくることがあっても、遠い遠い先の話だろう。

もうすぐイギリス行きの飛行機に乗るかと思うと、いつもよりまじまじとまわりを見ずにはいられなかった。ここ数週間は毎晩《まいばん》、インデルジートやジャグおじさんと屋上に行くために、みんなが早く寝てくれるのを待ちながら夜を過《す》ごしてきた。今夜は最後だし、みんなをもっとよく見ておきたい。おばさんたちは床《ゆか》に座って、手に持ったタマネギを薄《うす》く切ってる。そのナイフの切れることといったら、ちょっと手をすべらせたら指を切り落としかねないほどだ。おじさんたちはそれぞれマンジャの上であぐらをかいて、ビールを飲んでまわりの人を見ながら、ときどき顔からハエを払《はら》って、形を変えただけで毎晩同じ内容《ないよう》の会話をしてる。スクビルとジャスワントは小声でおしゃべりをしてた。ときどき目を動かすことで会話を盛《も》りあげてる。しゃべってる間もずっと、ふたりはチャパティの生地を延《の》ばしては焼き、交代でレンズ豆のカレーの入った重い鋼鉄《こうてつ》のなべをかきまぜてた。ラリーの奥《おく》さんのラジヴィルは、いつ赤《あか》ん坊《ぼう》が産まれてもおかしくない腹《はら》で、火に少しずつたきつけを放りこみながら、スクビルたちのうわさ話に加わってる。オンカルの奥さんのバルビルは、片方《かたほう》の手はベランダの支柱《しちゅう》に、もう片方の手は腰《こし》に置いてみんなをながめてた。

やがて、裸足《はだし》の三人のいとこたちが、水牛をつないでる辺りの掃除《そうじ》を始めた。緑がかった茶色の、水と泥《どろ》と糞《ふん》のぬかるみの中を歩きまわってる。いとこたちの硬《かた》いかかとには、糞の混《ま》ざった泥がべっとりついてた。三人はバケツの水を水牛にかけたり、お互《たが》いにかけっこしたりしてる。インデルジートは、足をトラクターの横からぶらぶらさせながら片手をハンドルに置いて、ランジートとハルジートに自分の作った話を聞かせてた。しゃべってる間に何度もふたりにウインクしてる。自分が大事だと思うことを話すとき、いつもやるやつだ。チビたちふたりは、キャアキャア大喜びしてた。その後ろのほうにはベランダがあって、ハエがブンブン飛びまわってる。村の夜の暗闇《くらやみ》に誘《さそ》われて、ペンキがはげてひび割《わ》れた壁《かべ》に、トカゲが集まりはじめてた。

暗くなるちょっと前、インデルジートが手伝ってくれて、ふたりで麻袋をふたつハヴェリへ運んだ。辺りには明かりがひとつもない。ぼくは道のそこらじゅうにある穴《あな》に、二度もはまってつまずいた。途中までついてきたヤギが一頭いて、その目が暗闇で光ってた。ぼくたちは保管小屋の扉《とびら》のすぐ内側に袋を置くと、南京錠《なんきんじょう》をかけて家にもどりはじめた。インデルジートは、どうしてこんなにたくさんのたきつけをハヴェリに持っていくのか、ぼくに訊かなかった。きっとこれから訊いてくるんだろうけど。数時間前、ジャグおじさんが「畑で出たごみを燃《も》やすため」という話を考えてくれたあと、ぼくは家のだれにも気づかれず、空の麻袋を手に、バックパックを取りに家の中へさっと入った。みんな、ジャグおじさんの冗談《じょうだん》に夢中《むちゅう》になってた。間違《まちが》って自家製《じかせい》のアルコールを飲んだ男が、畑で眠りこんじゃう話だ。そのとき、ぼくの頭にはひとつのことしかなかった――家に帰るんだ。

「それで、バイ・ジー、あのたきつけの袋は何に使うんだ?」インデルジートがウインクしながら訊いてきた。家までの道を歩いているときだった。

「たいしたことじゃない。アンクル・ジーが明日いるんだって。ごみを燃やすんだ」

「ごみっていうのは、おまえが今、おれにしゃべってるようなことか？」インデルジートがにやにや笑う。


ぼくはインデルジートを見て、くたびれたエアマックスを見下ろした。それから、首を振ってウインクした。「質問しすぎだぞ」

「じゃあ、あれはごみを燃やすためじゃないんだな？」

「違うよ、インデルジート」ぼくはにこっと笑った。「ぼくは明日イギリスに帰るんだ。あの袋にはぼくの持ち物を隠してあるんだよ」


インデルジートが口をあんぐり開けて、ぼくを怯《おび》えた目で見る。ぼくから今聞いたことについて考えながら、心の中でこういってるのが手に取るようにわかった。こいつはうそをついてるんだろうか、それとも、本当のことをいってるんだろうか。ぼくはにーっと笑顔《えがお》を見せてから、ゲラゲラ笑いだした。すると、ちょっと間があって、インデルジートもぼくの肩をつかんで笑いはじめた。

「なんだよ、バイ・ジー、一瞬《いっしゅん》本気かと思ったぞ」

「ほんと、ほとんど信じてたよな」ぼくはからかった。

「おれはそう簡単《かんたん》にはだまされねえぜ」インデルジートが笑いながらいう。ぼくのトリックにまんまと引っかかったことも知らずに。

「明日、きみに大事な秘密《ひみつ》を話すよ。たぶん、手伝ってもらうことになると思う」ぼくはもう一度ウインクした。インデルジートがやる気まんまんでうなずいた。これぞ、逆《ぎゃく》心理作戦。エイディが前に教えてくれた。「人をめちゃくちゃ動揺《どうよう》させるんだ。そうすると、何をいっても、そいつはそれを信じようとしなくなる。たとえ本当のことでもな」またエイディと会える。そう思うと顔が自然とにこにこしてきた。ぼくはインデルジートの先に立って、勢《いきお》いよく家までの道を歩きはじめた。

家に入ると、ジャグおじさんがぼくを待ってた。ビールをポンと開けて、ぼくにくれてから、計画の第二段階《だんかい》を話しはじめた。インデルジートにわからないように、また英語だ。ぼくは逃《に》げるときは当然、みんなより早く起きていくんだと思ってた。ところがジャグおじさんは、家族の出方を考えて、タイミングよく出発するのが大切だという。ぼくたちがいなくなったことに、みんなが気づくのが昼過ぎ以降《いこう》なら、追跡《ついせき》はひと晩待って次の日になる。そうなれば、ぼくたちはもうデリーにいる。向こうは追いつけっこない。

「ぼくたちを追うためには、車を雇《やと》わないといけない。そのためには、ジャランダルへ行くことになる。だが、午後になって、『これからデリーへ行ってもいい』なんていうタクシーの運転手はいないだろう。ポンドやドルで払わないかぎりはね」おじさんがいう。「だから、午後まで、いなくなったことを悟《さと》られないようにすればいいんだ。少なくとも昼食の時間まで」

「それには、どうしたらいい？」

「朝いちばんにパラタを作る。そのことはもう、みんなにいってある」

「また、パラタの話か。そんなのがなんの助けになるの？」ぼくにはまったくわけがわからなかった。それでどうなるっていうんだろう。みんなが食べすぎて動けなくなるとか？　話の全体が、とにかくつかめない。

ぼくが眉《まゆ》を上げて額にしわを寄せ、なんだそりゃって顔をしても、おじさんは笑うだけだった。「あとは任《まか》せてくれ。きみはとにかくぼくが起こしたときにはいつでも行ける状態《じょうたい》にしておいてくれ」

「それは大丈夫」どうせぼくはひと晩じゅう起きてることになる。脱出《だっしゅつ》とパラタとの関係について、あれこれ悩《なや》むことになるから。

「よし。それとな、マニー……」おじさんがまた話しはじめる。

「うん？」

「あれはなかなか気がきいていたな。きみがしたことだよ。モーハンにカメラをプレゼントしただろ」

「ああ、モーハンが話したの？」

「話したなんてもんじゃない。今話すのは、そのことばかりだ」

「ジャグはうちの一族で唯一《ゆいいつ》の友達だって、モーハンがいってた。それ、本当？」

「モーハンはそんなことをいったのかい？　わからないけど、たぶんな」

「他のみんなはどんなふうなの？」

「うん、モーハンの家族は、ぼくたちの家族のためにずっと働いてきた。だから、他のみんなはモーハンのことを完全に使用人として扱《あつか》うんだ。あまり話しかけないし、親しくすることもない。いつも仕事のことだけだ」

「だけど、ジャグは違うんだね？」

「ぼくは違う。モーハンはいつも、ぼくがここにもどったときの唯一の話し相手だからね。もちろん、今はきみもいるよ。ただ、モーハンとは長いつきあいなんだ。ぼくがきみくらいの年からかな。きみの父さんや他の兄貴《あにき》たちより家族って感じがしている。だから、何年か前、ぼくは自分が使っていない畑をいくらかプレゼントした。モーハンは今、そこの世話をしているよ」

「ジャグのために？」

「ああ、ある意味ではね。ぼくはこれからもその畑を使うつもりはないし、ここに腰を落ち着けるつもりもない。だから、モーハンに貸《か》しているふりをすることにしたんだ」

「ふり？」話が余計《よけい》こみいってきた。

「家族に対してね。モーハンに貸したって話をしたら、みんな怒《おこ》ったなあ」

「じゃあ、あのときがそうかな？　ぼくが小さいころ、父さんが電話越《ご》しに怒鳴《どな》ってたことがあったんだ」ぼくはビールをぐいっと飲むと、身を乗りだすようにして答えを待った。

「じゃあ、そうだ。ぼくは作物やなんかを育てるのにもっといい土地を家族に買ったんだ。それで、昔からのうちの土地は、少なくとも自分が相続した土地は、使うつもりがなかったんで、モーハンに譲《ゆず》る手続きをしたんだ」

「貸してるだけってふりをして？」

「そのとおり。モーハンは本当は自分のために使える畑をふたつ持っている立派《りっぱ》な地主なんだよ。もちろん、ぼくの代わりにその畑で働いているふりをしているんだけどね。実際《じっさい》はそこは自分の畑なんだ。モーハンはぼくたちから何かをもらえるだけのことはしている。モーハンの家族が何年もぼくたちにしてきてくれたことを考えたらね」

「そうだね」ぼくは大きくうなずいた。「みんながモーハンを使用人みたいに扱うのって間違ってるよ」

「この辺では、万事がそんなふうなんだよ、マニー。モーハンみたいな人たちは一日じゅう働いて、最低限《さいていげん》の食事をもらえるだけだ。そして、うちの家族はモーハンの重労働のおかげで金持ちになっている。こういう状況《じょうきょう》を変えようとする人はあまりいない」

「ジャグは別だね」ぼくはにっと笑った。

「きみもだよ。小さなことのひとつひとつが、変えていくんだと思う。モーハンの好きな言葉のとおり、『おれたちゃみんなサル』なのさ、マニー」

「しっぽがない、それだけのね」ぼくがそういったあと、ふたりして吹《ふ》きだした。インデルジートがけげんな顔でこっちを見て、ぼくたちが持ってるビールを見た。

「何本飲んだらそうなるわけ？」インデルジートがパンジャブ語で訊く。

「大丈夫だよ」ジャグおじさんはまだおかしそうな顔をしてる。

「あんたら外国人って、ほんとに変だよな。変な服着て、変な言葉しゃべって、わけもなく笑いだして。まるでサルだ」

「ちょっと待ってくれ」おじさんが笑いながら、パンジャブ語でいう。「ますます笑いが止まらなくなった」そういいながら、おじさんは胸のポケットを叩いた。そこには、例の謎の包みが入ってる。おじさんがインデルジートをまねて、ぼくにウインクした。

26
九月

庭の暗闇《くらやみ》を、とつぜんベランダの天井《てんじょう》の明かりが破《やぶ》った。ぼくを起こしにきたジャグおじさんがつけたのだ。ぼくは肩《かた》をおじさんに揺《ゆ》すられて、二回「うーん」とうめいたあと、はっとなった。これから大切な一日が始まる。そうわかったとたん、ベッドから飛びだして、シャワーを浴《あ》びて急いで服を着た。外ではおじさんが炉《ろ》に火をおこして、せっせとパラタ用に、全粒《ア》粉《タ》と、水と、イギリスではコリアンダーとして知られてるハーブ、ダニヤを混《ま》ぜた生地《きじ》を作ってる。ぼくはパラタを焼く鉄の平なべ、タヴァの下でちらちら揺れる炎《ほのお》を見つめて立った。火の横では、スチール製《せい》のトレーや器の山がぼくを待ちかまえてる。おじさんがその山を手で示《しめ》した。

「屋内の台所の入ってすぐのところに、新鮮《しんせん》なヨーグルトがある。それを取ってきてくれ。それと、お玉もだ。ヨーグルトにもダニヤを入れよう。刻《きざ》んだタマネギとトマトとキュウリもいっしょに出すことにして。冷蔵庫《れいぞうこ》にあるから、それも頼《たの》む」おじさんがやけにひそひそ話すんで、ぼくは「今ってなん時?」と思わず訊《き》いた。「朝の三時になるところだよ」訊くんじゃなかった。いくらあくびをしても、目がぱっちり開かない。

「とにかく、ここを出られると思うとうれしいよ。これ以上早起きは続けらんないもんな」ほんと、ぼくは心底そう思ってた。アドゥンプルじゃずっと毎朝五時ごろに、インデルジートに起こされてた。ほとんど拷問《ごうもん》だ。そりゃ、みんなが起きるのは、ぼくの一時間か二時間前なのかもしれない。だけど、そんなことはどうでもいい。やるんならぼく抜《ぬ》きで頼むって感じ。レスターにもどったら、何よりもまず、ひと月かふた月ぶっ通しで朝寝坊《あさねぼう》をすることにしよう。

ぼくは眠《ねむ》いのをこらえながら屋内の台所へ行き、ヨーグルトとお玉と刻んだ野菜を見つけた。それから、全部を持って庭にもどると、おじさんが水牛の乳《ちち》を入れた大なべを見下ろして立ってた。お茶をいれるんで、なべの中が沸騰《ふっとう》するのを待ってる。「それで、どういう計画?」ぼくは英語で尋《たず》ねた。

おじさんは屋内の台所のほうを指差した。「ジャスビルとインデルジートも入れた大人全員は、パラタを食べるはずだ。子どもは食べない。とにかく、あんまり好きではないんでね。子どもも用にエッグヌードルとケチャップを買っておいた。それが嫌《いや》な子には揚《あ》げパンとジャムを出せばいい。子どもたちが起きたら、きみに世話を頼みたいんだが」

「任《まか》せてよ」そういっている間にも、おじさんはパラタの生地を延《の》ばしていく。ぼくは渡《わた》された生地をタヴァで焼いた。

明るくなってから間もない四時十五分前ごろには、ぼくたちは朝食を食卓《しょくたく》に出してた。ジャグおじさんが大人の食事の面倒《めんどう》を見て、ぼくがエッグヌードルとケチャップの皿を子どもたちに配った。食事はどうにか成功したみたいで、おじさんたちを含《ふく》めたみんなが「とてもおいしかった」と褒《ほ》めてくれた。もちろん、コックのぼくたちは食べ物を出すだけで、食べてない。みんなが食べおわるころには、ぼくの腹《はら》の虫は鳴りっぱなしだった。ジャグおじさんがパンを何切れか揚げてくれて、ぼくはそれにイチゴジャムをつけて食べた。

四時半には、みんなそれぞれ仕事に出て、庭はジャグおじさんとぼくだけになった。おじさんがぼくのところにやってきて、腕《うで》を引《ひ》っ張《ぱ》った。

「ハヴェリへ行って、荷物を取ってくるんだ。五分後に正面の門で会おう。モーハンが車を用意して、ぼくたちを待っている」

心臓《しんぞう》が口から飛びでそうになった。本当に始まるんだ。本当にぼくたちは出発するんだ。ぼくは最後に庭をぐるりと見渡した。ここを離《はな》れることが、ちっとも寂《さび》しくない。刑務所《けいむしょ》の門で出所のときを待つ囚人《しゅうじん》の気分。自由になる前の、囚《とら》われの身でいる最後の瞬間《しゅんかん》だ。ぼくは額《ひたい》をぬぐうと、全速力でハヴェリに向かった。道ばたに住みついてる年寄《としよ》りのヤギをかわし、穴《あな》を次々に飛びこえていく。興奮《こうふん》しすぎて、麻袋《あさぶくろ》のたきつけをハヴェリにぶちまけてしまった。バックパックをひっつかんで家の正面にもどる。そこにはモーハンが立ってた。モーハンを若《わか》くしただけのそっくりな男の人もいる。ふたりの後ろには、白い小型車があった。フォードのフィエスタにちょっと似《に》てるけど、もっと四角い。ぼくは近寄ってモーハンを抱《だ》きしめた。

「とうとう行きますか」モーハンがほほえむ。ぼくは後ろに一歩下がった。

「行くよ、アンクル・ジー」

「外国の家にもどって、外国のもんに囲まれるようになっても、この親父《おやじ》ザルを思い出してくれますか？」

「もちろんだよ。そっちこそ、しっぽを生やしたりしないでよね」

モーハンがにこにこ笑う。それから、甥《おい》のバハドゥルを紹介《しょうかい》してくれた。ぼくたちを車でデリーまで運んでくれる。バハドゥルが開けてくれたトランクに、ぼくがバックパックをつめてると、ジャグおじさんが現《あらわ》れた。車に旅行カバンを投げこんで、ぼくに「乗っていなさい」といった。それから、おじさんは振《ふ》りかえってモーハンと両手で握手《あくしゅ》をした。さらにふたりが二言、三言、言葉を交わしたあと、車は動きだした。とうとう出発だ。アドゥンプルの細い道を抜け、村の反対側に出ると、そこはもう幹線道路《かんせんどうろ》。あっという間の出来事で、心に留《と》めてる暇《ひま》もなかった。ついさっき家の外に出たと思ったら、もう広い通りを走ってる。ぼくたちの車は、他《ほか》の車やバスやトラックや歩行者や動物をかわして、どんどん進んだ。ぼくはジャグおじさんとバハドゥルの会話を聞きながら、思い切りあくびをして、後部座席《ざせき》の窓《まど》に頭をつけてうとうとしはじめた。それにしても、不思議だった。どうしてだれにも気づかれずに家を出られたんだろう。ぼくがいないことがすぐにはばれないって、どうしていえる?

27
九月

「ほんとに『葉っぱ』を盛《も》ったの? それ、マジでやばいよ」

「二、三時間眠《ねむ》ってもらう分だけだ。毒にはならない」

「そうだけど、マリファナでしょ? どうりで子どもたちに他《ほか》のものを食べさせたかったわけだ。みんな、起きたときにマズイことになるかな」

「少なくとも、子どもたちのことは心配ない。ナシーボに任《まか》せてきたから。害はないさ。まあ、それほどはな」

車が道の真ん中にいた雄牛《おうし》をよけようとして、急ブレーキをかけたとき、ぼくははっと目を覚ました。アドゥンプルを離《はな》れて約三十分後のことだ。そこでぼくがジャグおじさんにまず訊《き》いたのが、これだった。どうしてだれにも気づかれずに逃《に》げられたのか。おじさんがいった。「家族にはあらかじめ、この日にきみをジャランダルへ小旅行に連れていくといっておいたんだ」さらに、おじさんから思いがけない告白があった。「ヨーグルトやパラタに入れたハーブは、『葉っぱ』だったんだよ」マリファナ。ぼくは口をあんぐり開けてしまった。一分間はそうしてたと思う。それからは、大笑いだった。笑いすぎて涙《なみだ》が止まらない。あばらが痛《いた》くなってくる。葉っぱ！　ぼくは何をやってたんだろう。すっかり浮《う》かれて、ハーブの正体に気づかなかったなんて。モーハンが謎《なぞ》の包みの中身をぼくにいいたくなかったわけだ。

ぼくは目を覚ましたあとのピアラおじさんを想像《そうぞう》した。マリファナのあとにやってくる例の「甘《あま》い物がほしい」感覚に襲《おそ》われて、「おれは一体どうしちまったんだ」なんて思う。エディ・マーフィーの映画にでも出てきそうなシーンだ。ジャグおじさんはマリファナの件《けん》を話したとき、ただにやりと笑っただけだった。たいしたことじゃないっていうふうに。みんなが気づく可能性《かのうせい》はない、とおじさんはいった。残りのマリファナは持ちだして、ジャランダルを離れるとき、道すがら捨《す》ててきたという。ってことはたぶん、道ばたをうろつくヤギのうち、何頭かはかわいそうに、ハイになって「これからどこへ行くんだっけ」「どうなってんだ？」なんて思っちゃうわけだ。そんなことを考えたせいで、ぼくはいっそう笑ってしまった。普通《ふつう》なら、びくついてたはずだ。こんなスゴイことをやらかして、父さんに殺される、と思って。だけど、今のぼくはこう考えてた。向こうはこれだけ長い間、ぼくを囚人《しゅうじん》みたいにしてきたんだ、当然の報《むく》いじゃないか。エイディがよくいう「思い知らせてやろうぜ」ってやつだ。

午後遅《おそ》くにデリーに入ると、ぼくたちを取《と》り巻《ま》く交通状態《じょうたい》はさらにひどくなった。道はトラックと車とスクーターと荷車とオート三輪が入《い》り乱《みだ》れ、完全に大混乱《だいこんらん》をきたしてる。さらに、車道と歩道の区別がない対面交通の道を、車やなんかがくるのもかえりみず、よろいかぶとでも着てるみたいに堂々と歩行者が渡《わた》っていく。そのぐちゃぐちゃな状態に、三人乗りや、ときには四人乗りのさびた自転車と、雌牛《めうし》に雄牛、ヤギにブタ、野良犬といった、いつものいろんな動物たちが加わってる。このてんこ盛《も》りの状　況《じょうきょう》に、ぼくは閉所恐怖症的《へいしょきょうふしょうてき》気分になりはじめてた。まるで往来の真ったただ中に座《すわ》って、自分のまわりでいろんなものが行《い》き交《か》うのをながめてるみたいだ。

バハドゥルが車を停《と》めた。ぼくたちの目的地、デリーの繁華街《はんかがい》にある英国航空のチケットオフィスの前だ。ジャグおじさんがいった。「ここでチケットを受けとって、まっすぐインディラ・ガンディー国際空港《こくさいくうこう》へ向かう。市の中心から二十キロほどいったところだ」ジャグおじさんはぼくのために、夜中の二時の便を取ってくれてた。何か食べて、デリーをさっと観光するくらいの時間はある。

ところが事態はあまりスムーズにいかなかった。チケットオフィスには列ができていて、フロントの係員が首を振《ふ》ってる。どうも謝《あやま》ってる感じだ。

「どうなってるんだと思う？　アンクル・ジー……えっと、ジャグ」

「飛行機が遅《おく》れているみたいだな。待っていてくれ。見てくる」ジャグは五分後に悪い知らせを持って帰ってきた。「いちばん早い便でも、明日の晩《ばん》になるそうだ。しかも、夜中だって」

ぼくは肩《かた》をすくめた。「空港にいたほうが落ち着けそうだね」ぼくはジャグからパスポートとチケットを受けとると、自分のバックパックにしまった。

ジャグが首を振る。「メトロに二部屋予約したよ」ジャグがいった。

「メトロ？」どこのことをいってるんだろう。

「デリーにあるお気に入りのホテルなんだ」ジャグがにこにこしながらいう。

「じゃあ、メトロに行こう」ぼくはジャグに笑顔《えがお》を返した。

28
九月

次の日、ぼくたちはデリーの中心部にあるコンノート・プレイスの〈クロワッサンズ・エトセトラ〉というレストランで昼食をとった。インドでクロワッサンみたいなものを買えるなんて、驚《おどろ》きだ。食事の前に、ぼくたちはデリーの中心部を散歩した。まるでうちに帰ってきたみたいだった。イギリスの映画館《えいがかん》チェーン〈オデオン〉や〈アメリカン・エキスプレス〉の事務所《じむしょ》もあれば、〈トーマス・クック旅行代理店〉もある。〈ゼン〉や〈ロデオ〉といった名前のおしゃれなレストランやデリカテッセンもあちこちに立ってる。ぼくがアドゥンプルやジャランダルで見てきた世界とは大違《おおちが》いだ。デリーはインドでいちばん国際的《こくさいてき》なところなんだ、とジャグが教えてくれた。インドの主要都市、デリーとボンベイはインドのどこよりも近代的な場所だ。国の経済《けいざい》とメディアの中心で、イギリスのロンドンやマンチェスターとちょっと似《に》てる。どちらにも、ジャグがぼくに見せてくれたレストランやバーみたいな店と金がたくさん集まってる。こりゃ、インドに対する全部のイメージを更新《こうしん》しなくちゃな、とぼくは思った。自分の気に入ってるコンピューターゲームの最新版《さいしんばん》を買うのとおんなじだ。古いものはもう、役に立たない。

「住所を教えてくれる？　手紙を書くよ」ぼくは昼食を食べおわったところで、座《すわ》って窓《まど》の外をながめながらいった。

「もちろん。こちらとしても、きみが親の決めた結婚《けっこん》をどうしたか、全部知りたいしな」

ぼくの結婚が果たしてどうなるかは、自分でもまだわからなかった。そういう結婚はしたくないってことだけは、わかってる。そんなふうに、そんなトラディッショナルに、ぼくは生きられない。だけど、どういう行動をとるかについては、これからよく考えて決めなくちゃいけない。ジャグと話したことで、ぼくは自分がもうすぐ大きな決断《けつだん》に迫《せま》られることに気づいた。家族と自由、どちらかをきっぱり選ばなくちゃいけない。ただ問題は、ぼくにそんな大きな決断ができるかどうかってことだ。もし自由を選んだら、ぼくは家族から切《き》り離《はな》されることになる。まさにひとりぼっち。かなり大きな犠牲《ぎせい》だ。

ぼくの考えてることが、ジャグにはわかったらしい。自分の皿をわきに寄《よ》せると、ぼくの疑《ぎ》問《もん》に答えてくれた。「人生で何かを決断するとき、代償《だいしょう》はつきものなんだよ、マニー」

「どういう意味?」

「うん、今回の結婚を例に挙げてみようか。この先、きみは自分が正しいことをしているかどうか、悩《なや》みつづけると思う」

「たしかに」

「そこで、きみが自分に問いかけなければいけないのは、人生に何を望むかってことだ。けっきょく、自分のしたいことをして自分が幸せになるか、それとも、親のいうなりになって親を幸せにするかだ」

「わかってるよ、ジャグ。問題は、それを選ぶのが、かなりキツイってことなんだ。だって、親のいうとおりにしないと、ぼくは縁《えん》を切られてしまう」

「ぼくと家族の関係みたいになるってことかい？」

「それとも違うんだ。だって、みんなはジャグにまだ話しかけるし、ジャグだってしょっちゅうみんなのもとを訪《たず》ねてるよね？　ぼくの場合、完全に縁を切られると思う。父さんたちならやりかねない」

「それだと代償が大きすぎるかもしれないってことなんだな？」

「そう」

「究極の選択《せんたく》ってわけか」

「そのとおり。それに、最終的に自分の好きなように生きる道を選んだとしても、自分が地球上でいちばん自己チューだって気分になると思うんだ」

「自分の目的を達成しようとするのは、自分勝手なことではないよ。自分の胸《むね》に訊《き》いてごらん。今から五年後、自分はどんなふうになっているのか。望まない妻《つま》と家に縛《しば》られているか、それとも自分の夢《ゆめ》をかなえているか。初めて会ったときに、きみは話してくれたよな？　大学に行きたいとか、旅行をしたいとか、作家やいろんなものになりたいとか」

ジャグのいうとおりだ。ぼくには家族に縛られてる自分の姿《すがた》は見えない。五年後に実際に何をしてるかはわからないけど、自分が決めたものになってなくちゃいけないはずだ。親が決めたものじゃなくて。ぼくは若《わか》いんだ。ただ寝転《ねころ》がって、他《ほか》のだれかに自分の人生を細かく決められるなんて我慢《がまん》できない。ジャグはすごくいいお手本だ。伝統的《でんとうてき》なくだらないことのすべてから逃《に》げだして、そのあとも、まずまずの暮《く》らしを送ってる。父さんは、ぼくが「知りもしないどこかの女の子と結婚して、親の体面を保《たも》つ」という「立派《りっぱ》な行為《こうい》」を拒否《きょひ》したら、「ジャンキーの落ちこぼれ」になる、とよくいってた。だけど、ジャグは路上で暮らしてないし、牢《ろう》屋《や》にも入ってない。自分の望む人生を送ってるだけだ。他のだれかに作られた人生じゃなく。やっぱり、ジャグのいうとおりだ。自分の人生のことを自分で決断したって、ちっとも自分勝手じゃない。少しも。

その晩《ばん》、ホテルにもどると、ぼくはバックパックの中の荷物を整理して、エイディとリーザに買ったお土産《みやげ》を入れた。エイディには、サイプレス・ヒルのCD。エイディが持ってないやつで（少なくとも、最後に会ったときは持ってなかった）、計算すると、三ポンドくらいにしかならない。リーザのお土産には悩んだ。何を買えばいいのかわからない。けっきょく、ぽってりした釈迦像《しゃかぞう》のキャンドルを三体と、ビャクダンを彫《ほ》って作ったネコの置物にした。リーザはネコが大好きだから。ジャグには何も見つけられなかった。こんなに助けてもらったんだから、何かプレゼントしたかった。それで、最後にぼくは本人にそのことをいった。

「マニー、ぼくに何か買うことなんてないんだよ。ぼくは子どもではないんだし」

「わかってる。だけど、こんなにいろいろしてもらったし……」

「きみと友達になれただけで、充分《じゅうぶん》だ。それに、きみが親の決めた結婚を乗《の》り越《こ》えてくれそうでうれしいよ。実は、ぼくはこの一族で自分だけが外れ者だって少し落ちこみはじめていたところだったんだ」

「どういうこと?」

「本当は今でもときどき、ぼくは自分のことを自分勝手だと思ったり、罪《つみ》の意識《いしき》なんかを感じたりすることがある。だが、きみが家族にどんなことをされたのか、ぼくに話してくれただろう? おかげで自分がどうして今の道に進んだのか思い出したし、きみと話して、なんていうか、自分がどうして家族の枠組《わくぐ》みから逃げだしたのかがわかった。ぼくが家族の伝統に従《したが》わなかった理由は、自分勝手なものではなかったってこともね。自分と自分の人生のためには正しい選択だった」

「だけど、今でもときどき、罪の意識を感じるんだ?」

「ああ、少しの間ね。だがそのあと、自分の人生に起きたいいことばかりを思《おも》い浮《う》かべて、そういう気分を断《た》ち切《き》るんだ」

「人生に起きたいいこと……。じゃあやっぱり、ジャグは結婚とかしてるんだ? ぼくたちが初めて会ったころ、ハルパルおばさんがジャグのいろんなうわさを教えてくれた。どこかに奥《おく》さんと子どもがいるとかさ」ジャグが片方《かたほう》の眉《まゆ》を上げて、それからにこっと笑った。

「奥さんじゃなくて、ガールフレンドだ。名前はナンシー。シドニーで弁護士をやっている。それと、マイア」

「マイアって?」ぼくが尋《たず》ねると、ジャグは財布《さいふ》を引《ひ》っ張《ぱ》りだして、写真を見せてくれた。ブロンドのきれいな女の人と、四つか五つくらいの子どもが写ってる。

「娘《むすめ》だよ。きみのいとこだ」

ぼくはびっくりしたなんてもんじゃなかった。「どうしてあのとき教えてくれなかったの？前に、ごちゃごちゃいっぱい質問《しつもん》やなんかしたときに」

「それは、きみが訊かなかったから」これも、ジャグのいうとおりだ。ぼくはずっと気になってたのに、訊かなかった。ジャグは自分の人生を語るとき、いつも目に半分悲しそうで、半分幸せそうな表《ひょう》情《じょう》を浮かべる。あれは、家族と離れて寂《さび》しいからだったんだ。ジャグの本当の家族と。

「家族と離れてるのは、寂しいだろうね」

「ああ。ぼくがいいたいのは、そこなんだよ。ぼくだって、例の伝統的なことをやろうと思えばやれなくはなかった。だけど、それではただ、人のためにすることになってしまう。それに、もしもぼくがやっていたら、ナンシーとは出会えなかったし、かわいい娘に恵《めぐ》まれることもなかった」

ぼくは手の中の写真をじっと見た。

「それはあげるよ。ぼくはもう一枚《まい》持っているから。それに、きみにはぼくの家族を知っていてもらいたいんだ。きみがうちに遊びにきたときに、仲良くしてほしいからね」

「もちろん、ジャグ、約束する。それにしても、ジャグに子どもがいたなんて、まだ信じらんないよ」

「マニー、実はぼくもいまだにそうなんだ」

その晩のそれからあとのことは、もやの中の出来事みたいに過《す》ぎていった。ジャグとぼくはホテルのバーでかなり飲んだあと、空港へ出発した。住所は交換《こうかん》してあった。ぼくはエイディの兄貴《あにき》の住所を教えた。エイディなら気にしないだろうし、ぼくが裏技《うらわざ》をやりとげるころ、ぼくの住所を知ってるやつといったら、たぶんあいつしかいない。出発の時刻《じこく》が近づくにつれて、ぼくはだんだん心配になってきた。父さんや兄貴たちからどんな「もてなし」を受けるんだろう。ぼくの帰宅《きたく》を喜んでもらえるとは思えない。村を逃げだしたといって、かんかんに怒《おこ》るはずだ。おじさんたちはもう家に連絡しただろう。たぶん、電報《でんぽう》を打って、ちゃんと伝わったかどうか、電話もコレクトコールで何度かかけてるにちがいない。

空港ではすべてがスムーズに進み、ぼくは二時半ごろ出発ロビーに入った。ジャグに「さよなら」と、これまで助けてくれたことへのお礼は、すでにいってあった。そのときは悲しくて、涙《なみだ》を必死にこらえないといけなかった。っていっても、ジャグの前で泣きべそをかいたわけじゃない。まさか。だけど、例の、喉《のど》がかたまりにふさがれる感じ？　あれになってしまった。自分が大切な人みたいに、重要な人みたいに扱《あつか》われるのに慣《な》れてないぼくを、ジャグはそんなふうに扱ってくれた。ぼくをひとりの人間として扱ってくれた。ひとりの大人として。

ぼくはすっかり疲《つか》れてしまって、飛行機ではずっと眠《ねむ》ってた。六時間後、すごくかわいい客室乗務員に起こされて目を覚ました。コーヒー三杯《ばい》にチョコバー一本を平らげて、他の乗客をながめた。その間にも飛行機はぼくを家に運んでいく。数時間後、ぼくはヒースロー空港に立ってた。すべてが順調に進んだ。地下鉄に乗って、列車に乗り換《の》《か》えて、レスターでいよいよおなじみのバスに乗る。ぼくがちょうどバス停に着いたとき、二十二番バスが親友のようにレスター駅の前に現《あらわ》れた。足は痛《いた》いし、頭もがんがんする。とにかく家族との対面のときまで、あと十五分しかない。

バスの二階に座って、免税《めんぜい》で買ったタバコを吸《す》いながら、なつかしい店やレストランを一軒《けん》一軒ながめた。家に帰れるのはうれしかったけど、胃はむかむかしてた。やっぱり逃げようか、と思った。そのとき、バスがエヴィントン通りとセント・ステファンズ通りの交差点に差しかかった。ここから数分のところに、エイディが兄貴といっしょに住んでる。そう思ったとたん、ぼくは落ち着いた。逃げるだけなら、いつでもできるじゃないか。今は家に帰って、非難《ひなん》の嵐《あらし》に耐《た》えないと。裏技を最終段階《だんかい》に進めて、母艦《ぼかん》を爆破《ばくは》するときがきてるんだ。

バスは左に曲がり、エヴィントン・ドライブに入った。もう逃げられない。次のバス停で家に着く。家族のもとに。ぼくはバスのブザーを鳴らし、バックパックを持ってよろよろ通路を進み、ステップを降《お》りた。そこはもう家の前だった。私道に停《と》めてある父さんの車のわきを通って、玄関のドアの前に立ち、チャイムを鳴らした。音は三十秒くらい響《ひび》いてたと思う。それから、ドアが開き、ランジットと顔をつきあわせることになった。相手を見あげて、にーっと笑ってみせる。さあ、なんていう？　どう返してくる？　しかしランジットはぼくをにらんだだけで、くるりと後ろを向いて廊下《ろうか》を歩きだした。ぼくは一瞬《いっしゅん》、エイディの家に引きかえそうかと思ったけど、けっきょくランジットのあとを追った。居間《いま》のドアにたどり着いたとき、父さんが現れた。

「ほう、着いたか、マンジート」父さんがパンジャブ語でいう。そのあと、でかい手でぼくの頭の後ろを殴《なぐ》りつけた。ぼくは階段の横まで吹《ふ》っ飛《と》んだ。頭がずきずきする。「いきなりひどいじゃないか！」ぼくは振《ふ》りかえって、叫《さけ》んで、泣いた。その間も父さんは、ぼくの顔をめちゃくちゃに殴ってた。

第四部　結婚式《けっこんしき》

29
十月

「すげえ。おまえ、おれより黒いぞ」ここはハイフィールドにあるエイディの兄貴《あにき》の家。エイディがジャマイカのビール、レッド・ストライプの缶《かん》を片手《かたて》にいった。ぼくはただにやりと笑って、肩《かた》の力を抜《ぬ》こうと首をゴキゴキ鳴らした。今は帰国してからひと月以上経《た》った十月の半ばで、ぼくは仕事帰りの夜を楽しんでた。

オードビーにあるスーパーの倉庫で、エイディと夕方から夜までのアルバイトをしてる。基《き》本的《ほんてき》にはクソみたいな仕事で、学校教育修了後《しゅうりょうご》の職業訓練《しょくぎょうくんれん》ってやつだ。豆の缶詰《かんづめ》やなんかの入った箱の積み下ろし作業。ただ、給料はまあまあだし、息子《むすこ》のザカライアの父親っていう新しい役についたエイディとしょっちゅう会える。それに、仕事をしていれば、家族と過《す》ごさなくていい。家を出て一人暮《ぐ》らしをする金を貯《た》めることもできる。家族の中じゃ、ぼくは相変わらず、十一月の終わりに結婚《けっこん》することになってたけど。ぼくとしては、そのほうが好都合だった。そう思わせといて、結婚式の一週間くらい前に逃《に》げるんだから。復讐《ふくしゅう》。純粋《じゅんすい》かつシンプルな復讐だ。

帰国した日に父さんたちに殴《なぐ》られたおかげで、ぼくはかえって強くなった。自分のやりたいようにやってやるっていう気持ちがますます固まった。そりゃあぼくだって、父さんが両手を広げて迎《むか》えてくれるとは思ってなかった。だけど、あんなに殴られて丸二日も部屋に閉《と》じこめられるなんて。おまけに、ハリーのアホがぼくの部屋のドアに新しく外鍵《そとかぎ》をつけやがった。ぼくをいつでも囚人《しゅうじん》みたいに閉じこめられるように。これじゃあ例の、親が決めた結婚のドキュメンタリー番組に出てくる人みたいだ。親がタクシー運転手を雇《やと》って、逃げた我《わ》が子を探《さが》して連れもどすって番組。そこに出てくる被害者《ひがいしゃ》は若《わか》い女の子が定番みたいだけど、こっちはもうすぐ十七の男。それで、同じバカみたいなことをされてるとは。

ぼくはすっかり頭にきてた。ハリーと父さんを見ると殴りたくて仕方ない。母さんはまた前と同じことを続けてる。ぼくをずっと無視《むし》した挙句《あげく》、ついにバターみたいにねっとりした間接《かんせつ》的《てき》な脅《おど》しをかけてきた。腿《もも》を叩《たた》きながら、「神様、この子を救ってください」と泣《な》き叫《さけ》ぶ。ぼくはあの手この手で責《せ》められた。脅迫《きょうはく》に暴力《ぼうりょく》。ランジットとジャスは、やさしい説得作戦を始めた。実際《じっさい》に結婚すれば、そんなに悪いもんじゃない、そのうち慣《な》れて、落ち着いて、あらたに責任感《せきにんかん》も出る、だと。精神的拷問《せいしんてきごうもん》だ。そんなわけで、仕事はまさに天の恵《めぐ》みだった。

他《ほか》に、仕事のおかげでよかったのは、ぼくが職に就《つ》いて落ち着こうとしてると、家族が思いこんだっていうことだ。あいつは怒《おこ》っていてほとんど口もきかないけど、運命を受け入れるつもりなんだろう、なぜなら逃げないし、結婚しないといわなくなったじゃないか――そう思ったらしい。ぼくはそんなことひと言もいってなかったけど、父さんとハリーはすっかりいい気になって、万事オッケーとばかりに安心してた。ぼくが文句をいわなくなったってだけで。ぼくと話しあおうとしたのは、ランジットとジャスだけだった。自分たちは関わらなかったのに、ぼくをインドに置いてきたことを謝《あやま》ってくれた。父さんのほうはこう思ってるみたいだった。「おれがずっと望んでいたとおり、こいつは一生懸命《いっしょうけんめい》働いて金を貯めているし、教育を受けたがってもいない」たしかに、ぼくはひたすら働いて金を貯めてた。ただ、「残業」の夜だけは、エイディとセアラとザカライアのところでのんびりするか、バーやクラブに出かけてたけど。「今ごろせっせと棚《たな》に物をつめているんだろう」と家族に思わせておいて、実は酒を飲んで葉っぱを吸《す》い、復讐計画を練ってた。エイディの家の居間《いま》で兄貴のプレイステーションで遊んだり、にらめっこをしてザカライアを笑わせたりってときもある。ザカライアの笑い顔は、めちゃくちゃ面白《おもしろ》い。マジでとーちゃんにそっくりだ。

「じゃあ、土曜の夜は休みを取ったんだな?」エイディがいった。ぼくはマリファナに火をつけた。

「うん。代わりに月曜の夜に働くことになったけど」

「なんだよ、ひと晩《ばん》くらい、簡単《かんたん》に休めねえのかよ」

「休めるよ。だけど、計画を実行するには、金がいるからね」

「じゃあ、マジで実行するんだ?」エイディは質問《しつもん》してきたものの、答えはわかってた。

「大マジの、百五十パーの、ぜってえだ」

「なんだ、そりゃ。ごちゃまぜのしゃべり方。アメリカのラッパーに、ど田舎《いなか》の保安官《ほあんかん》に、ジャマイカ人かよ」エイディが首を振《ふ》りながら笑う。

「エイディ、ぼくはやるしかないんだ。自分のためにね。やっぱり、家族が望むように生きるなんてできない。だって、十七歳《さい》で結婚なんて、そんなの自由がなくなるだけだ」

「じゃあ、おれはどうなるんだよ？　この年でガキまでいるんだぜ。いつもガミガミうるさいセアラってかみさんもいるし。とにかく、スティーヴにはもう話しといた。おまえがここにしばらくいるのは構《かま》わねえってさ。ただ、ソファで寝《ね》てもらうことになるぞ。そのソファの寝心《ねごこ》地《ち》、マジでジャガイモの入った袋《ふくろ》に寝るみてえなんだ。ひー」エイディの兄貴のスティーヴからは、とっくに泊《と》まっていいっていわれてたけど、エイディに太鼓判《たいこばん》を押《お》してもらえると心強かった。

「そういや、リーザがよくいってたっけ、物もらいは選《よ》り好《ごの》みをしていられない……」

「おまえ、もどってきてから、リーザと会ったのか？」

ぼくはエイディを見て、首を振った。リーザの家の住所宛《あて》に手紙を出したけど、返事はこなかった。あれから二週間だ。リーザはもう連絡《れんらく》をくれないんだとぼくはあきらめはじめてた。リーザは返事をくれたけど、ハリーがその手紙を盗《ぬす》んだって可能性《かのうせい》もある。

エイディにはぼくが考えてたことがわかったらしい。やれやれと首を振りながら、こういった。「なあ、マニー、リーザが連絡を取ろうとしてるのか、してないのか、確《たし》かめにいったらどうだ？　リーザの母さんに会ってみろよ」

「どうも、自分をストップさせることばかり考えちゃって。すごく恥《は》ずかしいとか、怖《こわ》いとか。そんなんじゃだめだとは思うんだけど、どうしようもないんだよ」

エイディはちょっと考えてから、にっと笑った。「そうだ。おまえがリーザに会いにいかねえんなら、リーザがおまえに会いにくればいい。『こちらが動かぬなら、向こうが動けばよい』だ」

ぼくはエイディをまじまじと見た。こいつ、何血迷《ちまよ》ってんだ？　それってつまり、玄関《げんかん》でリーザが父さんとごたいめーんってことじゃないか。エイディはいいやつだけど、口ばっかだから……。

「まあ、いいから聞けって」エイディが甲高《かんだか》い声でいう。「おれたちゃ土曜の夜に出かけるだろーが、あ？　そこにリーザもくるってのはどうだ？」

レスターのあちこちで見かけるアジア系《けい》ジャマイカ人もどきをまねたエイディのしゃべりに、ぼくは思わず笑ってしまった。「どうやったら、そんなことができるんだよ」

「簡単さ。おれのかみさんは、リーザのいとこなんだぜ。明日、仕事が終わったら、リーザとお茶するようにいっておくさ……」

「うん、それなら、大丈夫《だいじょうぶ》だな。頼《たの》むよ」わくわくしてきた。まだエイディは、リーザに電話しろってセアラにいってもいないのに。

「それで、おれたちは偶然《ぐうぜん》会ったって顔をする。リーザに悟《さと》られねえようにな」

ぼくはその週は土曜まで毎日スーパーで働きつづけ、家族とは顔をあわせないようにした。父さんと顔をあわせることはほとんどなく、あっても、向こうは酔《よ》っ払《ぱら》ってた。ぼくは土曜の夜だけを楽しみに毎日を送った。セアラからちゃんと連絡がいって、リーザが現《あらわ》れてくれますように。

金曜の午後、ぼくがお茶をいれに台所に入ると、ランジットが見るからに話したそうな様子で待ちかまえてた。

「マンジット、結婚式のことで、話をつけておくことがあるんだ」ランジットはぼくの顔を見ないでいった。ぼくは自分のマグにティーバッグを放りこむと、黙《だま》ってランジットの言葉を待った。結婚式はちょうど一か月後に迫《せま》ってた。その件《けん》でだれかに直接話しかけられたのは、これが初めてだ。「ダディ・ジーはすっかり準備《じゅんび》をすませてる。式場に料理。何もかも手配済《てはいず》みだ」

「そりゃすごい」おっと、つい皮肉っぽい言い方になってしまった。今はランジットにあわせておいたほうがよさそうだ。まずはあっちの出方を見よう。

ランジットはぼくの顔の前に紙切れをひらひらさせて、調理台のぼくのマグの横に置いた。

「料理や式場やなんかに、全部で一万ポンドもかかってる」

「だから？　ぼくはそんなに使ってくれなんて頼んでないよ」

「まあ、聞けって。おまえがインドのことでまだ怒ってるのは知ってる。だけど、これでわかっただろ？　ダディ・ジーはおまえのためにこんなに金を使ってくれたんだ。他のだれでもない、おまえの結婚式のためにな」

「あんたたちの結婚式だと思ってた」

「話をはぐらかすなって。つまりな、おれたちはおまえのためにしてるんだ。おまえにそれをわからせるのに、ダディ・ジーはこれ以上どうしたらいいんだよ」

ぼくは金やなんかの問題じゃないってことをいおうとしたけど、うちのご長男にはたぶん通用しない。ぼくのやろうとしてることなんか、わかりもしないだろう。

そのとき、ハリーが台所に入ってきて、ぼくの前に立ちはだかった。「今さらぶち壊《こわ》そうったって、そうはいかねえぞ。何もかも用意はできてんだ。家名を汚《けが》すようなことをしてみろ、おれが容赦《ようしゃ》しねえ」

ぼくはハリーを無視してランジットを見た。「だけど、もういったじゃないか。ぼくはやるって。結婚式やなんかをさ」

「いーや、おまえはいってねえ。おれたちがいってるだけだ。観念しろ、自分のためだ」ランジットをさしおいて、またハリーが口をはさんできた。

ぼくはハリーを無視しつづけた。「じゃあ、ランジット、さっきからの話は、ぼくがイエスかどうかを訊《き》いてるってわけ？」

「いや、違《ちが》う。おれは、準備はすべて調《ととの》ったっていってるだけだ。おまえはおれたちのいうとおりにしてりゃいい。責任はおれとジャスが持つ。結婚すれば、おまえがそのあと何をしようと、とやかくいわない。だが結婚はしてもらうぞ。おれたちの評判《ひょうばん》は、おれたちの名誉《イッザト》は、すべておまえの結婚にかかってるんだからな」

「じゃあ、ランジットが責任を持ってくれるんだ？　それで、父さんが全部費用を出してくれるってわけ？」これは使えそうだ、とぼくは思った。

「今そういっただろうが」

「わかったよ、受け入れるよ。だけど、結婚式のあとは、自分のしたいようにするからね」

「結婚式が終われば、マンジット、おまえも責任のある一人前の男になるしな。おれたちみてえにな」ランジットがぼくの肩に手を置いた。

「え？」そのとき、ぼくの頭の中でぱっと火花が散った。復讐のアイデア。オイシソウなアイデアがついに浮《う》かんだぞ。キャドバリーかどこかの菓子《かし》メーカーが出しそうな、チョコレートみたいに甘《あま》ーいやつだ。

ランジットが話を続ける。「たぶん、いつかはおまえも一人前のジャートになる。おれたちの仲間にな。おれたちの人生も、おまえが考えてるほど悪いもんじゃねえさ。ただ違うだけだ。

ゴラとは違う。おれたちは自分の社会で暮らさなきゃならねえからな。おれたちの子どもがよきパンジャブ人になるのに、他にどんな方法がある？」

ランジットが話しおわると、ぼくはあいまいに笑ってみせた。ぼくたちが血のつながった兄弟だなんて、信じられない。世界をひとつの見方でしか見られない、父さんの軟弱版《なんじゃくばん》なんかと。そりゃ、同情《どうじょう》もしてる。ランジットが父さんにたてつくことができないのは、はっきりしてるから。洗脳《せんのう》されたも同然で、ほんとの自分は下に隠《かく》れてしまってる。っていうか、ほんとのランジットがどんな人かもわからない。ただ、そうは思っても、ぼくは自分の考えを曲げるつもりはなかった。計画はもうすぐ完成だ。そしたらぼくは最後までやりとげる。

問題の土曜の夜、ぼくはいつもどおり、夕方六時半ごろに仕事に出かけた。っていっても、向かった先はオードビーの倉庫じゃない。エヴィントン通りを行ったエイディの家。そこに着くと、ぼくは遊び用の服に着替《きが》えた。黒のストレートのパンツにキャタピラーズの黒のスニーカー、紺《こん》の半袖《はんそで》シャツ。どれもインドから帰って、金持ちとか貧乏《びんぼう》とかへの罪悪感《ざいあくかん》が消えたとたんに買った。「もう自分のことは自分で責任を持つし、自分の金は好きなように好きな物に使う」っていう父さんへの意思表示《いしひょうじ》だ。

エイディは繁華街《はんかがい》をちょっと外れたところにできた、この新しいクラブの顧客《こきゃく》リストにぼくたちの名前を載《の》せておいてくれた。ここでは、エイディの兄貴がドアマンをやっていて、ハウスDJのバンプ・アレンが音楽を担当《たんとう》してる。バンプ・アレンの音楽は、退学《たいがく》になる前に聴《き》いたことがあった。かなりかっこいい。ぼくは普段《ふだん》はラッガやジャングルしか聴かないけど、「音楽の守備範囲《しゅびはんい》を広げようぜ」っていうエイディの意見には賛成《さんせい》だった。タダのときは、特に。

「おい、あの子、かーいーな」エイディがいった。ぼくたちは飲み物をこぼさないようにしながら、二階のバーのそばに立ってた。すごく混《こ》んでいて、エアコンが動いてないみたいだ。あまりの暑さに一瞬《いっしゅん》、インドにいたころを思い出した。シャツが背中《せなか》にぺたっと張《は》りついて、額《ひたい》から汗《あせ》が流れおちる。ぼくはエイディにビールを預《あず》けると、人ごみを抜けてトイレに向かった。顔を洗《あら》いたい。汗くさいやつに思われるのは嫌《いや》だ。たとえ、ここにいる他のみんなも汗だくだとしても。トイレに入ると、クスクス笑いあってるふたりの女の子がいた。酔っ払いすぎてとうとう、男子トイレに入ったほうが好都合と考えるまでにいたったらしい。女の子のうち、ひとりはシースルーの黒のワンピースを着てた。下にはひも型の超《ちょう》ビキニしかつけてない。もうひとりはでかい胸《むね》を強調する黒のミニのワンピース。ぼくはバーにもどるとき、こっそりふたりを見た。っていっても、そんなに長くじゃない。心はもう、リーザに飛んでたから。ちゃんときてくれるだろうか。きてくれたら、なんていおう。

ぼくがもどると、エイディはセアラと話してた。相変わらず、そばを女の子が通るたびに、目で追ってたけど。セアラはエイディの態度《たいど》にちっとも動じてない。前からのことなんで、エイディがバカをやるのにも慣れてるんだろう。ぼくはビールをごくごく飲みほすと、一階の出入り口に向かった。エイディの兄貴のスティーヴが、ドアのすぐ内側で背の高いブロンドの女の子としゃべってる。ぼくはスティーヴに笑いかけ、外に出た。二十人くらいの人たちが、ぼくと同じように駐車場《ちゅうしゃじょう》をうろついてた。ぼくはドアのほうを向いて駐車場の塀《へい》に座《すわ》った。十分くらい経ったころ、だれかがぼくの肩を叩いた。昔の学校の友達かな、と思って振り向いた。目ん玉が飛びでそうになった。

リーザ！

「久《ひさ》しぶり」

返事もできない。ぼくは塀を飛びおりると、リーザの顔が赤くなるくらいぎゅっと抱《だ》きしめた。それから離《はな》れて、リーザをじっと見た。サイコーだ。髪《かみ》はかなり短めのショートヘア。刈《か》りこんでるといっていい。こんがり焼けた肌《はだ》が白の短いクロックトップに映《は》えてる。ぼくは目をそらすことができなかった。突《つ》っ立《た》って、リーザの手を握《にぎ》って、見つめつづける。するとリーザが泣きだした。

30
十一月

日曜の夜は、ぼくの「残業」デーになった。夕方六時に家を出て、リーザの家に泊《と》まって、翌朝《よくあさ》八時ごろに帰るパターン。ぼくたちは再《ふた》び会えたあの晩《ばん》から、離《はな》れてたのがうそみたいにもとにもどった。ぼくがリーザに会いたくてたまらなかったように、リーザもぼくにすごく会いたかったといってくれた。ぼくがインドからもどってこないんじゃないかと思って心配したという。リーザの両親は相変わらずよくしてくれた。ぼくを長い間行方不明《ゆくえふめい》だった息子《むすこ》みたいに迎《むか》えてくれて、好きなときにいつでも泊まりにきなさい、といった。ぼくの裏技《うらわざ》の計画は、そのときまでにほとんどできてたので、ぼくはリーザとリーザの父さんに話した。ふたりはちょっとびっくりしたけど、味方になるといってくれた。

リーザという味方をまた得たことで、ぼくはだいぶ頭の中を整理することができた。それまでも、エイディにいろいろ相談してきたけど、リーザにしてみると、まったく違《ちが》う反応《はんのう》が返ってきた。リーザはぼくに家を出なくちゃだめといいつづけた。「親の決めた結婚《けっこん》から逃《に》げるのよ。今日、今すぐに」家族に復讐《ふくしゅう》する必要はない、っていうのがリーザの主張《しゅちょう》だった。『ぼくのことはほっといてくれ』って家族にいって、玄関《げんかん》から出てきちゃえばいいの。もう仕事はあるんだし、十七歳《さい》にしてはお金を稼《かせ》いでるし、アパートだって借りられるんだから」リーザが特別なのは、そういうことをいってくれるからじゃない。ぼくをすごく信頼《しんらい》して、ぼくの立場を理解《りかい》しようとしてくれるからだ。ジャグに似《に》てる。あそこまでオトナじゃないけど、「がんばって」と尻《しり》を叩《たた》いてくれる。ぼくは自分がしようとしてることに自信が持てなくなることがあった。ほんとに家族を捨《す》てられるんだろうか。ひとりでどうやって生きてけばいいんだろう。そんなことをあれこれ考えてしまう。リーザは、細くて狭《せま》いぼくの道の案内役だ。正しい方向にぼくの背中《せなか》を押《お》してくれる。ぼくはリーザのそういうところが大好きだ。結婚式が近づいてきてからは、特にその思いは強くなった。

結婚式の二週間前、相手の家族が日曜の午後にうちにやってきた。っていっても、本人はいっしょに現《あらわ》れず、十五人くらいの家族がうちの居間《いま》につめかけて、お茶を飲みながらインドのスナック、サモサを食べた。みんながぼくを見てたけど、実際《じっさい》に話しかけたり、質問《しつもん》をしたりはしなかった。ぼくは品評会《ひんぴょうかい》に入選した雄牛《おうし》か何かになった気分だった。自分のところの雌牛《めうし》に子をはらませたい農夫にぐるりと囲まれてる感じ。向こうの家族はぼくを見て、万事オッケーと思いこんでる。ぼくのほうも、そう思わせておくことにした。っていうか、実際、もうそんなことを心配してる段階《だんかい》じゃない。ぼくは自分のしてることにまだ迷《まよ》って半分びくびくしながらも、半分挑戦的《ちょうせんてき》になってた。こっちにはとっておきのパスワードがあるんだぞって。あとは、そのパスワードを打ちこみさえすれば、裏技が魔法《まほう》の力を発揮《はっき》する。邪魔《じゃま》するモンスターどもを一気に飛びこして、ぼくを次のレベルに連れていってくれる。

　ぼくは床《ゆか》を見たり天井《てんじょう》を見たりしながら、自分の椅子《いす》にただ座《すわ》ってた。そんな様子に気づいた相手方のおばさんが、「照れてそわそわしちゃって」なんていったもんだから、女の人たち全員と男の人たちの何人かがどっと笑った。ぼくはこのすべての状況《じょうきょう》から離れて、心のカメラをどんどん引いていった。そして、ついに壁《かべ》にとまったハエみたいにこの場を見おろして、自分の問題をながめながら考えはじめた。はたから見たら、この状況は十一月の暖《あたた》かい日曜の午後に楽しげに集《つど》う未来の親戚《しんせき》の図ってとこだろう。みんなが笑顔《えがお》で語りあい、ときどき食べ物やお茶をまわし、もうすぐやってくる結婚式の話題で盛《も》りあがってる。しかしカメラをどんどん近づけていくと、違う場面が見えてくる。父さんはしわしわのベージュのスーツを着て座ってる。日曜日のいっちょうらだ。酒が切れて目は血走り、手は震《ふる》えてる。ぼくの未来の義理《ぎり》の父親も、父さんとそっくりの状態《じょうたい》だ。違うのはスーツが黒で、頭にターバンを巻《ま》いてるところだけ。兄貴《あにき》たちは座ってお茶をズーズーすすりながら、サモサを口につめこんでる。まさに水牛のえさの時間。母さんは、「うちは本当に幸せです。お金にも困《こま》っていないし、息子たちはいい子だし」ってなことをしゃべってる。「五十二番地のお宅《たく》みたいに息子さんが白人の女の子と駆《か》け落《お》ちしたとか、六十三番地のお宅みたいに娘《むすめ》さんがヒンドゥー教徒と結婚したなんてこともありませんしね。二十五番地のイスラム教徒のお宅なんか、おじいさんとお父さんが危《あぶ》ないクスリや何かの商売で牢屋《ろうや》に入ってるんですのよ」そのときぼく、未来の花婿《はなむこ》はどうしてたか。ジャスにずっとこうささやかれてた。にっこりしなさい。いまさら計画をひっくりかえしちゃだめよ。計画をひっくりかえしちゃ……。

っていうか、ひっくりかえすも何も、そんな中身が腐《くさ》ってるもの、最初から願いさげだ。

「義理の家族」が帰ったあと、ぼくが「残業」に行く準備《じゅんび》をしてると、父さんがやってきた。札束を両手で持ってにこにこしてる。ぼくは台所でチーズとピクルスのサンドイッチを作ってた。無視《むし》しようと思ったのに、父さんが近づいてくる。それから、でかくて分厚《ぶあつ》い手でぼくの首を後ろからつかんだ。酒の匂《にお》いがぷんとした。日曜で飲まない日のわりには、酔《よ》ってる。だれも見てないところで、こっそり二杯《はい》飲んだってとこだろう。

「いい子、おまえいい子、マンジート」父さんはあやふやな英語でそういうと、パンジャブ語に切《き》り替《か》えた。「ほら、この金を受けとれ。結婚式のスーツでも買いなさい。シャツとネクタイもな」

「もう全部用意したよ」ぼくは父さんから金をもらいたくなかった。

「だめだ！　いいから受けとりなさい。おまえのおかげでおれも鼻が高い」血液中《けつえきちゅう》のアルコールのせいで、父さんはひとりで盛りあがってた。目には涙《なみだ》がたまってる。

「スーツとかならそろえてあるよ。もうひとそろいなんて、いらない」これで父さんがあきらめて、さっさと行ってくれますように。しかしだめだった。父さんはその場に突《つ》っ立《た》って、ぼくの首をつかんでいる手にいっそう力をこめた。今にも目から涙がこぼれそうだ。

「おれが結婚したときのことを思い出すなあ。スーツを買う余裕《よゆう》もなくて、いとこから借りたんだ。ああ、あの日は幸せだった。ウイスキーをたっぷり飲んで、肉をたらふく食って。ちょうど今のおまえたちみたいに。だれにとっても結婚式は、人生最高のパーティーだ」

「うん、たしかにね」ぼくは皮肉たっぷりに英語で返事した。だが父さんは聞いてない。ひとりでしゃべりつづけてる。

「今にわかる。おまえはこの結婚でおれたちに人生を台無しにされそうだと思っているが、今にわかる。マンジート、おまえはたしかにおれたちにひどいことを散々やってきた。だが、それでも、よきパンジャブ人に生まれ変わった。今にわかるさ。もうすぐ、おまえには面倒《めんどう》を見なけりゃならない妻《つま》と子どもたちができる。そうしたら、おれのやってきたことがおまえにもわかる。おれがプレッシャーに立ち向かわなけりゃならなかったことがな」

ぼくは父さんをじっと見た。父さんがこんなくだらないことをいいつづけるのは、ぼくを嫌《いや》な気分にさせるためなんだろうか。それとも、ただ胸《むね》のうちを吐《は》きだしたいだけ？ 父さんが兄貴たちにも、おんなじバカなことをいってるのを聞いたことがある。飲みすぎたときはいつもこうだ。まるで酔いつぶれる寸前《すんぜん》までいかないと、告白できないって感じ。ときどき、ぼくは父さんが心配になったものだった。そんなに飲むようなことがあったのかと思って。だけど、父さんの人生に悪いことなんて何もない。家はあるし、仕事もある。息子たちはみんな、いうとおりにしてる。ぼくをのぞいてだけど。父さんはただ飲んだくれなだけで、アル中なだけ。そして、それはだれのせいでもない。父さん自身のせいだ。

「さあ」父さんはぼくの両手に金を押しこんだ。「受けとってくれ。おまえのおかげでおれは鼻が高いぞ、マンジート」

ぼくはさっと金を数えた。二十ポンド札と十ポンド札で、約六百ポンド。父さんはぼくの裏技を仕上げてくれるんだ。そう気づいたとたん、ぼくは金をポケットにしまって「ありがとう」といってた。受けとったことに一瞬罪《いっしゅんつみ》の意識《いしき》を覚えたけど、すぐに思い直した。自分のことを考えよう。父さんのことじゃなく。ぼくは父さんにずっと殴《なぐ》られたり、蹴《け》られたり、棒《ぼう》で叩かれたりしてきた。小さいころからずっとだ。うそや脅《おど》しはいうまでもない。うん、やっぱり、ぼくは父さんから金をもらってもおかしくない。それがラストチャンスになりそうな場合は、特に。

ぼくはエイディに、自分の計画と、エイディにやってほしいことを説明した。エイディは冷静に聞いてくれたけど、どうしてすぐに実行しないのか不思議がった。今すぐ家を出ちゃえよ、ってわけだ。ぼくの答えは「ノー」だった。それが正しくても、正しくなくても、とにかくそうしたい。そうする必要があった。ぼくは家族に対して、おまえたちとは違うんだってとこを見せなくちゃいけない。ひとりの人間なんだってことを。父さんたちにいくら脅されても、暴《ぼう》力《りょく》を振《ふ》るわれても、金をちらつかされても、どんなことをされたって、必ず自分のなりたい自分になる。エイディはぼくの説明を全部聞きおわると、ぼくのやり方にも賛成《さんせい》しはじめた。

「なあ、マニー、自分の思うとおりにやるのはいいけどな、これだけは肝《きも》に銘《めい》じとけよ。いったん、おまえがそれを実行したら、相手はおまえの血を見ずにはすまさねえぞ」

「わかってる、エイディ。だけど、ぼくは気にしない。血ならもう充分《じゅうぶん》、あいつらのせいで流してる」

「それと、おまえはもう家に帰れなくなるんだぞ」

ぼくはエイディを見て、笑おうとしたけど、できなかった。「それもわかってる。計画を実行すれば、家族みんなとの関係が終わることになると思う。だけど、それがこの一年でぼくが出した結論だ。いや、この四年でね。今さら変えようったって、もう手遅《ておく》れだ」

「じゃあ、もう、絶対《ぜったい》ってわけか」エイディが片方《かたほう》の眉《まゆ》を上げる。

「うん、百パーセント。やつらがぼくにしてきたことを許《ゆる》すかって。インドやなんかのこと。絶対に許さない」

「ふうん、そういうことなら、おれを当てにしてくれよ、ボス」エイディがにやりとする。

「サンクス。心強いよ」

「いいってことよ」

「よかった」ぼくはエイディを見て、ウインクした。

「さてと」エイディがウインクを返す。「時計の針《はり》をあわせるとしますか。作戦開始」

31
十一月二十八日金曜日

「これからちょっと自分の部屋を片付《かたづ》けてくるよ。全部掃除《そうじ》して、準備《じゅんび》しないと」

ハリーがぼくにウインクして、にやにや笑う。「ご愛用の雑誌《ざっし》を全部捨《す》てなくちゃな。心配するなって。すぐに本物をたくさん見られるだろーが、あ？」

「下品なこといわないで、ハリー」ジャスが答える。まるでぼくの保護者《ほごしゃ》気取りだ。「マニーはあなたとは違《ちが》うのよ。ずっと繊細《せんさい》なんだから」

ぼくはふたりに勝手にいわせといた。ハリーはジャスがぼくのことを繊細といったことに笑った。どっちみち「繊細」の意味も知らないくせに。ジャスはぼくの「大好きなお義姉《ねえ》さん」で「親友」という役を演《えん》じてる。ぼくはただにこにこして、ふたりのやりとりを聞きながした。どちらも、ぼくのちょっとした演技《えんぎ》にまんまと引っかかってる。こんなに簡単《かんたん》にだまされるなんて、大笑いだ。ほんとにこいつら、百パーセントのバカかも。ぼくが完全に人格《じんかく》を変えたと思ってる。ほんの数週間前には結婚《けっこん》なんて絶対《ぜったい》しないっていってたやつが、乗り気になるかって。ちょっと火をかきたててやったらこうなった。ぼくはジャスに「早く落ち着きたい」といって、「家族やなんかに対する義務《ぎむ》にやっと気づいた」とつけたした。ジャスはぼくの言葉をランジットに伝え、ランジットは父さんに伝えた。同じ日すぐに、母さんまでがぼくに「おまえはなんてすばらしい息子《むすこ》になってくれたんだろう」といいにきた。簡単だ。そして、ぼくはこの成り行きに、これっぽっちも罪《つみ》の意識《いしき》を感じなかった。父さんたちはぼくが自分たちのいろんな圧力《あつりょく》に降参《こうさん》したと思ったから、またぼくを好きになっただけだ。ぼく自身には、ぼくという人間には、興味《きょうみ》なんてない。自分たちの善悪《ぜんあく》の考え方にあわないものには、なんの関心もないんだから。ぼくは家族にやさしくされればされるほど、ますますやつらの手のひらをかえすような態度《たいど》にあきれた。おまけに腹《はら》も立った。父さんなんてまさにこういわんばかりの態度だった。「なあ、おれはたしかに、おまえが小さいころからずっと殴《なぐ》ってきた。だが、これで勘弁《かんべん》してくれ。おれが悪かった。このとおり謝《あやま》る。おまえには妻《つま》とたっぷりの金を用意した。これがおれの気持ちだ」どいつもこいつも、最低だ。

ぼくはふたりをぬか喜びさせたまま、「片付ける」ために二階の自分の部屋に行った。パンジャブの結婚式は三日に渡《わた》って行うのが習わしで、実際《じっさい》の式は最終日にやる。ちなみに、結婚式の最初の二日間っていうのが、今日と明日。そりゃ、それぞれの日には儀式《ぎしき》があるけど、三日もかけるのは、単にでかいパーティーを開きたいだけだ。ぼくの家は人でいっぱいになった。まだ金曜の朝だっていうのに、おじさんやおばさんやいとこたちがもう集まりはじめてる。みんながぼくを幸運だとか父親孝行《ちちおやこうこう》だとかいった。「立派《りっぱ》になったねえ。これからは、悪の道に外れた息子がいたら、おまえが教えてやればいい。その子をまっとうにするために、よきパンジャブ人の手本が必要なときにはね」完全な妄想《もうそう》。そういうことをいいだす人たちが、明日はもっと増えるだろう。大事なのは、その人たちが、ぼくが裏技《うらわざ》を実行するときの隠れ蓑《かくれみの》になってくれてるってことだ。ぼくはジャスにいった。「今、部屋にはがらくたがたくさんあって、『大人』になるぼくには、いらないものばかりなんだ。そういうのを全部、エヴィントン通りに持っていくことにしたよ。黒いビニール袋《ぶくろ》につめてさ。チャリティショップに出すんだ」ジャスはぼくを車で送るといったけど、ぼくは「外の空気を吸《す》いたいから」と断《ことわ》った。結婚式で気分が落ち着かないから、頭をすっきりさせたい、ともいって。結婚を受け入れたおかげで、ぼくは家族に対して自由市民みたいになってた。どこへ行こうが、何をしようが、もう何も訊《き》かれない。何も疑《うたが》われない。計画にはまさに好都合だった。

どうしても必要なものだけを袋につめて、四往復《おうふく》して運びおえた。いちばん重い本とかを最初に運んだ。ずっしりした袋を両手にひとつずつ持って、エイディの家まで歩いて運ぶ。午後の三時ごろには両腕《りょううで》が痛《いた》くなったけど、とにかく自分の物の大部分は持ちだすことができた。体以外の引《ひ》っ越《こ》しがすんだことを隠すために、残しておいた服やちょっとした物をうまく利用した。ジーンズは椅子《いす》にかけて、CDケースを二、三個《こ》ベッドの上に置く。雑誌やなんかも無造作《ぞうさ》に載《の》せる。自分の物を持ちだすとき、だれにも何も訊かれなかった。ぼくは父さんの前を通ったし、母さん、ハリー、義姉さんたち、おじさん、おばさん、いろんな人たちの前を通ったのに。みんな、式の準備にかかりきりで、ぼくなんて目に入らないみたいだった。

ぼくはエイディの家との最後の往復を終えると、自分の部屋に閉《と》じこもって心を落ち着けた。これから夜に開かれるパーティーに早く出たい。もちろん、式がうれしくてわくわくしてるって意味じゃない。自分の新しい未来に、頭の中の未来に不安を感じて、落ち着かない気分だったからだ。未来のことをあんまり考えすぎて、とうとう頭が痛くなってしまった。しばらくは忘《わす》れておいたほうがよさそうだ。それにはパーティーがもってこいだ。いたるところにタダ酒があるし、ぼくが酔《よ》っ払《ぱら》ってもしらふでも、だれも気にしない。たぶん、ぼくの家族はどんどん飲めっていうだろう。酒を浴《あ》びるように飲むことが、大人になった証《あかし》だと思ってるから。兄貴《あにき》たちにとって、それはぼくが「おれたちの仲間」になった証拠《しょうこ》だし、ぼくにとっても、これから続く二日間、家族にそう思わせておく必要があった。

その日の夕方、ぼくは黄色い練り粉を顔中にべちゃべちゃつけられる儀式に耐《た》えることになった。儀式は「サッガン」と呼《よ》ばれるもので、「祝福」の意味がある。練り粉の材料は、小麦粉と、色をつけるためのターメリックと、からし油。前に兄貴たちもやっぱりやられて、ぼくはサイアクと思って見てた。実際にジャスやバルジットやおばさんたち全員に、そんなものを顔や首のいたるところにつけられてみると、これがまさに悪夢《あくむ》。キャアキャア笑う鬼《おに》ババたちに囲まれて、よってたかって、洗《あら》い流《なが》すのに二十分かかるべちょべちょだらけにされるんだから。その間、ぼくにはなすすべもない。おまけに、儀式は十一月の終わりの庭で行われたから、寒いなんてもんじゃなかった。

そのあと、結婚式の前にやるひとつ目のパーティーが開かれて、ぼくの親戚《しんせき》や家族が集まった。ありがちなパーティーになるのはわかってた。そもそも、ぼくは期待してなかったけど。どのファミリー・パーティーも、内容は同じだ。男たちはひとつの部屋で酒を飲み、女たちは別の部屋でうわさ話をしたり、昔の結婚式のビデオを観《み》たりしてた。子どもたちの何人かは階《かい》段《だん》の途中《とちゅう》にいる。いとこや、またいとこの息子や娘《むすめ》たちだ。そのうちの半分は、名前がはっきりわからない。その子たちの横をなんとか通りすぎて階段を上がろうとしてると、客間からランジットがぼくを呼び止めた。

「よお、色男！　どこに行くんだ。こっちにきてビールでも飲め」

「すぐ行くよ。ちょっと腹ごしらえしてくるだけ」

「上で何を食うんだよ？　サモサか？」

「違うよ、チーズサンド」

「チーズ？　こんなときに、どうしてチーズなんだ？　もうすぐタンドーリ・チキンがくるってのに、チーズかよ。こっちにきてちゃんとしたもんを食え」

「すぐ行くって」

「じゃあ、そのあと、パブにきて合流しろよ、マンジット。おれたち若《わか》いのだけで飲むんだ。

頭の古い頑固親父《がんこおやじ》たちは抜《ぬ》きでな」

「いや、やめておくよ。明日にする。今夜はちょっと疲《つか》れたから」兄貴たちとパブに行くなんて、冗談《じょうだん》じゃない。演技でも、そうじゃなくても、やなこった。ぼくはパブに行く代わりに、裏技の計画の最終確認《かくにん》をするために、エイディの家へ歩いていった。

32

十一月二十九日土曜日

土曜の朝、ぼくは二日酔《ふつかよ》いになって目が覚めた。なんで家中がこんなに騒《さわ》がしいんだ？　目覚まし時計を見ると、まだ朝の八時にしかなってない。部屋のドアの外で、子どもたちが大騒ぎしてる。おまけに、ひとりか何人かわからないけど、五分に一度はドアにバンバンぶつかってくる。声でランジットの息子《むすこ》のガーパルだけはわかった。ガーパルは金切り声で叫《さけ》んでた。新しいバングラ・ビートを歌おうとしてるらしい。歌詞《かし》をあまり思い出せないみたいだけど。

頭が痛《いた》い。前の晩《ばん》にエイディとバカルディのボトルを一本空けたせいだ。ぼくはベッドの上で横になりながら、ふと、ガーパルはこれからどうなるんだろうと思った。英語に関しては、すでに同じ年のほとんどの子よりかなり遅《おく》れてる。この家じゃぼく以外はみんな、ガーパルにはパンジャブ語でしか話しかけないうえに、本人にもパンジャブ語を話させようとするから。だれも本を読んであげたりしない。ガーパルの母親のジャスでさえもだ。ジャスは、ぼくが前に知的な人だと思ってしまったくらい、実際《じっさい》にちゃんとした教育を受けてる。ただこの人の場合、教育を受けたことと、知性《ちせい》がイコールで結びついてない。けっきょく、自分が受けた教育を有効《ゆうこう》に使わなかったってことだ。かわいいパンジャブの妻を演《えん》じてるほうが幸せらしい。いつも台所にいるか、子どもの世話をしてる。ジャスはそういったことに文句《もんく》をいったことがない。たいていはそれを正当化しようとする。父さんや兄貴《あにき》たちみたいに、パンジャブ的なものの価値《かち》について、くだらないことを並《なら》べたてて。ジャスが近いうちにあとふたり子どもを産むのは間違《まちが》いない。ガーパルはもう見こみなしって感じだ。ただ、ぼくと同じ年になるまでに状況《じょうきょう》がすごく変われば、やつも反逆者《はんぎゃくしゃ》になるという気はしてる。

ぼくはベッドから出てカーテンを開けた。外は太陽が輝《かがや》いてたけど、地面には霜《しも》がびっしり降《お》りてた。ぼくは窓《まど》を開けた。冷たい空気が入ってきて、思わずTシャツに手をのばす。上着のポケットからタバコを見つけて、火をつけ、窓から煙《けむり》を吐《は》きだした。灰《はい》は台所の増築《ぞうちく》部分の平らな屋根の上に落とした。庭には人が二、三人いたけれど、ぼくには気づいてない。台所のドアのそばにいるために、増築部分の上が見えないのだ。ぼくとしてはもう、ばれてもいいんだけど。ゲームもここまでくると、そんなことを気にしちゃいられない。ぼくはタバコを吸《す》いおわると、ジーンズをはいて、「空いていてくれよ」と思いながらトイレに向かった。下の階から女たちのうわさ話の声や、居間《いま》でかかってるバングラ・ビートのテープの音が聞こえる。また長い一日が始まる……。ぼくは心の中でつぶやいた。ガーパルが後ろからすり抜《ぬ》けて中に入ろうとするより早く、ぼくはトイレのドアを閉《し》めた。

正午までには、ぼくは客間に座《すわ》って、お茶を飲みながら、自分のテレビがあればなあと思ってた。そろそろサッカーが始まる時間で、ぼくは試合の中継《ちゅうけい》をどうしても観《み》たかった。なのにテレビは居間にあって、女性陣《じょせいじん》が占領《せんりょう》してる。リヴァプールFCが今シーズン、まただめなスタートを切った。それ以来、ぼくは動向が気になって仕方ない。どういうわけか、ぼくの中では、自分の問題がリヴァプールFCの勝敗に映《うつ》しだされてることになってた。バカみたいだけど、ぼくは自分の人生がよくなってほしい一心で、リヴァプールFCの今シーズンの勝利を待ち望んでた。ぼくは父さんの緑のビロードのソファに座りながら、自分がリヴァプールFCの監督《かんとく》だったらどうするか、なんてことを考えてた。すると、そこに父さんがやってきた。前の晩の深酒が残っていて、真っ赤な目をしてる。

「マンジート」父さんがしわがれた声でいった。朝はいつもそうだ。「おまえの幸運を祝って一杯《ぱい》飲もう」

ぼくは顔を上げて、父さんのその状況に「あーあ」と首を振《ふ》りたくなるのをこらえた。父さんが朝っぱらからまた飲みたがってるって事実も口にしちゃいけない。代わりに、笑顔で「ノー」といった。それも、ちゃんとパンジャブ語で。「まだいいよ、ダディ・ジー。あとにする。

ぼくはこれから街に行ってスーツを取ってこないといけないから」

「おまえ、まだ買っていなかったのか。あの金をやったときに買ったと思っていたぞ」

「オーダーにしたんだよ」ぼくはうそをついた。スーツを買いにいくのはほんとだったけど、安いのにするつもりだった。思いがけず手に入った現金《げんきん》だ、できるだけアパートを借りる敷金《しききん》にまわしたい。

「いつ行くつもりだ？」

「あと一時間くらいしたら」

「金は足りなくないか？」父さんはまるで強風にあおられてるみたいに、ゆらゆら揺《ゆ》れて、ゲップをしてる。ぼくは「足りない」といいたかったけど、どういうわけか「足りてる」といってしまった。すると、父さんはただ首を振って笑った。「おまえはもう、おれたちの一員だ。ほしいものはなんでも買っていいんだぞ。いくらだ」

「いいよ、いらないんだ、本当に。これ以上、金は必要ないんだ」

「バカなことをいうな、マンジート。だいたい、今回のことを全部、おれが自分のためにしているとでも思っているのか？　全部おまえのためじゃないか。おまえの人生なんだからな」

父さんがそういったとたん、ぼくの中で何かがはじけた。頭にかーっと血がのぼる。おまえの人生って、どういう意味だよ。こんなくだらないこと、ぼくの人生には必要ない。ひとつもぼくのためになんてなってない。父さんに結婚式《けっこんしき》を決めてくれなんて頼《たの》んだことはないし、父さんの昔の友人とかに恩《おん》を返すために、ほしくもない妻を世話してくれなんていったこともない。冗談《じょうだん》じゃない！　ぼくはどうにか平静を保《たも》ったけど、顔はちょっと赤くなってしまったと思う。ぼくの中で火山が噴火《ふんか》してた。血が溶岩《ようがん》みたいにたぎってる。なのに父さんは気づきもしなかった。たぶん、まだ前の晩の酒が残ってるんだろう。父さんはポケットから札束を取りだした。見たこともないような大金だ。父さんはそこから千ポンド取りだすと、テーブルのぼくの前に置いた。

「さあ、受けとれ」父さんはにこにこしながら、残りの金をポケットにしまった。

「いらないよ。これじゃ、多すぎる」

「いいから、とっておけ、マンジート。おそらくこれが最初で最後だ。使わない分は自分の口座《こうざ》に入れておけ。結婚した男は、金を持っとらんといかんからな」

ぼくはうなずいて、目の前の千ポンドを見た。なら、とっとと銀行に入れさせてもらうよ。ただし、既婚者《きこんしゃ》としての人生のためじゃなく、自由になった自分の新しい人生のためにね。ぼくは「ありがとう」といって、自分のマグを台所へ持っていこうと立ちあがった。すると、ふいに父さんにつかまれて、息ができないくらいがばっと抱《だ》きしめられた。

「そうだ、マンジート」父さんがむっとする酒くさい息をかけてくる。「おまえはもう、おれたちの一員なんだ。おれたちのな。たしかに、おれたちはうまくいっていなかった。だが、おまえを一人前の男にしたのはおれじゃないか。え？」

父さんの腕《うで》を外そうとしたけど、だめだった。なんてバカ力だ。父さんは目に涙《なみだ》を浮《う》かべて、ひたすらぎゅうぎゅう抱きしめてくる。目をそらそうとしたけど、できなかった。ぼくの目にも涙があふれてきた。悲しいとか、罪悪感《ざいあくかん》とかのせいじゃない。父さんのいうとおりだと思ったわけでもない。これまでされてきた仕打ちも許《ゆる》しちゃいない。顔を殴《なぐ》られたことも、背中《せなか》を蹴《け》られたことも。父さんが階段下《かいだんした》の物置にいつもキープしてる古いホッケー用のスティックで両脚《りょうあし》を叩《たた》かれたことも。あのときは次の日、エイディ以外のみんなに、サッカーでドジったって言《い》い訳《わけ》しなけりゃならなかった。この涙は「父さんが暴力《ぼうりょく》で作りあげようとした男には絶対《ぜったい》にならない」っていうしるしだ。絶対に。裏技《うらわざ》を実行したら、ぼくは二度と家にもどらないだろう。父さんとの絆《きずな》は消えてしまったんだ。永遠《えいえん》に。

その日の夕方、ぼくはまたサッガンに耐《た》えて座りつづけたあと、エヴィントン・ドライブからエヴィントン通りの外れにあるセント・フィリップ教会へ行った。父さんが教会のホールを借り切って、親族の男だけのパーティーを開いたから。これはパンジャブの習慣《しゅうかん》のひとつで、そのパーティーの間、女は家で女だけのパーティーを開く。ホールでやるパーティーは、またしても酔《よ》っ払《ぱら》うための単なる口実だった。今回は大音量のバングラ・ビートと、たっぷりのタンドーリ・チキンとラム肉のカレーもついてる。ぼくが会場に着くと、十時をまわったところで、ほとんどの客はきてからすでに二時間は経《た》ってた。会場は満員だった。今夜のために雇《やと》われたバングラＤＪが、デッキやなんかを載《の》せたテーブルについて、ハリーと仲間たちがその横に陣取ってる。部屋じゅうをおじさんと、いとこと、またいとこがうめつくし、酒や肉を初めて見たかのように胃袋《いぶくろ》に流しこんでた。父さんはホールをよろよろ歩きまわりながら、みんなと握手《あくしゅ》したり、相手のグラスに酒をついだりしてる。完全に出来あがった状態《じょうたい》だ。ぼくは父さんと絶対に話したくないと思って、ピルズを片手《かたて》に、座る場所を探《さが》した。ちなみに、父さんが買ったビールはピルズのみ。あとの酒はラムのバカルディかウイスキーのフェイマス・グラウス。パンジャブ人の結婚式の酒盛《さかも》りで飲まれる酒の典型だ。

ぼくはホールの後ろのほうにひとりで座って、まわりがどんどん酔っ払っていくのを見てた。みんな、こっちのことはまるで無視《むし》。てっきり、ぼくはこれから結婚する本人として、パーティーの主役にされるんだと思ってた。ついにランジットと仲間のふたりがぼくに気づいて、チキンの皿とバカルディのボトルを持ってやってきた。

「色男のお出ましだ」そういって、ランジットが笑った。ぼくはランジットたちを見あげた。

「だから？」

「どうしてこんなに遅れたんだ。おまえのパーティーだろ」

「そんな感じじゃないけどね」ぼくはそう答えると、生ぬるいピルズを一口すすった。ランジットの仲間のひとりは、身長が百八十センチ以上あるサージットってやつだった。かなりのデブ。あの腹《はら》じゃ、たぶん、ここ五年は鏡の助けなしに自分のモノを見たこともないだろう。そのサージットがぼくの髪《かみ》をくしゃっとさせると、笑っていった。

「心配するな。なんてったって、明日からおまえは毎晩パーティーだもんな」サージットのくだらないジョークに、みんなが笑いだした。ランジットがぼくの横のテーブルにあるグラスにバカルディを注いで、ぼくのほうに押《お》しだす。

「ほら、男の飲み物を飲めよ。あっちから取ってきたそんな水みてえなもんはやめろ。おまえはジャートのパンジャブ人だ。ヒンドゥー教徒なんかじゃねえだろ」

みんながまた笑う。まるで自分たちの無知を笑ってるハイエナの群《む》れだ。ぼくはランジットたちもバカルディも無視して、自分のビールをもう一口飲んだ。

「おまえも、少しアドバイスがほしいとこだろーが、あ？　セックスのやり方についてよ。なんでも訊《き》いていいぞ。おれたちゃみんな、その道のプロだからな」サージットがぼくにウインクする。よっぽど皮肉を返そうかと思ったけど、黙《だま》ってることにした。

「もうすぐ、おまえもおれたちと出かけるようになる。もう、あのサルやゴラたちとうろついたりするな」仲間のもうひとりのほうのデイヴって呼《よ》ばれてるやつがいった。テカテカ髪のやせっぽちで、光沢《こうたく》のあるグレーのズボンをはいてる。

ぼくは約十秒間デイヴをにらんだ。一気に頭に血がのぼる。黙って聞きながせることもあるけれど、デイヴのいったことは、殺したくなるような言葉だった。ぼくはデイヴの前に立ちはだかった。やつのほうが五センチくらいでかかったけど。

「もう一度いってみろ、デイヴ」

ランジットがぼくを見て、にやりとした。ぼくはデイヴが何かいってくるのを待った。やつはその場に突《つ》っ立《た》って、にやにやするだけだった。

「どうした。ぼくの親友をまたサルって呼びたいんだろ?」

「落ち着けって、マンジット」ランジットがぼくの肩《かた》に手を置く。

ぼくはその手を振りはらい、一歩も引かなかった。「嫌《いや》だね。あんたのお仲間の人種差別主義者《じんしゅさべつしゅぎしゃ》にいってくれ。その口を閉《と》じないと、この瓶《びん》を突っこんでやるってさ」

ランジットはちょっとの間ぼくをじっと見て、それからゲラゲラ笑いだした。他《ほか》の仲間もひとり、またひとりと笑いに加わってくる。デイヴだけは、そっぽを向いてた。サージットがぼくの横にきて肩に腕をまわすと、ランジットがぼくについだバカルディのグラスを取りあげ、一気に飲みほし、低くうなった。ぼくはサージットを押しのけて、ランジットに向きあった。ランジットの顔には、まだ笑顔が張《は》りついてる。たった今、すごく面白《おもしろ》いことが起きたばかりって感じだ。

「なあ、マンジット、おれはおまえのことを、なよなよしたホモ野郎《やろう》だと思ってた。だが、今日はおまえにもファイトがあるってとこを見せてもらったぜ。一人前のジャートの男みたいだったぞ」

ぼくはランジットに首を振り、外の空気を吸いにいくことにした。だがこの場を去る前にいわなくちゃいけないことがある。ずっといいたかったことだ。

「ぼくには、あんたやあんたの仲間と同じところはひとつもないよ。それに、同じになるつもりもない。たとえどんなことが起きてもね。デイヴにいっておいてよ。こんど通りで会ったら、ただじゃおかないって。そのときもタフな男でいられるか見ものだね」

外に出ると、エクバルが何人かと一本のマリファナをまわして吸ってた。どいつも遠い親戚《しんせき》だ。みんなでホールの横にある背の高い茂《しげ》みの後ろにいた。「おまえ、マジかよ」エクバルがぼくにいった。「こんなバカみたいなことをやってるなんて、信じらんないよ。おまえはこういうの、嫌なんじゃなかったのか？」

「嫌だよ。ただ、選択権《せんたくけん》がなかっただけだ」

「マニー、冗談だろ？　だったら、何もしなきゃいい」

「とにかく、やらないわけにはいかないんだよ」ぼくはうそをついた。うっかり秘密《ひみつ》をもらすようなことはしたくない。「他にどうしたらいい？　ぼくは家やなんかを全部失うことになるんだぞ。家族にも縁《えん》を切られる」

「それでもいいじゃないか。ぼくなら、そんなくだらないことは気にしないね。人は自分のやりたいことをやるもんだ。他に何を気にすることがある？　人生を自分のために動かせるのは、自分だけなんだぜ」

「そのうちわかるさ。おまえがぼくの立場になることはないけどな。おまえの家族は違うから」

ぼくはマリファナを返すと、ホールにもどった。さっきからずっと、エクバルの言葉が頭から離《はな》れなかった。ランジットとその仲間やハリーたちとは顔をあわせないようにした。けっきょく、歩いてすぐの自分の家にもどりはじめたのは、何時だっただろう。とにかく、途中《とちゅう》のどこかで立ち止まって吐くはめになった。ビールと緊張《きんちょう》のダブルパンチで、ぼくの胃はコントロール不能《ふのう》になってた。吐いてるとき、ハリーとハリーの仲間のひとりが、後ろにいたような気がする。はっきり記憶《きおく》にはないけど。思い出せるのは、そのとき自分がこう思ったことだけだ。いよいよだ。いよいよなんだ。ついにぼくは裏技のパスワードを画面に打ちこむ。ゲーム開始。最強の武器を使って、今度はこっちが一気に攻《せ》める番だ。

33
十一月三十日日曜日

ぼくは翌朝《よくあさ》五時半に目を覚ました。今日はぼくの十七歳《さい》の誕生日《たんじょうび》。ぼくの結婚式《けっこんしき》の日でもある。なんとかトイレに行って仕度《したく》したあと、下に降《お》りてコーヒーをいれ、居間《いま》に持っていった。部屋にはプリタムおじさんがいて、男たち全員の上着の襟《えり》につける赤いカーネーションの入った箱を整理してた。

「おはよう」プリタムおじさんがいった。ぼくはいとこたちと並《なら》んでソファに座《すわ》った。

「おはよう、アンクル・ジー。最近はどう?」

「まずまずだ。タクシー業界は景気がよくなってきたんでな」

「へえ、すごいね」

「おまえみたいにな。おれたちはおまえのことを、このまま悪くなると思っていた。おまえのしてきたことに頭にきていたんだ。だが、おまえはよくなったよ。結婚式がんばれよ、マンジット」

その日の朝の九時ごろに、ぼくたちはダービーへ発《た》つことになってた。大半の客は、特別に借りた一、二台のバスに乗ってついてくる。この一団《いちだん》を「ジャネト」と呼《よ》ぶ。パンジャブの結婚式はすべて、数世紀に渡《わた》って引《ひ》き継《つ》がれてきた古い伝統《でんとう》にのっとって行われる。そのひとつが「花婿《はなむこ》とその家族は花嫁《はなよめ》の住む場所へ行く」ってやつ。今回はそこがダービーってわけだ。その場所で結婚式が挙げられて、花婿は花嫁を自分の家族の家に連れて帰る。どれも名誉《めいよ》とかそういった考えからきてることで、ある意味、すごくロマンチックだともいえる。もしもこの手のことが好きならだけど。なにしろ、花婿は花嫁を馬に乗せて帰るっていうんだから。ただぼくの場合は、馬じゃなくて、ランジットが結婚式のために仲間から借りたえび茶色のベンツだ。ぼくは頭にターバンを巻《ま》かれて、ヒュッラと呼ばれる布《ぬの》を肩《かた》から下げられた。それから、車まで歩いていく間に、姉貴《あねき》や女のいとこたちにヒュッラをつかまれ、お祝いのインドの甘《あま》い菓子《かし》を渡された。車はめちゃくちゃダサかった。前には金と白のリボン、後ろには金色のでっかいシーク教のシンボル「カンダ刀」のマークがついてる。リアウインドーには、「ラジ・カルサ」(シークの兄弟は世界を制《せい》するって意味)の文字と、相当恥《は》ずかしい「パンジャブ・エクスプレス」の文字。「カンダ刀」はシーク教徒だってことを人に見せたいだけなんだけど——名前だけじゃなく本当にシーク教徒といえる者は、うちにはひとりもいない。「パンジャブ・エクスプレス」は、どうもハリーの趣味《しゅみ》っぽい。

母さんと母さんの友人たちが玄関《げんかん》に立って、ぼくが家の外に出る直前に玄関前の段《だん》の上にサフラン油を注いだ。母さんは目に涙《なみだ》をためながら、神に祈《いの》りをささげつづけてる。ぼくはこれでほんとにうちを去ることになるわけで、母さんにさよならをいいたかった。けれども義姉《ねえ》さんたちに間に入られて、さらに大勢《おおぜい》の人たちにわっと囲まれてしまった。ランジットやエクバルもいる。エクバルはぼくのターバンを見て、やれやれと首を振《ふ》って笑った。

「そんなもん頭に巻いちゃって、まるでガンガ・ディンだ」* 先に車の後部座席《こうぶざせき》に乗ったエクバルがいった。ぼくもつづいて隣《となり》に乗りこんだ。運転手のランジットは前に乗り、そのあとハリーがよたよたとやってきた。無理に押《お》さえつけてる肉の圧力《あつりょく》で、スーツが今にもはちきれそうだ。ハリーはそのまま助手席に乗った。

*古典的娯楽映画《ごらくえいが》〈ガンガ・ディン〉に出てくる同名のインド人の従者《じゅうしゃ》。

「童貞《どうてい》をなくす準備《じゅんび》はできてるか、ホモ野郎《やろう》」ハリーがにやつきながらそういうと、黄色い歯を見せる。

ぼくは無視《むし》して目を閉《と》じた。もういろいろ考えるのはやめよう。頭の中は土壇場《どたんば》の不安や心配でいっぱいだった。すべきことはわかってるし、計画はすっかりできてる。なのにこの期《ご》に及《およ》んで、まだ本当にこれでいいのか迷《まよ》ってた。ぼくはジャグの子どものマイアの写真を思い浮《う》かべてみた。自分の目的を達成しようとするのは、自分勝手なことじゃない――ジャグのいろんな言葉が思い出される。自信がもどってきた。そのとき、ハリーがまた皮肉をいって、エクバルが「うるさい、デブ野郎」と返した。ランジットが「黙《だま》れ」とみんなを叱《しか》る。そして、ぼくたちは出発した。

車が高速道路に乗ったところで、ぼくはランジットにトイレに寄《よ》ってほしいといった。ランジットがため息をつく。「家で行っとかねえのが悪いんだ」

「今日はぼくの結婚式なんだから、こっちの頼《たの》みを聞いてくれたっていいだろ」すると、ハリーがにたにた笑いだし、まだ一人前の男じゃないから、クソなんてしたくなるんだ、といった。

「こいつ、きっとびびってんだぜ。そうだろーが、あ？　かみさんなんて、こいつの手には負えねえもんな」

「自分こそ、もてあましてるくせに。少なくとも、ぼくなら結婚していまだに『空砲《くうほう》』を撃《う》つようなへまはしないね」ぼくの言葉に、エクバルとランジットが笑った。

「口に気をつけろ。自分の結婚式に目のまわりにあざを作りたくねえだろうが」

「デブ野郎、ぼくは小さいころからおまえにあざをたくさんつけられてきたんだ、もうひとつくらい受けてやるさ。だがな、ハリー、必ず仕返ししてやるからな。おまえもおまえの仲間もここまでだ」

「何いってるんだ……？」

「ふたりとも、黙れ。ここじゃおれがいちばん年上なんだ。おれのいうことを聞け」ランジットはそういうと、レスター・フォレスト・イースト・サービスエリアに入った。「ほら、便所に行きたいなら、行ってこい。ただし、急げよ。遅《おく》れたら、ダディ・ジーが客の前で恥《はじ》をかくからな」

ランジットは駐車場《ちゅうしゃじょう》に車を寄せて停《と》めた。ぼくは車を出て、トイレに向かった。入ってすぐの個室《こしつ》に引っこむと、このガンガ・ディン姿《すがた》をだれかに見られなかったか気になった。扉《とびら》に赤い字で「ウー・ハー！」といういたずら書きがしてある。隣の個室に入ってるだれかがコホコホせきをした。まるで何かの暗号みたいに聞こえた。

ぼくたちは十時半ころにダービーに着いて、そのままシーク教の寺院《グルドワラ》に向かった。寺院は、ダービー・カウンティFCの昔のサッカー場〈ベースボール・グラウンド〉のそばにある。ここは黒人とアジア人が多い地域《ちいき》で、ちょっとさびれてるけど、寺院は新しい。金色の丸屋根のついた白い建物は、薄汚《うすよご》れた茶色いレンガの建物の並びで目立ってた。ジャネットを乗せてきたバスの後ろに、ランジットが車を停めた。とたんに父さんがやってきて、どうしてこんなに遅《おそ》いんだ、といった。ランジットが答えた。「マニーが便所に行きたがって、寄ったんだ。おかげで足止めを食っちゃったんだよ。たっぷり十五分はかかった」ランジットの言葉はほとんどそのとおりだった。父さんはパンジャブ語でののしったあと、ぼくたちに、他《ほか》のみんなが待ってる場所へ行きなさいといった。ぼくがヒュッラを持ちながら車から出ると、エクバルがぼくの上着をきちんと直してくれた。

「あーあ、だからいったのに。車の中じゃそれを外しとけって。肩と背中《せなか》でしわくちゃになってるぞ」

「いいんだ、エクバル。ほら、イイ感じだろ。どうせ、全部終わるころには、もっとしわくちゃになってるし」ぼくはそう答えると、兄貴たちのあとについて、ぼくの家族が相手の家族と向かいあって立ってる場所まで行った。ふたつの家族の間には、二十メートルもの通路ができてる。まるでどこかのギャングのにらみあいみたいだ。

ぼくは三つの儀式《ぎしき》の間、立ってないといけなかった。その中のひとつが、相手の家族からぼくの家族へ金の指輪とか毛布《もうふ》が贈《おく》られる儀式で、「ミルニ」と呼ばれる顔あわせの会みたいなもの。またしてもぼくの嫌《きら》いな伝統だ。女の家族が男の家族にそんなにいろんなものをやらないといけないなんて、おかしい。ぼくは儀式の間じゅう、あくびをしまくりながら、しばらくひとりになれるチャンスをうかがった。

まずいことに、儀式のあと、ぼくはちっともひとりになれなかった。義姉さんが世話を焼きにきたかと思うと、すでにかなり出来あがった父さんが、次の儀式の手順を確認《かくにん》しにきて、あれやこれやが必要ないかと——主に金のことを訊《き》いてくる。おじさんやおばさんも入れ代わり立ち代わり、おまえは本当にいい息子《むすこ》だ、インドにいる間にまっとうになってくれてうれしいよといいにきた。

そのとき、ぼくはパームジットを見かけた。一年間インドに残されたいとこだ。ふたりの息子を連れて、駐車場のすみに立ってる。そこにパンジャブの民族衣装《みんぞくいしょう》を着た若《わか》い女の人がやってきた。パームジットに何かいったかと思うと、怒鳴《どな》りちらした。女の人がくるりと背を向け、すたすた歩きだす。あの人がパームジットの結婚相手か、とぼくはやっと気がついた。パームジットは妻《つま》が行ってしまうのを見送ると、ぼくを見て力なく笑った。二、三年見ないうちにかなり太って、結婚したあとのハリーやランジットにそっくりだ。しかしパームジットの外見で何が最悪かっていったら、髪《かみ》の生《は》え際《ぎわ》がやばくなっていて、目の下にでっかい隈《くま》と、買い物の荷物を入れて運べそうなたるみ《バッグ》ができてるってことだった。いったい何歳なんだよ。まだ、二十一か二十二だろ？　ぼくはいつの間にか隣に立ってた父さんに視線を移《うつ》した。父さんは品評《ひんぴょう》会《かい》に入賞した雄牛《おうし》を連れた酪農家《らくのうか》みたいに、にこにこ顔で、中に用意してあるお茶やサモサに向かって列をなしていくみんなと握手《あくしゅ》を交《か》わしてる。

「また、トイレに行きたくなった」ぼくは腕時計《うでどけい》を見ながら父さんにいった。十一時。時間だ。

「どうしたんだ？　何かにとりつかれでもしたみたいだな」父さんはパンジャブ語で答えた。

「すぐにもどるよ」ぼくが英語で返したために、父さんはかっとなった。

「おまえは何者だ。ゴラか？　パンジャブ語で話せ。ここではおまえの英語なんてだれも聞きたくないんだ。パンジャブの寺院なんだぞ」

「わかったよ」ぼくはまた腕時計を見てしまった。パニックの最初の兆候《ちょうこう》って感じ。

「おまえはおれたちといちばんにお茶の場所へ行かないといけないんだからな」

「先に行っててよ。二分でもどってくるから」

今度はぼくもパンジャブ語でいったので、父さんも気を静めて「急ぐんだぞ」としかいわなかった。ぼくは寺院の内部に入り、案内の人にトイレの場所を訊いた。トイレはふたつあって、ひとつは二階の正面に近い場所、もうひとつは一階の、ぐるりとまわった裏《うら》だという。ぼくはトイレのあるほうに向かって歩きだした。今日は寒い日だったけど、額《ひたい》に汗《あせ》がにじんできた。空っぽのロビーを通って、両開きの扉を開け、長い廊下《ろうか》を行くと、まだ建築途中《けんちくとちゅう》の台所らしき場所に出た。

ぼくの立ってる場所の向こう端《はし》は、建物のいちばん奥《おく》で、非常口《ひじょうぐち》の扉がふたつ、かどにひとつずつある。出口だ！　ぼくはターバンとヒュッラを外しながら、出口に向かった。

ひとつ目の扉はびくともしなかった。ぼくはちょっとパニクって、もうひとつのほうに走った。こっちも開かない。かなりまずい。ここが開かないってことは、寺院の正面から逃《に》げるしかない。そんなことをしたら、すぐに見つかってしまう。裏から逃げるのだって充分危険《じゅうぶんきけん》だし、だれかに見られることはほぼ確実《かくじつ》だけど、それが家族だっていう可能性《かのうせい》は少ない。ぼくはもう一度、扉を押して必死に叩《たた》きまくった。ちょっと動いたものの、まだ開かない。そのとき、ふと立ち止まって考えた。ぼくはついにここまでやってきたんだ。これまで、どれだけひどい目にあってきたんだろう。めちゃくちゃ殴《なぐ》られ、さんざんののしられ、うそもずいぶんつかれた。家族だっていうのに。それに、黒人や白人や、ジャートのパンジャブ人じゃない人たちに向けた人種差別的な言葉の数々。あれには心底、うんざりだ！　ぼくの頭の中で、大爆発《だいばくはつ》が起きた。

もうすぐ十一時十分。時間がない。ぼくはまた扉に向き直ると、右足で蹴《け》った。一回、二回、三回。もう一回、もう一回。そしてもう一回！　ついに扉が開いた。自由だ。ぼくは寺院を飛びだし、細い裏道にかけこんだ。通りにさっと目を走らせる。だれもいない。エイディは一体どこなんだよ。

走りながら、上着を脱《ぬ》ぎ、ネクタイをゆるめた。シャツのボタンが飛びちり、最初にすれ違《ちが》った人たち――犬を連れた老夫婦に変な目で見られた。かまわず、ぼくは猛烈《もうれつ》に走りつづけた。ついでにネクタイを後ろに投げ捨《す》てる。広い道路に出たとき、ラッガ風スタイルのアジア人の若いやつをよけた。こっちにびっくりして目をむいてる。ぼくは通りを曲がって、店の並びに差しかかった。走りながら振りかえると、白い車が大通りに入ってきた。ハリーの親友が乗ってるやつにそっくりだ。そんな、まさか。やつらにもう追いつかれるなんて。ぼくが見つかるなんて。

ぼくは左の脇道《わきみち》に入って、突《つ》き当《あ》たりまで全力疾走《しっそう》した。肺《はい》が破裂《はれつ》しそうだ。次は右。それからまた右に曲がって、並行《へいこう》してる通りをもどった。初心に帰れ、だ。そのとき、さっきの古い型の白いキャバリエが現《あらわ》れた。ぼくを追って猛スピードでかどを曲がり、そのままぼくを通りすぎて通りに停まる。運転席のドアが開く。大音量のヒップホップが流れてきた。ってことは、車の主はぼくの家族じゃない。ぼくは走るのをやめて、車に近づいた。ハンドルをにぎるエイディが、にっと笑いかけてきた。

「タクシーの到着《とうちゃく》でございまーす」エイディはそういったとたん、笑いだした。

「一体どこに行ってたんだよ」ぼくは叫《さけ》びながら、シャツを脱いで、下に着てたグレーのパーカ一枚《まい》になった。シャツを道路に放りなげ、助手席に乗りこんだ。

「まあ、落ち着けって。ちゃんときただろ？　誕生日おめでとう」

ぼくがドアを閉《し》めると、エイディが車を出した。通りの外れにきたちょうどそのとき、カーステレオでバスタ・ライムズが弾丸《だんがん》ラップを炸裂《さくれつ》させた。

「ウー・ハー!!!　おめえらみんな、ここまでだ《アイ・ゲッチュー・オール・イン・チェック》！」

エピローグ　現在《げんざい》

34
十一月三十日火曜日

ぼくが失踪劇《しっそうげき》を演《えん》じてから、二年の月日が流れた。そろそろ自分の行動を説明する時期だろう。そのことは、ずっと考えてきた。ダービーでのあの出来事以来ずっとだ。自分のしたことを後悔《こうかい》はしていない。裏技《うらわざ》。ぼくは金を全部持《も》ち逃《に》げした。だけど、今でも家族がそれだけのことをしたんだと思っている。やつらはずっとぼくをひとりの人間として見ずに、個人《こじん》の所有物か何かみたいに扱《あつか》ってきた。

ぼくは今日で十九になって、リーザの家でリーザの部屋に住んでいる。といっても、ぼくたちはもうつきあっていない。リーザは前からいっていたように、一年休学して、極東の旅に出ている。週に二度はEメールをくれるし、ぼくは今でも以前と変わらずリーザが大好きだ。ただ、「好き」の形が違《ちが》うものになった。リーザの両親のアマンダとベンは、家を出たぼくを置いてくれた。ぼくはアパートを借りようとしたけれど、ベンがその分は貯金《ちょきん》しなさいといった。ぼくが学校にもどる日がきたら、学費を払《はら》うのに使えばいいといって。ふたりはまさに天の助けだった。ぼくはふたりをとても信頼《しんらい》している。エイディはふたりに「オーストラリアの昼メ口に出てくる夫婦《ふうふ》みたいだな」なんていっているけど。宿無したちをみんな、自分たちの家に置いてやる夫婦。

ぼくは今も同じスーパーで夜働いて、GCSEの再受験《さいじゅけん》の日を待っているところだ。シックスス・フォーム・カレッジ*には仮《かり》の入学許可《きょか》をもらったけど、来年の九月まで入ることはできない。とはいえ、ぼくにはそのほうが都合がいい。銀行口座《こうざ》の残高を（エイディのおかげもあって、少し減《へ》らしてしまったんで）できるだけ増《ふ》やしたいし、借り入れもできるようにしておいたほうがよさそうだ。その件《けん》はちゃんと調べておこうと思う。Aレベル**を受けるためには、昼間は働いて夜間学校に通う形にしないといけないかもしれない。道はいろいろある。大事なのは、すべて自分のために選んでいるってことだ。自分がなりたい人間を目指して。父さんが殴《なぐ》ったり脅《おど》したりして仕立てようとした人間じゃない。だから、苦労のし甲斐《がい》もある。

ぼくは自分の結婚式《けっこんしき》がそうじゃなくなった日から、肉親のだれともしゃべっていない。この先、街を歩いているときや車の中から、ハリーやランジットやジャスを見かけることもあるだろう。だけど向こうがぼくを見かけても、それをおくびにも出さないことはわかっている。最

*中等教育修了後《しゅうりょうご》の次の段階《だんかい》の学校。
**中等教育修了後、十六歳《さい》から通常《つうじょう》二年間勉強して受験する統一《とういつ》試験。大学の入学選考上、重要な審査基準《しんさきじゅん》になる。

初、ぼくはびくびくしていた。家族が追いかけてきて、見つかって連れもどされたらどうしようと思って。実際《じっさい》、ぼくが家を出た直後の数か月間、家族は「やっぱり」という状況《じょうきょう》だったようだ。今でもよく会うエクバルが教えてくれた。ハリーなんか、ぼくをめちゃくちゃ殴って永久《えいきゅう》にインド送りにするとかいっていたそうだ。ぼくは約一年、とにかく人目をさけつづけた。日中は出かけないようにしたし、エヴィントン通りの近くにはけっして行かなかった。それでも街やなんかに出かけたときには、ＩＲＡの密告者《みっこくしゃ》みたいに後ろに気をつけて、二分ごとにまわりを見た。そんなことをやってもちっとも楽しくないけれど、そうするしかない。もとの暮《く》らしにもどるなんて、絶対《ぜったい》に嫌《いや》だった。冗談《じょうだん》じゃない。

けっきょく、ぼくはここを離《はな》れずにすんだ。家族のほうが、幸せな大家族を演じつづけるために、隣《とな》りあった二軒《けん》の家をオードビーに買って引《ひ》っ越《こ》したから。今じゃ、ジャスとランジットの間には女の子もできた。ハリーはまだ一人前の男であることを証明《しょうめい》できていないけど。エクバルの話では、引っ越しのあと、ぼくはやつらの暮らしから消えたらしい。だれもぼくの話をしないし、名前を口にする者もいない。最初から存在《そんざい》していなかったみたいになった。表向きには父さんは、ぼくがしたことにそれほど傷《きず》ついてないようで、相変わらず酒を飲んで、働いて、日曜にシーク教の寺院《グルドワラ》に通っているらしい。母さんはあれだけ脅して、メロドラマのヒロインみたいにヒステリックになっていたのに、自殺もしなければ、ショックで死んだりもしていない。家族の暮らしは前と変わらずに続いていた。ただ、無視《むし》したり、殴ったりする相手はいなくなった。父さんには今、息子《むすこ》はふたりしかいない。

ぼくは今でも、いつかジャグみたいに、自分も家族に受け入れてもらえるかもしれないと思っている。頭のどこかでは、それはないとも思っているけれど。インドからぼくが逃げるのをジャグが手伝って以来、父さんたちはジャグとも口をきいていないという。ぼくは一週間おきに電話をしている。新しいパソコンからEメールも送っているし。ジャグは相変わらずイイ感じの人だ。ずっと変わっていない。イギリスにはなかなかこられないでいるけれど、それも状況が変わりそうだ。もうすぐロンドンにくることになった。そのときは、ぼくはジャグとジャグの家族のところにしばらくいるつもりだ。早く会いたくて、その日が待ちきれない。

たったひとつ後悔しているのは、裏技を結婚式の日まで実行しなかったことだ。当時はそれがいちばんいいと思っていた。最高の復讐《ふくしゅう》になる、と。ぼくは頭をすっきりさせて考えることができないくらい、怒《おこ》って傷ついていた。それに、家族に対する嫌悪《けんお》と、「シーク教徒やパンジャブ人でいるためだ」といって家族が押《お》しつけてきたくだらない伝統に対する嫌悪をごっちゃにしていた。ぼくにはすべてがいっしょの、大きなひとつの問題になっていた。まだ若《わか》くて違いがわからなかったのかもしれない。

そんなわけで、ぼくは父さんやバカな兄貴《あにき》たちやなんかに復讐を果たした。ただ、相手の家族には失礼なことをしたと思っている。向こうは少しも悪くなかったのだから。寺院やシーク教に対しても無礼なことをしてしまった。そうしようと思ってしたわけじゃない。そりゃ、ぼくはシーク教徒でもなんでもないけれど。神様が本当にいるのかどうかについては、まだぼくにはわからない。今わかっているのは、以前の自分は父さんみたいに、ジャートのパンジャブ人でいることと、シーク教徒でいることを混同《こんどう》していたという点だ。このふたつはまったく別のこと。

近ごろ、ぼくはそういったことを調べていて、シーク教がすべての人に対する寛容《かんよう》と平等を説いていることを知った。アダムとイヴの話がないだけの、アジア版《ばん》キリスト教といった感じだ。男、女、黒人、白人。みな同じだといっている。問題は父さんみたいな人たちが、いろんな古くさい伝統を宗教《しゅうきょう》に結びつけてしまうところにある。たとえば、親が決める結婚や、例の人種差別的な考えや、カースト制度《せいど》。どれも、宗教とはまったく関係ない。それより、文化や政治《せいじ》や社会の規範《きはん》に関係している。

父さんや父さんの仲間は、その辺を混同して考えていると思う。それで、ものを知らなすぎて、やり方を変えることもできない。自分がしつこくしゃべっている内容を実はわかっていないことに気づいてもいない。宗教についても、自分の子どもを洗脳《せんのう》しようとしているくせに、ちっともわかっていない。めちゃくちゃな解釈《かいしゃく》をつけて、しまいには自分の都合や考え方にあわせている。そんなのは間違っている。ちょうどぼくがいろんな問題をごっちゃにして、大きなひとつにまとめてしまい、パンジャブやシーク教に絡《から》んだあれこれも、全部問題の一部にしてしまったのと同じだ。

エイディはというと、相変わらずテキトーなやつだ。セアラやザカライアといっしょにまだ兄貴の家にいて、ぼくと同じ場所で働いてる。セアラは看護師《かんごし》になる勉強中。ザカライアは日に日にとーちゃんそっくりになっている。スーパーに連れていくと、必ずよちよち歩きで女の子のあとをついてまわる。おまけに、エイディに例の変なしゃべり方、「かーいー」なんて言葉を教えこまれているし。面白《おもしろ》いのは、ザカライアが生まれてから、エイディも成長しているってことだ。ひと晩《ばん》じゅう起きておむつを替《か》えるなんてことも、がんばってやっているらしい。ガキのころは朝なんてほとんど起きられなかったのに。まあ、今はセアラが目を光らせているってこともある。

エイディには本当に感謝《かんしゃ》している。やつがいなければ、裏技はうまくいかなかっただろう。レスター・フォレスト・イーストの例のトイレの個室に着替えを置いておいてくれたのも、自分の兄貴から車を借りてくれたのもエイディだった。ちなみに、免許証《めんきょしょう》は持っていなかったんだけど。とにかく、エイディのすべての友情に感謝している。中でもいちばんうれしかったのは、ぼくを息子のザカライアの洗礼に立ちあう名づけ親に指名してくれたことだ。エイディが頼《たの》んできたとき、ザカライアはもう六か月になっていて、普通《ふつう》より少々遅《おそ》かったけれど、ぼくにはかなり感動の体験だった。

さてと。最後に、今のぼくのことだ。旅行をするとか、小説を書くとか、相変わらずいろんなことを夢見《ゆめみ》ている。リヴァプールＦＣがプレミアシップで優勝《ゆうしょう》するってこともだ。ぼくの人生は今のところ、すべてがバラ色ってわけじゃない。ひと晩じゅう荷物の積み下ろしをしてせっせと働かなけりゃならないし、一ペニーの余裕《よゆう》もないときもある。だけど、今の人生はすべてが自分のもので、それはずっと望んできたことだ。新しいガールフレンドもできた。スーパーのカウンターにいるバイトの子で、名前はジェニー。濃《こ》い茶色の髪《かみ》に明るいブルーの瞳《ひとみ》をしたすてきな女の子だ。頭だってすごくいい。本とか音楽とか、いろんな趣味《しゅみ》もあう。リーザとはまた違って、ジェニーもサイコーだ。実はもうすぐジェニーがぼくの誕生祝《たんじょういわ》いをしにここにやってくる。そしたらぼくたちはエイディやセアラと合流して出かける予定だ。これってやっぱり変か。だけど、なんだろうとぼくはそうする。自分でそうするって決めたから。

で、親が決めた結婚にまつわるぼくの話は、これでおしまい。

解説《かいせつ》

地雷《じらい》に囲まれて一山あてること――新世代の小説はグローバリゼーションから

橋本順光《はしもとよりみつ》

さまざまな国から移民《いみん》を迎《むか》え入れた現代《げんだい》のイギリスは、いろんな民族が共存共栄する道を模索《もさく》しつづけている。『インド式マリッジブルー』（二〇〇一）の著者《ちょしゃ》バリ・ライは、そんな今のイギリスから出てきた最若手《さいわかて》の作家の一人だ。一九七一年にレスターで生まれたインド系《けい》イギリス人の彼《かれ》は、この初めての小説でアンガス図書賞をはじめとする三つの賞をとり、多くの賞にノミネートされるなど、イギリスじゅうの話題をさらった。その後も順調に年に一作のペースで書きつづけ、新進気鋭《しんしんきえい》の作家として世間の注目を集めている。本書の原題は、*(Un)arranged Marriage*《（アン）アレンジド・マリッジ》といって、親が取り決めた結婚《けっこん》（アレンジド・マリッジ）を無効《むこう》にするという意味だ。日本では耳慣《みみな》れないこのタイトルにも、イギリスとインドとの、何世紀にもわたる歴史がつつみこまれている。

イギリスにとって、インドは濡《ぬ》れ手《て》に粟《あわ》ともいえる宝《たから》の山だった。一六〇〇年に東インド会社を設立《せつりつ》してから、フランスと支配権《しはいけん》争いを繰《く》り広げつつ、港を拠点《きょてん》にじわじわと勢力《せいりょく》を拡大《かくだい》していったのだ。アメリカ大陸でも、住んでいる人間を勝手にインド人と呼《よ》びながら、英仏《えいふつ》の植民地獲得《かくとく》戦争が続き、十八世紀の後半くらいには、インドおよびアメリカ大陸におけるイギリスの覇権《はけん》がほぼ確立《かくりつ》する。もっとも、アメリカには間もなく独立《どくりつ》されてしまうのだが、インドとカリブ海の西インドは依然《いぜん》として甘《あま》い汁《しる》が吸《す》える金蔓《かねづる》でありつづけた。イギリスがインドを併合《へいごう》したのは一八七七年であり、そんな直接《ちょくせつ》支配を強硬《きょうこう》にすすめる一つのきっかけが、一八五七年におきたセポイの反乱《はんらん》だった。この「反乱」を鎮圧《ちんあつ》する際《さい》に、イギリスに雇《やと》われて大いに戦ったのが、『変貌《へんぼう》する多民族国家イギリス』(佐久間孝正《さくまたかまさ》、明石書店)によれば、本書の主人公マニーの先祖《せんぞ》、パンジャブのシーク教徒である。

植民地インドは、イギリスの「王冠《おうかん》に輝《かがや》く宝石《ほうせき》」と呼ばれたが、資源《しげん》だけでなく、そこに住む人びとも絶好《ぜっこう》の掘《ほ》り出《だ》し物《もの》となった。「安い労働力」として多くのインド人が、西インド諸島《しょとう》からアフリカまで広がるイギリスの植民地で働くことになったのだ。そんな奴隷《どれい》同然の同胞《どうほう》を南アフリカで目にして、ロンドンで弁護士《べんごし》の資格《しかく》をとったばかりのガンディーは独立運動に目覚めることになる。しかし、独立してからも、インドはイギリスを支えていった。文学でもそうだ。作家のV・S・ナイポール(一九三二―)は、東のインドから西のインドへと移り住んだ移民の子孫だが、オックスフォードへ進学してからは、同じくインド系のサルマン・ラシュディ(一九四七―)と共にイギリスを代表する存在《そんざい》となった。奇《く》しくも本書が出版《しゅっぱん》された二〇〇一年に、ナイポールはノーベル賞を授与《じゅよ》されている。

こんなふうに植民地各国に散らばっていたインド系移民が、イギリスへ本格的に移住しはじめたのは、一九五〇年代から六〇年代のことだ。二度の世界大戦で帝国《ていこく》を維持《いじ》する力を使い果たし、植民地が続々と独立していく一方で、それまで植民地から植民地へと移動させていた単純労働者《たんじゅんろうどうしゃ》を、今度はイギリス本国への移民として受け入れる必要がでてきたからである。マニーの先生サンドゥーもいうように、このころのインド系(イギリスではもっぱらアジア系という)への風当たりは強かった。

『ピンク・パンサー』（一九六三）のイギリス人俳優《はいゆう》ピーター・セラーズが、顔を焦《こ》げ茶《ちゃ》に塗《ぬ》ってインド人に扮《ふん》し、誇張《こちょう》した訛《なま》りの英語で『求むハズ』（一九六〇）や『パーティ』（一九六八）といった映画《えいが》に出たり、ソフィア・ローレンといっしょに「グッドネス・グレイシャス・ミー（「なんてこった」ぐらいの意味）」なんていう歌をヒットさせたりしたのはこのころのことだ。二つともどうにも面白《おもしろ》くない映画だが、当時のインド系がいかに招《まね》かれざる客と思われていたかはよくわかる。そんな移民に、白いイギリスが汚《けが》されてしまうと声を嗄《か》らしたのが政治家《せいじか》イノック・パウエルである。極端《きょくたん》な発言ながらそれなりの影響《えいきょう》をもってしまったことは、映画『ぼくの国、パパの国』（一九九九）が効果的に描《えが》くとおりだ。しかし、パウエルの叫《さけ》びも虚《むな》しく、いまやイギリスはすっかり多民族国家になった。マニーも記すように、白人のほうが少ないという地域も別に珍《めずら》しいことではない。

こうして九〇年代のイギリスでは、多民族国家の現状《げんじょう》を受け入れたうえで、共生の道をさぐる多文化主義《しゅぎ》が盛《さか》んになっていった。それと連動して、九〇年代後半から、インド系移民の二世たちが続々とイギリスのメディアで活躍《かつやく》しはじめた。日本でも公開された『ぼくの国、パパの国』や『ベッカムに恋《こい》して』（二〇〇二）といった映画は、そんな彼らの活動の一端だ。そこでは、イギリスで生まれ育った二世と、移民一世の両親たちとのギャップが、どちらかといえば明るく前向きにとらえられている。このあたり、オックスフォードやケンブリッジで学んだラシュディやナイポールが、自分が生まれ育っただけに植民地という主題を背負《せお》いながら、重厚《じゅうこう》に物語を紡《つむ》いでいるのと大きな違《ちが》いだ。主に六〇年代に生まれた彼らが書く物語は、映像《えいぞう》と音楽に存分に囲まれて育った環境《かんきょう》もあるのだろう、映画のように展開《てんかい》が早く、そして面白さを重視《じゅうし》する。こういった現状への一つの突破口《とっぱこう》になったのが、一九九六年にラジオから始まったBBCのコメディ番組『グッドネス・グレイシャス・ミー』だ。

このコメディ番組では、インド系の男女四人がインド系のさまざまなステレオタイプを演《えん》じてみせる。しかし、場違いなインド人を演じることしかできなかったピーター・セラーズと彼の歌をのりこえて、四人は、イギリス社会にもインド系社会にもあるゆがみや思いこみ、そして双方《そうほう》のもつ意外な共通点を明らかにしていった。『ノッティング・ヒルの恋人』（一九九九）のレストランの場面に登場してから、映画にもよく出るようになったサンジーブ・バースカー（一九六四―）はその一人で、『グッドネス・グレイシャス・ミー』の脚本《きゃくほん》をいっしょに書いていたミーラ・サイヤール（一九六三―）と二〇〇五年に結婚した。彼女《かのじょ》はといえば、TVだけでなく、ミュージカル『ボンベイ・ドリームズ』（二〇〇二）の原作を書くなど、イギリスでもっとも活躍しているインド系の女性《じょせい》の一人だ。とくに自分の少女時代を書いた小説『アニタと私《わたし》』（一九九六）は高く評価《ひょうか》され、映画にもなった（二〇〇二）。本書の著者バリ・ライも、まさにそういった流れにのって、颯爽《さっそう》と登場したわけである。

そのようにエポックメイキングな『グッドネス・グレイシャス・ミー』にも、頑固《がんこ》な一世の両親と衝突《しょうとつ》する二世というのはよく出てくる。たとえば、〝この世はみんなインド人〟と言《い》い張《は》る父親シリーズは、御国自慢《おくにじまん》ばかりの、ちょうどマニーの父親のような男への鋭《するど》い風刺《ふうし》になっている。と同時に、イギリスのインド系社会への偏見《へんけん》もうまくすくいとっているのだ。たとえばその一つでは、TVにうつるバッキンガム宮殿《きゅうでん》前のパレードを見て、息子《むすこ》がすばらしいねと父親に話しかける。すると父親は、そりゃそうだ、ロイヤル・ファミリーはインド人だからなと答える。なぜなら、彼らは大家族で女の子より男の子を重んじ、アレンジド・マリッジをしているからというのだ。本書の原題にもあるアレンジド・マリッジは、ジョークになるほどよく知られた問題なのである。

アレンジド・マリッジとは、親が取り決めた結婚ということで、日本でいえばお見合いのようなものだ。そして、イギリスにいる者同士なら、本人の了承《りょうしょう》さえあれば、法的に問題はない。文化の違いとして一応《いちおう》は認《みと》められているわけだ。『ぼくの国、パパの国』でも、息子たちが父親同士の決めた結婚に反発するが、現状では警察《けいさつ》などが積極的に介入することはそうない。インド系アメリカ人の監《かん》督《とく》ながら、映画『モンスーン・ウェディング』(二〇〇一)のように、しゃれたアレンジド・マリッジの物語もあることはある。問題は本書にあるように、外国籍《がいこくせき》の相手と無理矢理に結婚させられる場合だ。これはイギリスへ不法入国するための偽装《ぎそう》結婚だとして、厳《きび》しく取り締《し》まることが決められた。この場合は、アレンジド・マリッジと区別するために、フォースト・マリッジ(強制《きょうせい》された結婚)と呼ばれる。二〇〇〇年六月と二〇〇二年九月に公式レポートが出て以来、本人の承諾《しょうだく》の有無《うむ》という点で、二つははっきりと区別されるようになったのだ。二〇〇二年には、デイヴィッド・ブランケットという当時の内務大臣《ないむだいじん》が、アレンジド・マリッジはイギリスの文化にそぐわないといって、あとでフォーストの意味だと釈明《しゃくめい》しなければならなかったほどだ。だから、本書の内容では、アレンジドというよりフォーストといったほうが近いだろう。

たとえば本書にも出てきたガーディアンは、リベラルで有名な高級紙で、バリ・ライもその文学賞の審査員《しんさいん》をつとめたことがあるが、フォースト・マリッジについていくつもの事件《じけん》を報道《ほうどう》している。有名な例が二〇〇〇年の三月十四日の記事で、それによれば、二十一歳《さい》のイギリス生まれのインド系の学生がニューデリーで保護《ほご》されたという。彼女は祖母が危篤《きとく》だからとインドへ渡《わた》ったところ、パスポートを取り上げられ、おばの家族に監禁《かんきん》されてしまったのだ。親のほうも必死で、息子や娘《むすめ》をあの手この手で結婚させようとするわけで、マニーの例は実はけっこう現実味のある話なのだ。マニーが自分のことを、まるで以前にみたドキュメンタリーみたいだというように、フォースト・マリッジは各種メディアで取り上げられ、教育ドラマまで作られたりもした。だから、公式レポートが出るなどして、話題になっていた二〇〇一年に、そんな親の決めた結婚から逃《のが》れようとする物語を、少女ではなく等身大の少年の視点で描いたというのは実にタイミングがいい。

もちろん本書は、そんなタイムリーな話題をもりこんだだけのお勉強小説というわけではない。これは親と対立した子供《こども》が、休暇先《きゅうかさき》で素敵《すてき》なおじさんに出会って、成長して帰ってくるという、古典的な物語でもあるからだ。インドとイギリスという二つの故郷《こきょう》の間でゆれうごくあたりは、本書にも登場する「ガンガ・ディン」（一八九二、映画は一九三九）を書いたキップリングの『ジャングル・ブック』（一八九四）や『キム』（一九〇一）を裏返《うらがえ》しにしたもの、ともいえるかもしれない。しかし、マニー自身が『オズの魔法使《まほうつか》い』（一九〇〇、映画は一九三九）みたいというように、彼はインドに行ってイギリスが一番だと実感する。これは「スワファムの行商人」というイギリス民話からの伝統《でんとう》ともいえるだろう。いわば正夢《まさゆめ》の話だ。ある行商人が遠い町の橋の上に宝があるという夢をみて、はるばるそこまで行くことにする。何日かして、それを見て呆《あき》れた男が、夢なんて信用してはいけない、自分もこれこれというところに宝がある夢をみたけれど、と、自分のみた夢を話しだす。するとその場所は行商の男の庭だったのだ。そうして男は急いで故郷へ帰り、めでたく宝を見つけて大団円《だいだんえん》となる。『葡《ぶ》萄樹《どうじゅ》の見える回廊《かいろう》』（杉田《すぎた》英明《ひであき》、岩波書店）によれば、この話はもともとアラビア半島起源《きげん》で、そこからヨーロッパへと広がっていったという。日本でも『味噌《みそ》買橋《かいばし》』として翻案《ほんあん》されたから知っている人も多いだろう。この話は逆《ぎゃく》にいえば、故郷にこそ宝があると実感するには、『オズの魔法使い』のように、はるばるエメラルドの町まで行かなければならないということでもある。ただ本書のマニーの場合、イギリスという「故郷《ホーム》が一番」とはいっても、自分の家庭《ホーム》が一番とはまずいわないだろう。

そこで興味《きょうみ》深いのは、マニーの兄が「マイン（私のもの）」というべきところを、二回とも「マインズ（鉱山《こうざん》・地雷）」と間違える点だ。作中に井戸《いど》や爆発《ばくはつ》といった表現も多いだけに、この言葉はなかなか意味深長だ。なぜならマニーは、インドに行くことで、自分は自分なのだからと、自分の結婚を「私のもの《マイン》」という兄たちの間違いを悟《さと》り、彼らが言う「マインズ」である結婚式に、「地雷《マイン》」を仕《し》掛《か》けるともいえるからだ。インド系やシーク教徒といったラベル貼《は》りをはらいのけ、マニーはいわば自分の未来という「鉱脈《マイン》」を掘り当てて歩いてゆくわけである。二つの故郷にとらわれずに生きようとする点では、『ベッカムに恋して』や日本の『GO』（二〇〇〇、映画は二〇〇一）とも似《に》ていよう。こうした移民の二世や三世たちが、将来を不確定だからこそ前向きにとらえようとしているのには希望がもてるというものだ。

しかし、ここでハニフ・クレイシ（一九五四－）の不吉《ふきつ》な予言めいた短編《たんぺん》を思い出しておいてもいいだろう。彼は、ナイポールとバリ・ライの間の世代を代表するインド系作家で、映画『マイ・ビューティフル・ランドレット』（一九八五）の脚本や『郊外《こうがい》のブッダ』（一九九〇）で高く評価された。彼の場合は、イギリスとインド亜大陸《あたいりく》、異性愛《いせいあい》と同性愛、その対立から出ていくというより、そのどちらにも属《ぞく》さずに、二つの間をゆれうごくあいまいな「私」を描くことが多い。その彼が一九九六年に書いた短編「わが息子狂信者《きょうしんしゃ》」（中村和恵《なかむらかずえ》訳《やく》、『新潮《しんちょう》』二〇〇四年八月号）は、マニーのような少年が、ガラスの天井《てんじょう》のように立ちふさがる差別に行き場をなくし、狂信者となり、穏健《おんけん》な父親が困惑《こんわく》する物語だ。同じ題名で映画（一九九八、日本未公開）にもなっていて、主演は、『ぼくの国、パパの国』で正反対の父親を演じているオム・プリ（一九五〇－）である。この映画、原作にはない最後の場面がなかなかうまい。出ていった息子の部屋へと続く階段《かいだん》で、父親はしんみりと、しかし満足げに一人で酒を呑《の》みつづけるのだ。その息子の言葉を援用《えんよう》すれば、二階はイスラムの天上の世界で、一階は西洋の物質《ぶっしつ》社会とでもいえるだろうか。しかし、天上と地上の間で宙《ちゅう》ぶらりんのままでも、酒は楽しめるのである。

結局、マニーも、地雷ともいえるガラスの天井にぶちあたって、彼の父親のようにやっぱり故郷のインドが一番といいはじめるかもしれない。逆に、二つの故郷の間をとって、インドにもイギリスにもどっちつかずのままそれなりに楽しくやっていくのかもしれない。マニーが歩いていく先に、これからどんな地雷なり鉱脈なりが眠《ねむ》っているのかは誰《だれ》にもわからない。それは世界じゅうで本格的に到《とう》来《らい》してきた多文化社会に共通の問題でもあるからだ。マニーのように颯爽とはいかないかもしれないが、地雷に囲まれながらも手探《てさぐ》りで鉱脈を探《さが》しだそうとしている点で、本書のエンディングはわたしたちの社会とも地続きなのである。

（英文学者）

訳者紹介
千葉県生まれ。訳書にはジュリアン・F・トンプスン『テリーと海賊』（アーティストハウス）、アラン・ギボンズ『テリーの恋』（主婦と生活社）、フランチェスカ・リア・ブロック『ひかりのあめ』（主婦の友社）などがある。

[海外文学セレクション]

インド式マリッジブルー

2005年5月31日　初版

著者――バリ・ライ
訳者――田中亜希子
発行者――長谷川晋一
発行所――（株）東京創元社
〒162-0814 東京都新宿区新小川町1-5
電話　03-3268-8231（代）
振替　00160-9-1565
URL　www.tsogen.co.jp
装丁者――岩郷重力+WONDER WORKZ。
印刷――モリモト印刷
製本――鈴木製本所

ISBN 4-488-01643-x C0097